Charis Cotter

DAS UNSICHTBARE MÄDCHEN

Foto: © Colin Warner

DIE AUTORIN

Charis Cotter studierte Literatur und Schauspiel in Toronto und London. Nach einigen Jahren als Schauspielerin arbeitet sie heute als freie Lektorin und Autorin in Neufundland. Sie hat bereits verschiedene Sachbücher veröffentlicht und verleiht mit ihrem Debütroman »Das unsichtbare Mädchen« ihrer lange gehegten Faszination für Geister Ausdruck.

Mehr über cbt und cbj auf Instagram unter @hey_reader

Charis Cotter

Das unsichtbare Mädchen

Aus dem Englischen
von Catrin Frischer

cbt

Dieses Buch ist auch als E-Book erhältlich.

Canada Council for the Arts | Conseil des arts du Canada

We acknowledge the support of the Canada Council for the Arts for this translation.
Wir bedanken uns für die Übersetzungsförderung des Canada Council for the Arts.

FSC
www.fsc.org
MIX
Papier aus verantwortungsvollen Quellen
FSC® C014496

Verlagsgruppe Random House FSC® N001967

1. Auflage 2018
Erstmals als cbt Tsaschenbuch Oktober 2018

Published by arrangement with Tundra, an imprint of Random House of Canada Limited.
Originaltitel: »The Swallow – A Ghost Story«

Aus dem Englischen von Catrin Frischer,
Gedichte von Kay Ohlen
Umschlaggestaltung: Geviert, Grafik & Typografie
Umschlagbilder: © Trevillion images (Jake Olson); Shutterstock (ILeysen, souloff)
MI · Herstellung: LW
Satz: Buch-Werkstatt GmbH, Bad Aibling
Druck: GGP Media GmbH, Pößneck
ISBN: 978-3-570-31234-6
Printed in Germany

www.cbj-verlag.de

Erster Teil

Spuk auf dem Dachboden

Der Wind stand still, die Luft lag unbewegt,
und doch als habe sie sich gerad' geregt.
Die Unsichtbaren wuchsen an zu unbegrenzter Menge,
Gäste, für die kaum Raum vorhanden
Von Wo und Nirgendwo erschienen sie in Scharen,
wie Phantome, die sie wirklich waren.
So zogen sie herbei aus allen Landen
Die Gespenster, die Gespenster, die Gespenster.

Ella Wheeler Wilcox, »Die Gespenster«

Außenseiter

Polly

Für mich ist kein Platz. Ich werde aus meinem eigenen Haus gedrängelt. Meine Eltern wollen die Welt retten – und zwar ein ungewolltes Kind nach dem anderen.

Das Baby bringt das Fass zum Überlaufen. Es war schon schlimm genug mit dem Rein und Raus der Pflegekinder alle paar Monate und noch schlimmer, als Muh und Puh (die albernsten Teenager der Welt) dauerhaft bei uns einzogen. Aber wenigstens hatte ich da noch ein eigenes Zimmer.

Das Baby wollte ich nicht, und das hatte ich Mama gesagt, doch wie üblich hat sie nicht auf mich gehört.

»Es ist unsere Aufgabe, Susie ein gutes Zuhause zu geben«, sagte sie in ihrem Sozialarbeiterton. »Nicht alle haben so ein Glück wie du, Polly. Du musst teilen lernen.«

Gut. Mein Zimmer teilen. Meine Sachen teilen. Meine Eltern teilen. Alles teilen, bis für mich nichts mehr übrig bleibt.

Ich weiß, ich weiß, ist nicht besonders christlich von mir. Mein Papa ist ein Pastor der Vereinigten Kirche Christi und im Laufe der Jahre habe ich genug Stunden beim Gottesdienst und in der Sonntagsschule verbracht, um zu wissen, was ein guter Christ zu tun hat. Aber ich bin das Teilen leid.

Mein Zimmer war der einzige Ort in diesem vollen Haus, den ich für mich hatte. Ich hatte einen Schreibtisch am Fenster mit Blick über den Friedhof, dort habe ich oft gesessen und nach Geistern Ausschau gehalten, wenn es dunkel wurde. Ich hatte ein kleines Bücherregal und einen großen alten Sessel, in dem ich meine Gespensterbücher gelesen habe. Ich habe mein Zimmer geliebt.

Aber als Susie kam, haben sie ihr Gitterbettchen vors Fenster gestellt und meinen Sessel rausgeworfen, mein Schreibtisch wurde in die Ecke geschoben. Woanders wäre kein Platz für sie, behaupten sie. Lucy hat ihr eigenes Zimmer, weil sie immerzu lernen muss. Muh und Puh teilen sich ein Zimmer, die Gräuel teilen sich eins, und Mama und Papa schlafen unten in dem Raum, der früher mal unser Esszimmer war.

Von Anfang an hatten sie gesagt, das Baby müsse sich das Zimmer mit mir teilen. Und von Anfang an habe ich gesagt, dass ich das nicht wollte. Sie haben sie trotzdem aufgenommen.

So wie ich das sehe, werden meine Eltern dieses Haus mit Kindern vollstopfen, bis wir uns in jedem Zimmer drängen wie die Sardinen in der Büchse, und wenn kein Zentimeter Platz mehr ist, dann sind sie glücklich und können endlich sagen: »Toll, jetzt sorgen wir für alle Kinder auf der Welt. Kein Kind ist mehr traurig oder hungrig, alle sind hier in unserem Haus.« Und dann werden sie vergessen, welche Kinder eigentlich ihre eigenen waren, und wir sind alle eine große, glückliche Familie. Nur ich nicht.

Rose

Ich passe nicht dazu. Hier ist kein Platz für mich. In der Schule nicht, bei meinen Eltern nicht, in diesem neuen Haus nicht, nirgendwo.

Ich gehöre nicht hierher. Mein Zimmer sieht aus, als würde niemand drin wohnen, weil Mutter so ordnungsbesessen ist, dass ich nichts herumliegen lassen kann. Nicht mal ein Buch oder ein Taschentuch.

Tage können vergehen, ohne dass jemand mit mir spricht. Die Mädchen an meiner neuen Schule ignorieren mich, die Lehrer auch. Meine Eltern sind nie zu Hause. Deshalb ist Kendrick hier, dann können meine Eltern nämlich lange wegbleiben und arbeiten. Nach Oma McPhersons Tod haben wir ihr Haus übernommen – und ihre uralte Haushälterin dazu. Kendrick ist langsam, aber sie kann noch kochen und die Hausarbeit erledigen. Lange braucht sie dazu nicht, denn dieses Haus ist wie ein Museum – leer und still. Sie verbringt ihre Zeit größtenteils in ihrer Wohnung im Souterrain.

Ich sehe Kendrick nicht mal jeden Tag. Jeden Abend um halb sechs ist ein Platz am Esszimmertisch gedeckt. Mein Essen wird von einer Haube warm gehalten, ein Schälchen mit Nachtisch steht daneben. Ich lehne mein Buch an den silbernen Armleuchter und lese, während ich mich zum Essen zwinge.

Manchmal schlurft Kendrick ins Wohnzimmer, während ich Klavier übe, und guckt mich komisch an. Manchmal glaube ich, dass sie Bescheid weiß.

Aber sie kann es nicht wissen. Ich verberge es vor ihr, ebenso wie ich es vor Mutter und Vater verberge und all meinen Lehrern und den Mädchen in der Schule.

Ich bin verhext.

Gräuel

Polly

Na gut, vielleicht übertreibe ich ein bisschen. Nicht ALLE unerwünschten Kinder der Welt passen in dieses Haus. Aber hier drängeln sich schon sieben Kinder und zwei Erwachsene – und besonders groß ist dieses Haus von vornherein nicht.

Es steht in einer Reihe alter Häuser, die alle miteinander verbunden sind. Die Decken sind hoch und es gibt komische kleine Nischen und große Einbauschränke. Ich bin auf ein paar tolle Verstecke gestoßen, aber die Gräuel finden mich anscheinend doch immer.

Die Gräuel sind Mark und Matt, meine achtjährigen Zwillingsbrüder. Damit man sich überhaupt eine Vorstellung von der überwältigenden Fürchterlichkeit der Gräuel machen kann, sollte man sich den schlimmsten Bruder der Welt vorstellen und mit zwei multiplizieren. Wird jetzt deutlich, was ich meine?

Sie sind fies und nervig und fest entschlossen, mich unglücklich zu machen. Sie laufen hinter mir her und singen: »Polly will Keks«, und dann tun sie so, als wäre ich ein Papagei und machen all diese blöden Vogelwitze. Sie spielen mir Streiche und gehen in mein Zimmer und klauen mir Sachen – und wenn ich irgendwas falsch mache, verpetzen sie mich immer bei Mama. Und weil sie so süß sind mit ihren braunen Löckchen und den blauen Augen und all den vielen Sommersprossen, denken Erwachsene immer, sie steckten voller Übermut, statt voller Tücke.

Ich bin nicht süß. Nicht im Geringsten. Ich bin zu dick und trage eine Brille. Mama sagt, das sei nur Babyspeck und werde verschwinden, wenn ich erst Teenager bin – und dann werde ich genauso hübsch wie Marianne und Gudrun. Ich glaube ihr nicht. Diese Mädchen sind so was von blöde. Die reden immer nur über Jungs, Jungs, Jungs. Marianne ist sechzehn, sie sitzt auf dem Sofa rum und guckt ihren Freund mit Kuhaugen an. Deshalb nenne ich sie Muh. Gudrun ist fünfzehn und klatscht sich diesen seltsamen Matsch aufs Gesicht, damit ihre Pickel weggehen, und natürlich nenne ich sie deswegen Puh.

Ich finde, das war ganz schön clever von mir, auf diese Spitznamen zu kommen, aber Mama sagt, es sei unfreundlich. Der Reim, den ich aus den Namen all meiner Schwestern gemacht habe, hat ihr auch nicht gefallen: Lu und Muh und Puh und jetzt auch noch Sue – das Baby, das mir mein Zimmer weggenommen hat. Lu ist die Älteste (siebzehn) und meine echte Schwester, so wie Mark und Matt meine echten Brüder sind. Mama sagt, ich soll sie nicht »echt« nennen, aber ich bin fest entschlossen, auf dem Unterschied zu beharren, selbst wenn Mama und Papa das nicht tun. Mir ist klar, dass ich Lu und die Gräuel immer am Hals haben werde, weil sie zu meiner

Familie gehören. Aber ich sehe nicht ein, warum ich die anderen am Hals haben sollte.

Ich wünschte, ich wäre ein Einzelkind.

Rose

Ihr glaubt vielleicht, ich übertreibe und so was wie verhext würde es in der kanadischen Stadt Toronto im Jahr 1963 nicht geben.

Aber so fühle ich mich. Wie eine Prinzessin in einer Geschichte, zu deren Taufe eine böse Fee erschienen ist – in einer dicken schwarzen Rauchwolke. Es ist so, als ob diese Fee ihren Zauberstab auf das in Spitzen gekleidete unschuldige Baby gerichtet und gesagt hätte: »Winnifred Rose McPherson wird durch ihr Leben gehen und Dinge sehen, die andere Menschen nicht sehen. Sie wird nie einem Menschen davon erzählen können, weil sie dann für verrückt gehalten werden wird.«

Vielleicht meint ihr, das wäre gar kein so schlimmer Fluch im Vergleich dazu, am sechzehnten Geburtstag sterben zu müssen oder Frösche zu spucken, wann immer man den Mund zum Sprechen aufmacht. Aber ich will euch was verraten, es gibt Tage, da würde ich die vergiftete Spindel oder die Frösche mit Kusshand nehmen.

Alles fing an, als ich noch ein Baby war. Was ich sehe, das andere Menschen nicht sehen können? Geister. Überall Geister.

Als ich noch klein war, wusste ich nicht, dass sie Geister waren. Ich dachte, es wären Leute. Und es hat lange gedauert, bis ich drauf kam, dass niemand sonst sie sehen konnte.

Eine alte Frau mit einem traurigen kleinen Lächeln kam immer zu mir und setzte sich in eine Ecke meines Kinderzimmers, wenn ich mitten in der Nacht weinend aufwachte. Meine Mutter kam geschäftig rein, wechselte mir die Windeln und gab mir die Flasche, während die alte Frau im Schaukelstuhl saß und strickte. »Ist ja gut, ist ja gut«, sagte die alte Frau leise. »Alles gut. So ein schönes Baby. So ein gutes Baby.«

Mutter drehte nie den Kopf zu ihr um oder beachtete sie. Aber manchmal, wenn Mutter ungeduldig mit mir war, murmelte sie: »Rose, Rose, warum willst du denn nicht schlafen, Rose? Ich brauche meine Nachtruhe, ich muss morgen früh arbeiten, ich bin so müde. Kannst du nicht bitte, bitte wieder einschlafen.« Die alte Frau hatte eine komische Wirkung auf sie. Nach und nach wurde meiner Mutter ruhiger und bald stimmte sie in den Singsang der alten Frau ein: »Ist ja gut, ist ja gut, so ein schönes Baby. So ein liebes Baby.« Das Gurren der beiden beruhigte mich und ich schlief ein.

Erst mit fünf Jahren fing ich an zu sprechen. So viele seltsame Dinge gingen um mich herum vor, ich hielt es für das Sicherste, einfach den Mund zu halten und zuzuschauen. Aber als ich zwei Jahre alt war, brachten meine Eltern mich zu besonderen Ärzten, Spezialisten, weil sie herausfinden wollten, was mir fehlte.

Schließlich bat ich dann eines Morgens beim Frühstück meine Mutter darum, mir die Marmelade zu reichen. Sie ließ ihre Teetasse fallen und mein Vater wäre fast an seinem Toast erstickt. Sogar der Frühstücksgeist zuckte vor Schreck zusammen, als er mich sprechen hörte. (Er ist ein alter Mann mit dichtem weißen Haar, der neben mir sitzt und sehnsüchtig das anstarrt, was ich gerade zum Frühstück esse.)

Ich bin immer noch still. Ungewöhnlich still, sagt meine Mutter. Zurückhaltend, sagt mein Vater. Ich versuche, ganz, ganz vorsichtig zu sein. Wenn sie herauskriegen, dass ich Geister sehe, werden sie glauben, ich wäre verrückt – und sie werden mich einsperren.

Das will ich nicht.

Spiegel

Polly

Was ich sehe, wenn ich in den Spiegel schaue.

Mich. Polly Lacey, zwölf Jahre alt. Langweilige braune Haare, die zu glatt sind, einfach nur runterhängen und nichts machen. Brille. Braune Augen. Pausbacken. Überall etwas pummelig. Ich glaube nicht, dass ich je schlanker werde, weil ich Essen zu gern mag – besonders Schokolade.

Keiner würde mich Modepuppe nennen, bestimmt nicht. Meine Kleider passen mir nie richtig, meistens sind es abgelegte Klamotten von meinen Schwestern. Und Mama sagt, ich muss nur eine Brille tragen, weil ich mir die Augen verdorben habe beim Lesen mit der Taschenlampe abends im Bett.

Lieblingsbeschäftigung: Allein sein, lesen.

Lieblingsfarbe: Rot.

Lieblingsbuch: Es ist so schwer, sich nur für eines zu entscheiden. Am liebsten mag ich Gespenstergeschichten – und alles, was Philomena Faraday geschrieben hat, ist fantastisch! Das unheimlichste und traurigste Buch, das ich je gelesen habe, war *Der stille Sog der Trauer*. Aber ich mag auch Krimis, Agatha Christie, Nancy Drew und Kinderbücher wie *Schwalben und Amazonen, Der Hobbit* und alle Narnia-Bücher und

Märchen und Trixie Belden und – na, sagen wir doch einfach, ich liebe Bücher.

Lieblingsplatz: Der Friedhof hinter meinem Haus.

Geheimer Wunsch: Einen Geist zu sehen. Einen echten.

Rose

Was ich sehe, wenn ich in den Spiegel schaue:

Mich. Winnifred Rose McPherson. Meine Eltern nennen mich Rose. Ich bin zwölf Jahre alt, in der siebten Klasse und ich habe am 5. Dezember Geburtstag. Ich bin klein. Ich habe jede Menge schwarze Haare, die sind dick und lockig und an feuchten Tagen beim Bürsten schwer zu bändigen. Manchmal plustere ich die Haare um mein Gesicht herum vor dem Spiegel, um festzustellen, ob ich hübsch sein könnte.

Ich bin es nicht. Ich bin ein trauriger Anblick. Ich bin zu blass und meine Wangen sind hohl und ich hab tiefe Ringe unter den Augen, weil ich nicht gut schlafe. Meine Nase ist auch ein bisschen zu groß und schief und mein Mund ist ein bisschen zu schmal. Ich bin schmächtig für mein Alter. Mutter sagt, ich muss mehr essen.

Lieblingsbeschäftigung: Ich singe gern. Ich mag Stille.

Lieblingsfarbe: Lila.

Lieblingsbuch: *Jane Eyre* von Charlotte Brontë.

Lieblingsplatz: Der Dachboden.

Geheimer Wunsch: Normal zu sein und eine große, glückliche Familie zu haben.

Unsichtbar

Polly

Ich versuche mich immer unsichtbar zu machen in diesem Haus, versuche, diesen einen Platz zu finden, an dem ich ich selbst sein kann und niemand mich stört. Seit Susie aufgetaucht ist, bin ich auf der Suche nach dem idealen Versteck.

Ich dachte, ich hätte eines gefunden. In meinem Wandschrank, da ist ein eingezogener Boden für Gepäck. Man steigt eine Leiter hoch und durch eine Luke in der Decke und dann ist man in einem ganz kleinen Raum, der etwa einen halben Meter hoch ist. Ich habe aus den Koffern eine Mauer errichtet, sodass mich niemand sehen kann, der in den Schrank guckt, und dann hab ich mir mit Wolldecken ein kleines Nest in der Ecke gemacht.

Dort lese ich meine Gespenstergeschichten und esse Kekse und fühle mich sicher. Jedenfalls habe ich mich sicher gefühlt, bis die Gräuel mir nachgestiegen sind. Die halten alles für ein Versteckspiel und früher oder später finden sie mich immer.

Eigentlich dürfen sie nicht mal einen Fuß in mein Zimmer setzen, aber sie kommen trotzdem immer rein. Wenn ich mich bei Mama beschwere, schimpft sie mit ihnen, aber sie kommen trotzdem immer wieder rein.

Was soll ich machen? Ich weiß keinen Ort mehr, an dem sie mich nicht finden. Ich will nur einen einzigen Platz haben, der mir gehört und sonst keinem. Ich will unsichtbar sein.

Rose

Meistens fühle ich mich unsichtbar. In der Schule hebe ich die Hand nicht mehr, weil die Lehrer mich nie aufrufen. Ich streiche durch die Flure, vorbei an Gruppen von Mädchen, die lachen und reden, und keiner schaut auch nur auf, wenn ich vorübergehe.

Nur die Geister bemerken mich anscheinend. Über meinem Kopf schwebt vermutlich ein großes Schild mit der Aufschrift: Achtung, all ihr Geister!!! Die hier, die kann euch sehen!!!

Viele Menschen wären erstaunt, wenn sie erfahren würden, wie Geister wirklich sind. Selbstverständlich sind einige von ihnen unheimlich – manche sind absolut grauenerregend – und von denen habe ich mehr als genug gesehen. Aber die meisten sind einfach nur tote Menschen. Traurige tote Menschen. Und sobald denen aufgeht, dass ich sie sehen kann, wollen sie mich nicht mehr in Ruhe lassen.

Die Traurigkeit macht mir mehr zu schaffen als alles andere. Einige sind auf ganz anrührende Weise traurig, wie die alte Frau, die ich als Baby gesehen habe, andere auf elende Weise. Ihr Unglück sickert aus ihnen heraus wie graues Abwaschwasser und überspült mich. Die wütenden Traurigen sind die schlimmsten. Das sind die Gefährlichen.

Geister

Polly

Ich wollte schon immer einen Geist sehen. Mehr als alles andere. Stundenlang halte ich an meinem Fenster Wache, fast täglich gehe ich nach der Schule auf dem Friedhof spazieren und ich lese alle Geisterbücher, die ich in der Bücherei in der Parliament Street nur finden kann.

Mir kommt es einfach so vor, als würde es so viel mehr auf der Welt geben, als mit dem bloßen Auge zu erkennen ist. Von klein auf wollte ich, dass Zauberei echt ist. Ich wollte Elfen sehen und Geister und Hexen, die auf ihren Besen durch den Himmel reiten. Das Leben kann doch nicht so langweilig sein, wie die Erwachsenen immer behaupten. Es muss einfach mehr dran sein. Ich habe immer Bücher geliebt, in denen Menschen durch eine Tür in andere Welten gelangten, in denen Pferde Flügel hatten und Kinder in wunderbare Abenteuer verwickelt wurden.

Jetzt, wo ich älter bin, ist mir natürlich klar, dass die meisten dieser Dinge nicht passieren werden. Aber vielleicht kann ich trotzdem einen Geist sehen. Das ist nicht unmöglich.

Wenn ich auf den Friedhof gehe, schließe ich die Augen und sauge die Atmosphäre in mich auf. Dann fängt es überall in mir an zu kribbeln und ich meine Flüstern in den Bäumen zu hören und ich spüre die Präsenz von ETWAS – aber wenn ich die Augen aufschlage, ist da nichts. Nur die Grabsteine, die Bäume und die Straße, die sich um den Hügel herumschlängelt.

Das ist enttäuschend. Ich habe gelesen, dass manche Menschen über die Gabe des Zweiten Gesichts verfügen und mit einem Fuß in dieser Welt und dem anderen in der nächsten stehen, sodass sie sowohl sehen können, was bei den Lebenden als auch bei den Toten vorgeht. Manchmal wissen sie, wann Menschen sterben werden. Ich wünschte, ich hätte das zweite Gesicht. Ich möchte über diese Welt hinausschauen können. Diese Welt ist gar nicht so wunderbar.

Rose

Ich will nie wieder einen Geist sehen. Ich hab es satt. Frauen in Weiß, die mir auf der Straße nachlaufen, traurige Männer in Anzügen, die hinten im Bus sitzen, Kinder in Nachthemden, die aus Krankenhausfenstern schweben … ich wünschte, sie würden alle verschwinden.

Als mein Vater mir erzählte, dass wir in Oma McPhersons Haus hinterm Friedhof ziehen würden, war ich entsetzt. Aber was konnte ich sagen? Dass am Friedhof zu wohnen keine gute Idee wäre für jemanden, der Geister sieht? Wohl kaum. Ich hab einfach den Mund gehalten, wie üblich, und ehe ich mich versah, waren wir hier.

In der ersten Nacht im neuen Haus hatte ich einen bösen Traum. Ich träumte, dass sich alle Geister vom Friedhof aus ihren Gräbern erhoben und auf das Haus zuschwebten. Über die Steinmauer hinten im Garten, den Gartenweg hoch … und dann drangen sie durch die Ziegelsteine, die Fenster und Türen in mein Zimmer ein und standen um mein Bett herum. Wispernd.

Alle möglichen Leute in ihren Totenkleidern, in allen Altersstufen: Babys, Kinder, Teenager, Mütter, Väter, alte Männer und Frauen – alle traurig, alle einsam, alle tot. Sie zupften an meinen Decken und an meinen Haaren, und das Gemurmel ihrer Stimmen schwoll an und ab wie Meeresrauschen. »Hilf mir! Hilf mir!« Immer mehr kamen, bis mein Zimmer voll war, trotzdem waren noch immer Horden von ihnen draußen vor dem Fenster. Ich versuchte mich tief in die Matratze zu drücken, um von ihnen wegzukommen. Mein Magen drehte sich und drehte sich – und dann wachte ich auf. Ich war in Schweiß gebadet und mir war schlecht.

Das Haus war still. Ich machte das Licht an. Es waren keine Geister da. Aber ich wollte nicht wieder einschlafen, weil ich wusste, dass sie auf mich warten würden, gleich hinter der Grenze zwischen Wachen und Schlafen.

Mit zitternden Händen nahm ich mein Buch und fing an zu lesen. Ein Buch mit dem Titel *Jalna*, das ich auf dem Bücherregal meiner Großmutter gefunden hatte.

Ich las stundenlang. Jedes Mal, wenn mir die Augen zufielen, setzte ich mich wieder gerade hin und zwang mich wach zu bleiben und weiterzulesen. Als schließlich das Licht durch die Vorhänge drang, war ich fertig mit dem Buch und konnte zulassen, dass ich wegdämmerte. Traumlos schlief ich, bis Kendrick mich zum Frühstück weckte.

In der folgenden Nacht kehrte der Traum wieder. Und in der Nacht darauf. Ich fürchtete mich vorm Schlafen. Ich las bis spät in die Nacht, versuchte wach zu bleiben. Es stellte sich heraus, dass *Jalna* Teil einer Serie von Büchern war, in denen es um eine große Familie ging. Meine Großmutter hatte alle Bände, also fing ich an, mich durch sie hindurchzulesen.

Jede Nacht verlief nach demselben Muster. Egal, wie sehr ich mich bemühte wach zu bleiben, irgendwann schlief ich immer ein. Dann kam der Traum mit den Horden klagender Geister und ich wachte schweißgebadet auf. Dann las ich bis zum Morgengrauen und schlief dann ein.

Anfang Juli zogen wir in das Haus hinter dem Friedhof. Anfang August wurde ich sehr, sehr krank.

Kopfschmerzen

Polly

Ich wachte mit Kopfschmerzen auf. Vielleicht bin ich deshalb beim Frühstück wütend geworden.

Alles fing mit Eiern an. Oder – genauer gesagt – damit, dass keine Eier da waren. Unter der Woche gibt es bei uns immer Haferbrei zum Frühstück, aber Samstag bekommen wir Eier. Doch diesen Samstag gab es für uns wieder diesen blöden alten Haferbrei, weil Mama die Eier ausgegangen waren, als sie am Donnerstag Russische Eier für irgendwelche Damen von der Kirche gemacht hatte, die bei uns eine Veranstaltung über »Die Armen in unserer Mitte« abgehalten hatten.

Ich meckerte wegen des Haferbreis und Papa holte tief Luft und sagte: »Hör mal zu, Polly«, und ich wusste, dass er mal wieder einen Vortrag über all die hungernden Kinder halten würde, die sonst was geben würden, wenn sie jeden Tag klumpigen alten Haferbrei essen könnten, deshalb kam ich ihm zuvor.

»Mir sind all diese hungrigen Kinder egal, fang also gar nicht erst von denen an. Mir liegt nur was an Eiern. Samstag ist Eiertag und ich will Eier haben.«

Ich nahm meinen Teller Haferbrei und knallte ihn auf den

Tisch, heftig. Die Gräuel waren sofort hellwach und stießen sich gegenseitig an, glotzten zu mir rüber und grinsten. Muh und Puh verdrehten die Augen und Lucy sah mich missbilligend von oben herab an.

»Polly, das reicht«, sagte Mama automatisch. »Für Wutanfälle beim Frühstück bist du zu alt.«

Sie hatte recht, das wusste ich, aber das machte es nur noch schlimmer. Ich nahm den Teller, diesmal hielt ich ihn höher, und ließ ihn wieder fallen, so richtig mit Wucht. Er ging kaputt und der klebrige Haferbrei spritzte in alle Richtungen.

Schweigen. Alle hielten die Luft an. Es war wie der Augenblick, in dem eine Welle zurückrollt und die nächste dröhnend heranrauscht.

Wie auf ein Stichwort bäumte Papa sich auf.

»DU!«, donnerte er und zeigte mit dem Finger auf mich wie der zornige Gott, der mich mit Blitzen töten wollte. »DU! Verlässt sofort diesen Tisch!«

Wenn Papa so drauf ist, kann man nur eines machen: sehen, dass man wegkommt – und zwar schnell, sonst fängt er an mit Sachen zu werfen und wie verrückt zu brüllen. Er hat ein fürchterliches Temperament. Mama sagt, das habe ich von ihm geerbt, aber er ist größer und viel Furcht einflößender als ich, kann ich nur sagen. Irgendwie finde ich, dass es heuchlerisch für einen Gottesmann ist, so gemeine Launen zu haben, aber wer jetzt glaubt, ich würde ihm das sagen, ist total verrückt. Ihr kennt meinen Vater nicht!

Ich verzog mich also ganz schnell und ging sofort rauf in mein Versteck auf dem Boden. Und da blieb ich. Eine Weile später knabberte ich ein paar Cracker und wünschte, ich hätte meinen Haferbrei gegessen, denn ich war hungrig. Im Haus war es wirklich kalt.

Ich weinte ein bisschen. Es ging mir ziemlich schlecht. Ich wusste, dass ich mich beim Frühstück kindisch benommen hatte, ich wusste, dass ich einfach gemein gewesen war zu meiner Mutter … wegen der Eier. Sie hat nämlich wirklich viel zu tun und denkt nicht immer an alles. Aber deswegen fühlte ich mich nur noch schlechter. Und mein Kopf tat mir immer noch weh.

Ich kauerte mich zusammen und fühlte mich elend – wie ein nasser Vogel, an dem die Federn klebten. Unten hörte ich die Familie so weitermachen wie sonst, als ob nichts passiert wäre und ich gar nicht existieren würde. Ganz normal. Schließlich rollte ich mich zusammen und schlief ein.

Rose

Mein Kopf hämmerte. Ich hatte so ein komisches Gefühl, als würde ich schweben, als würde ich über allem schweben und nach unten schauen. Alles verblasste und wurde weiß, und ich konnte nicht mehr erkennen, wer die Geister waren und wer lebendig war.

Die alte Frau kam wieder rein und setzte sich strickend in die Ecke. Seit ich klein war, hatte ich sie nicht mehr gesehen.

Der Arzt hatte buschige Augenbrauen und einen riesigen Schnurrbart, irgendwann fing er an auszusehen wie ein Wolf.

Er beugte sich immer wieder über mich und starrte mich mit seinen wilden Wolfsaugen an. Ich bin mir ziemlich sicher, dass ich über die Geister geredet habe, denn ich hörte ihn sagen: »Sie halluziniert.«

Mutters Gesicht tauchte vor mir auf. Sie weinte. »Mein Baby«, schluchzte sie. »Mein Baby.«

»Es wird schon wieder besser werden«, sagte mein Vater. Er wirkte verängstigt. Hinter ihm strömten die Geister vom Friedhof in den Raum, sie zupften an meinem Bettzeug und an meinem Nachthemd.

»Lasst mich in Ruhe!«, schrie ich.

»Wir bringen sie ins Krankenhaus und schauen, was wir für sie tun können«, sagte der Wolfsarzt.

»So ein schönes Baby«, sagte die strickende Frau auf ihrem Schaukelstuhl.

»Mein armes Baby«, sagte meine Mutter und legte mir ihre kühle Hand auf die heiße Stirn.

Kalt

Polly

Als ich aufwachte, war es noch kälter und richtig dunkel. Ich konnte hören, wie die Gräuel nach mir riefen. Sie standen in meinem Wandschrank, unten an der Leiter.

»Polly will Keks, Polly will Keks«, flötete Mark.

»Wir wissen, dass du da oben bist, Polly-Vogel«, flötete Matt. »Wir kommen!«

»Matt! Mark!«, rief meine Mutter von unten.

Sie fingen an zu flüstern.

»Kommt sofort runter, ich habe was für euch zu tun!«, rief meine Mutter.

Noch mehr Geflüster.

»Mach dir bloß keine Sorgen, Polly-Vogel«, sagte Matt. »Wir kommen wieder!« Dann polterten sie ab nach unten.

Ich musste etwas tun, ich konnte es einfach nicht mehr aushalten. Ich musste weg von ihnen, irgendwohin, wo sie mich nie finden würden.

Ganz oben in der Decke des Schrankfachs war eine kleine Klapptür zum Dachboden. Ich hatte Papa versprechen müssen, niemals dort hochzugehen, weil es nicht sicher war. Aber ich war so wütend auf ihn, dass mir mein Versprechen ganz egal war. Ich presste mich gegen die Luke und drückte sie auf. Dann schnappte ich mir mein Buch, eine Wolldecke und meine Taschenlampe, zog mich hoch auf den Dachboden und machte die Klappe hinter mir zu.

Kalt war es dort oben und es hätte schwärzer nicht sein können. Es roch verstaubt und vergessen. Das Licht meiner Taschenlampe schien schwach und gelblich. Vor Wochen hatte ich Mama schon um neue Batterien gebeten, aber so was vergaß sie immer. Ich kroch in eine Ecke an der Wand und wickelte mich in die Wolldecke.

Papa hatte gesagt, der Fußboden sei nicht trittfest und würde einbrechen, wenn ich drauf rumlaufen würde. Er hatte gesagt, es würde hier Mäuse geben. Aber ich konnte keine Mäuseköttel entdecken und hörte auch nichts huschen. Eigentlich hörte ich überhaupt nicht viel, keine Stimmen, keine Schritte, keine Leute. Alle Geräusche des Hauses und der Stadt waren zu einem Murmeln gedämpft, in weiter Ferne … wie das Meer. Es war sehr, sehr still.

So still wie im Grab, dachte ich, und dann setzte ich mich ein bisschen aufrechter hin. Vielleicht spukte es auf dem Boden! Ich schloss die Augen, um eine geisterhafte Präsenz zu erspüren.

Aber da war nichts, nur Stille.

Rose

Als ich im Krankenhaus aufwachte, war mir kalt. Ich dachte, ich hätte meine Decken runtergestrampelt. Ich zitterte. Es war niemand da. Keine alte Frau, keine Mutter, kein Vater, kein Arzt. Keine Geister. Ich zog die Decken hoch, kauerte mich darunter zusammen und versuchte warm zu werden. Vor dem Fenster konnte ich Bäume sehen.

Lange trieb ich zwischen Schlafen und Wachen dahin und beobachtete die Blätter, die in der Sonne glänzten, und war so froh, am Leben zu sein, froh nicht von Geistern verfolgt zu werden, selbst wenn es nicht lange so bleiben würde.

Es kam mir seltsam vor, dass ich mich in einem Krankenhauszimmer so geisterfrei fühlen konnte. Schließlich lag die Vermutung nahe, dass es in Krankenhäusern von Geistern wimmelte. Doch als ich endlich nach Haus entlassen wurde, gab es auch dort keine Geister. Gar keine. Und keine Träume. Ich hatte noch immer so ein schwebendes Gefühl, als wäre ich nicht ganz da, und mein Kopf war so leicht. Doch es ging mir gut genug, um Mitte September in einer neuen Klasse das Schuljahr zu beginnen. Und in der Schule gab es auch keine Geister. Ich wagte kaum zu hoffen, dass sie für immer verschwunden waren. Vielleicht hatten die Medikamente, die ich im Krankenhaus bekommen hatte, sie nur für eine Weile vertrieben. Was auch immer der Grund dafür sein mochte: sie waren nicht mehr da.

Der Dachboden

Polly

Gemütlich unter den Decken in mein kleines Nest gekauert wurde mir langsam wärmer. Es hatte etwas sehr Friedvolles, endlich einen Ort gefunden zu haben, an dem mich niemand belästigen konnte. Hier war ich weit weg von Schwestern, Brüdern und dem Baby, das mir mein Zimmer weggenommen hatte.

Ich fand die richtige Stelle in meinem Buch *Der grausige Geist am Gartentor* (das Neueste von Philomena Faraday) und begann zu lesen, dabei richtete ich den Lichtstrahl meiner Taschenlampe auf die Seite.

Schreckensstarr stand Amanda auf dem Weg vor dem Gartentor. Die weiße Gestalt schwebte immer näher heran. Sie streckte die knochige Hand aus – und Amanda konnte nichts dagegen tun. Sie konnte weder schreien noch sich von der Stelle rühren, sie konnte nur von Entsetzen gelähmt dastehen, als die Hand nach ihrer Kehle griff …

Plötzlich bewegte ein Lufthauch die Seiten meines Buches. Ich umklammerte die Taschenlampe fest und leuchtete auf dem

Dachboden herum. Die Luke war noch immer fest geschlossen. Woher war der Luftzug gekommen? Und was war das nur für ein Duft, den er herantrug? Süß, fast wie Bonbon, doch auch traurig. Rosen?

Es war sehr still auf dem Boden. Ich richtete den Blick wieder auf die Seite.

Der Wind heulte durch den dämmrigen Garten. Amanda spürte die eisige Berührung knochiger Finger am Hals und dann schwoll der Wind zu wildem Tosen an und die Gestalt löste sich in einen wirbelnden weißen Nebel auf, der sich wie ein Leichentuch um sie legte – und endlich fand Amanda ihre Stimme wieder und schrie: ein Schrei, der etwas von einem in Höchstgeschwindigkeit dahinrasenden Eisenbahnzug hatte, ein Schrei, der von den Zehen her aufstieg und aus ihrem Scheitel herausschoss wie Dampf aus einem kochenden Kessel, ein Schrei …

Ein Fußbodenbrett knarrte, ganz nah. Ich wurde aus der Geschichte herausgerissen und befand mich wieder auf dem Dachboden. Ich hielt den Atem an und lauschte. Nichts. Ich leuchtete in einem großen Bogen mit der Taschenlampe herum. Der Dachboden war immer noch leer.

Keuchend atmete ich ein. Mit dieser Geistergeschichte ängstigte ich mich zu Tode. Ich setzte mich wieder an meinen Platz und las weiter.

Die Finger ließen von Amandas Kehle ab und sie stolperte aufs Haus zu, blieb jedoch mit dem Fuß an einem losen Pflaster-

stein hängen und schlug lang hin. Sofort umfing sie ein klammer Nebel, der sie hinunterzog. Sie spürte, wie schnell sie versank. Eine eisige Grabesstimme flüsterte: »Hab acht. Hüte dich vor dem Geistertor!«

Das war genau der Augenblick, in dem es geschah. Irgendwer – oder irgendwas – fing an, eine Melodie zu summen, direkt in mein Ohr!

Ich ließ das Buch fallen und hätte beinahe auch die Taschenlampe losgelassen. Das Licht tanzte wie wild. Ich versuchte meine zitternden Hände ruhig zu halten und leuchtete auf dem Boden herum. Dort war immer noch alles leer. Das Summen wurde lauter.

Ich konnte nicht glauben, dass es tatsächlich geschah. Ich fühlte mich so, wie Amanda sich am Gartentor gefühlt haben musste – unfähig, mich zu bewegen oder auch nur einen Mucks von mir zu geben.

Dann verwandelte sich das Summen zu Worten, die klar mit einer süßen, hohen Stimme gesungen wurden:

Was die Schwalbe sang, was die Schwalbe sang,
die den Herbst und Frühling bringt
ob das Dorf entlang, ob das Dorf entlang
das jetzt noch klingt?

Die Melodie war wehmütig wie eine alte Volksweise. Ein Mädchen sang leise vor sich hin, direkt neben mir. Aber da war niemand. Das musste ein Geist sein.

Rose

Endlich habe ich in diesem Haus einen Platz gefunden, der ganz mir gehört. Ich habe ihn in der Woche nach meinem Krankenhausaufenthalt entdeckt.

Eines Tages war ich in das Zimmer meiner Großmutter gegangen, weil ich das Nähkästchen suchte, denn ich wollte mir einen Knopf an meine blaue Strickjacke nähen. Seit ihrem Tod im Frühling hatte sich hier nichts verändert.

Die Flasche mit ihrem Parfum *Yardley's English Rose* stand noch auf ihrer Frisierkommode. Ich schraubte den Deckel ab und tupfte mir etwas davon auf die Handgelenke, dann atmete ich ein. Als der süße, wehmütige Duft der Rosen mich überschwemmte, fragte ich mich einen Augenblick lang, ob meine Großmutter jetzt erscheinen würde. Sie tat es nicht. Ich glaubte, ich hätte ein Seufzen gehört, doch das war alles.

Den Nähkasten konnte ich nirgendwo entdecken, ich öffnete die Tür des Wandschranks, machte das Licht an, schob ein paar Kleider zur Seite, suchte und hielt dann inne. Eine an der hinteren Wand befestigte Leiter führte hoch zu einer Bodenluke in der Decke.

Ein Dachboden. Ich hatte nicht mal gewusst, dass es in diesem Haus einen Dachboden gab, aber als ich die Luke hochdrückte und auf den Boden kletterte, kam mir alles seltsam vertraut vor. Die verblassten rot-grünen Pappkartons, die mit »Weihnachten« beschriftet waren, die alten Truhen an der Wand, die ausgemusterten Lampen und kaputten Stühle.

Vielleicht war ich hier hochgeklettert, als ich noch klein war? Erinnern konnte ich mich daran nicht.

Was zählte war, dass es sich sicher anfühlte. Es fühlte sich an wie zu Hause. Und von nun an kletterte ich immer hier hoch, wenn sich die Gelegenheit ergab.

In der Ecke standen ein Sessel und Kisten voller staubiger alter Bücher. In einer Kiste schien jedes Buch zu sein, dass L.M. Montgomery je geschrieben hatte. Eine andere war voll von Geistergeschichten und Büchern über Geister.

Diese Bücher interessierten mich besonders. Im Laufe der Jahre habe ich still für mich alles über Geister gelesen, was ich in die Finger bekommen konnte, weil ich auf der Suche nach etwas war, das mir helfen würde, sie abzuwehren. Aber so alte Bücher wie diese hatte ich noch nie gesehen. Einige davon waren im neunzehnten Jahrhundert gedruckt worden und hatten schwarze Ledereinbände und vergilbte Seiten.

Ich nahm ein paar Kissen und eine Wolldecke mit nach oben und baute mir ein warmes kleines Nest im Sessel. Dann blieb ich stundenlang auf dem Boden und las bei Kerzenschein von Geistern. Ich fand es seltsam tröstlich, in dieser stillen, vergessenen Ecke des Hauses zu sitzen und von anderen Menschen als mir zu lesen, die Geister sahen. Das gab mir fast das Gefühl, vielleicht doch nicht völlig verrückt zu sein.

Manchmal sang ich vor mich hin. Mich konnte ja niemand hören. Zumindest dachte ich das.

Kontakt

Polly

Ich hatte das Gefühl, als würde sich in meinem Magen ein tiefes Loch auftun und ich müsste mich übergeben. Mein ganzer Körper fing an zu kribbeln wie tausend Stecknadeln.

»Wer bist du?«, krächzte ich. Aber das Lied ging trällernd und traurig weiter.

Als ich Abschied nahm, als ich Abschied nahm,
waren blahblahblah schwer

Dann brach es ab und eine Mädchenstimme sagte: »Mist. Wie ging das noch? Ich vergesse immer, wie es weitergeht.«

Der Gesang fing wieder an.

Als ich Abschied nahm, als ich Abschied nahm,
waren blahblahblah schwer

»Mist«, wiederholte das Mädchen.

Mehr konnte ich nicht aushalten.

»Wer bist du?«, fragte ich so laut wie möglich.

Das Singen hörte auf. Stille.

»Ich weiß, dass du ein Geist bist«, sagte ich und achtete darauf, dass meine Stimme nicht allzu sehr zitterte. »Hör bloß auf, mir Angst zu machen, und sag mir, wer du bist.«

Schweigen. Und dann, endlich, blaffte mich eine verärgerte kleine Stimme aus der Dunkelheit an.

»Ich bin kein Geist. Bist du ein Geist?«

Ich konnte es nicht glauben. Hier war ich nun und redete mit einem Geist – auf meinem eigenen Dachboden.

»Nein, ich bin kein Geist. Du bist ein Geist. Du bist unsichtbar.«

Ein Luftschnappen. »Bin ich nicht! Ich kann meine Hände ganz deutlich sehen. Du bist der Geist. Du bist unsichtbar.«

»Bin ich nicht«, antwortete ich. »Ich kann meine Hände auch sehen, aber ich kann dich nicht sehen. Wo bist du?«

»Auf meinem Dachboden«, sagte die Stimme.

»Ich bin auf *meinem* Dachboden«, sagte ich.

»Ich sehe dich nicht«, sagte die Stimme.

»Nun, ich bin hier, und ich möchte gern wissen, warum du auf meinem Dachboden spukst.«

»Und ich wüsste gern, warum du auf *meinem* Dachboden spukst«, keuchte der Geist.

So kamen wir nicht weiter.

Rose

Mir war hundeelend. An unsichtbare Geister war ich nicht gewöhnt. Und schon gar nicht an Geister, die so viel redeten, und das auch noch laut.

Mir sank der Mut. Seit ich aus dem Krankenhaus nach Hause gekommen war, hatte ich keinen Geist mehr gesehen, und ich hatte wirklich gehofft, dass die Geister für immer verschwunden waren. Und jetzt war hier ein Geist, mitten auf meinem Dachboden, in meinem geheimen Nest. Wenn erst einer da war, würden die anderen folgen, und ich würde völlig verrückt werden, wenn ich sie mir nicht vom Leib halten konnte. Das wusste ich einfach.

»Erzähl mal«, sagte der Geist, »bist du einen schrecklichen Tod gestorben? Bist du dazu verdammt, in der Geisterwelt zwischen dem Land der Lebenden und dem Jenseits herumzuirren?«

»Hör auf damit«, sagte ich. »Du weißt, dass ich kein Geist bin. Du bist der Geist und du willst mir einreden, ich wäre ein Geist … nur um mich verrückt zu machen. Das wird nicht klappen. Hau ab. Ich will nur in Ruhe auf meinem Dachboden sitzen, meine Bücher lesen und meine Lieder singen. Ist das zu viel verlangt?«

»Lesen Geister?«, fragte der Geist. »Das ist ja sehr interessant. Musst du die Seiten umblättern oder nimmst du die Geschichten in dich auf, wenn du das Buch in den Händen hältst und die Wörter in deinen Kopf ziehst?«

»Ich – bin – kein – Geist!«, sagte ich langsam und mit Nachdruck. »Geister lesen nicht. Sie sind nicht fassbar. Sie verfolgen Menschen. Sie folgen ihnen auf der Straße, sie beobachten sie, wenn sie ihre Hausaufgaben machen, sie lauern hinter Grabsteinen, sie verstecken sich auf Dachböden …«

»Für jemanden, der behauptet, kein Geist zu sein, kennst du dich mit Geistern aber ziemlich gut aus«, sagte der Geist.

Ich machte den Mund auf, aber es kamen keine Wörter heraus. Einem derart unerträglich nervtötenden Geist war ich noch nie begegnet.

Die körperlose Stimme

Polly

Endlich konnte ich mein Geisterwissen anwenden.

»Ich kann beweisen, dass du ein Geist bist«, sagte ich. »Ich habe gerade vier – nein, fünf – klassische Zeichen für geisterhafte Präsenz wahrgenommen. Erstens: Es ist eiskalt …«

»Wir sind auf einem Dachboden!«, sagte der Geist. »Es ist Oktober. Selbstverständlich ist es kalt.«

»Zweitens, ich spüre Zugluft, aber hier kann nirgends Zugluft eindringen.«

»Wir sind auf dem Dachboden!«, wiederholte der Geist. »Auf Dachböden ist es zugig.«

»Drittens: Ich habe einen ungewöhnlichen Geruch wahrgenommen, den Duft nach frischen Rosen. Und auf diesem Dachboden gibt es keine Rosen.«

»Das Parfum meiner Großmutter«, sagte der Geist. »Kurz bevor ich hier raufkam, hab ich es aufgesprüht. Ich sag's dir doch, ich bin kein Geist!«

»Viertens, ich habe geisterhafte Schritte gehört.« Der Geist wollte etwas sagen, aber ich redete schnell weiter. »Und fünftens, ich habe eine körperlose Stimme ein trauriges Lied singen hören.«

»Ich bin keine körperlose Stimme!«, sagte der Geist. »Ich bin ein lebendiges Mädchen, sitze auf meinem Dachboden und kümmere mich um meine eigenen Angelegenheiten – und dann kommt ein verrückter, unsichtbarer Geist daher und fängt an mich zu schikanieren. Du bist nicht der erste Geist, der mir begegnet, weißt du! Ich habe keine Angst vor dir. Lass mich einfach in Frieden!«

»Hör mal«, sagte ich. »Ist schon in Ordnung. Ich verstehe das ja. Ich hab davon gelesen. Vielleicht hast du vor langer Zeit hier gewohnt und dann bist du gestorben und seitdem ist dein Geist hier auf diesem Dachboden gefangen – und jetzt bin ich hergeschickt worden, damit ich dir helfe, dich zu befreien und ...«

Man hörte ein Scharren und dann Bum! Bum! klopfte es hinter mir an der Wand und der Fußboden fing an zu wackeln, als ob jemand mit den Füßen aufstampfte.

»ICH – BIN – KEIN – GEIST!«, brüllte der Geist. »ICH HEIßE ROSE MCPHERSON UND ICH WOHNE IM FRIEDHOFSWEG 43. ICH BIN ZWÖLF JAHRE ALT UND NICHT TOT.«

Dieser Geist war wütend.

Rose

Es war ein gutes Gefühl, die Beherrschung zu verlieren. Ich machte viel Lärm, aber den Geist schien das nicht zu verstören.

»Moment mal. Was hast du da gesagt? Wo wohnst du?«

»Friedhofsweg 43«, wiederholte ich.

Stille.

»Hau noch mal gegen die Wand«, verlangte der Geist.

BUM.

»Hm … Geist?«, sagte sie.

»Ich heiße Rose.«

»Hm … Rose?«, sagte sie.

»Was denn?«

»Ich wohne im Friedhofsweg 41. Nebenan.«

Ich brauchte einen Moment, bis ich es kapiert hatte. »Du meinst, du bist auf deinem eigenen Dachboden? Auf der anderen Seite dieser Mauer?«

»Ja«, antwortete der Geist. »Ich vermute, du bist doch kein Geist.« Sie schien enttäuscht zu sein.

»Aber warum kann ich dich so deutlich hören?«, fragte ich. »Als ob du direkt neben mir wärst?«

»Ich bin direkt neben dir«, sagte sie und begann an die Wand zu klopfen. »Diese Wand muss ziemlich dünn sein, nicht so wie die gemauerten Wände unten.«

»Das wird es sein«, sagte ich. Ein tolles Gefühl der Erleichterung überkam mich und ich plapperte los, ohne nachzudenken. »Du bist also auch kein Geist. Dann musst du eins der schrecklichen Lacey-Kinder von nebenan sein.«

»Wer sagt denn, dass wir schrecklich sind?«, fragte das Mädchen.

Ups. »Äh …meine Mutter.«

»Oh«, sagte das Mädchen. »Na, sie hat recht. Das sind wir.«

Geistermädchen

Polly

In meinem Kopf ratterte es. Wenn sie kein Geist war, warum hatte ich sie nie gesehen? Wie konnte nebenan ein Mädchen in meinem Alter wohnen, ohne dass ich davon wusste?

»Moment mal … wie kann es sein, dass ich dich noch nie gesehen habe?«, fragte ich.

»Fang nicht wieder so an!«

»Das ist eine berechtigte Frage«, sagte ich. »Wenn du kein Geist bist und wenn du wirklich nebenan wohnst, müsste ich dich dann nicht kennen? Was meinst du?«

»Nicht unbedingt«, antwortete der Geist. »Ich bin so was wie ein unsichtbarer Mensch.«

Wow. Ein unsichtbarer Mensch. Aber kein Geist?

»Was meinst du denn damit?«

»Man bemerkt mich nicht. Ich bin still.«

»Still sein ist eine Sache, aber unsichtbar sein ist etwas ganz anderes. Wenn ein Mädchen in meinem Alter nebenan einziehen würde, wüsste ich das sofort.«

Der Geist seufzte. »Ich hab dich auch noch nicht gesehen, aber deine Brüder schon – und ein paar ältere Mädchen und deine Mutter, die immer mit einem kleinen Kind auf dem

Arm rein und raus läuft – und ich hab deinen Vater gesehen, als er diesen Streit mit meinem Vater hatte.«

»Streit? Was für ein Streit denn?«

»Das war an dem Tag, an dem wir eingezogen sind. Dein Vater ist total ausgerastet, weil unser Umzugswagen alle Parkplätze besetzt hat und er in der Straße um die Ecke parken musste.«

»Das höre ich zum ersten Mal.«

»Mein Vater dachte, dein Vater würde ihn verprügeln. Er hat gesagt, ich soll mich von deiner Familie fernhalten. Und meine Mutter hat gesagt, ihr seid alle Wilde.«

Das machte mir Sorgen. Dass mein Papa mit uns Kindern die Nerven verlor, war ich gewohnt, aber es war schlimm, wenn er anfing, die Nachbarn anzuschreien. Was war bloß mit ihm los?

»Ja, nun, dann hast du dich ziemlich gut von uns ferngehalten, denn ich hab dich nie gesehen. Wann seid ihr denn eingezogen?«

»Anfang Juli.«

»Da muss ich im Ferienlager gewesen sein. Ich wusste gar nicht, dass neue Leute eingezogen sind. Was ist denn mit der alten Frau passiert, die früher nebenan gewohnt hat?«

»Das war meine Großmutter und die ist im letzten Frühling gestorben.«

»Oh. Tut mir leid.«

Es wurde still. Ich hatte immer noch das Gefühl, dass irgendwas nicht stimmte mit ihr. Sie redete so komisch, irgendwie altmodisch.

»Auf welche Schule gehst du? Warum sehe ich dich nicht, wenn du morgens losgehst?«

» Akademie St. Ursula. Das ist eine Privatschule. Die fangen ganz früh an. Ich gehe um sieben aus dem Haus und komme vor drei wieder.«

»Das erklärt es«, sagte ich langsam. »Mein Zimmer geht nach hinten raus ...«

»Meins auch«, warf der Geist ein.

»Ich gehe morgens später los als du und komme erst gegen vier nach Hause.«

»Zufrieden?«, sagte der Geist in einem ziemlich sarkastischen Ton.

»Glaub schon.«

Aber irgendwas war komisch an diesem Mädchen. Ich würde erst wirklich zufrieden sein, wenn ich sie in Fleisch und Blut vor mir sehen und sie mal tüchtig kneifen konnte.

Rose

Wie seltsam, dass ich sie nie gesehen hatte und dass sie mich nie gesehen hatte. Es sei denn, ich bin wirklich unsichtbar. Manchmal kommt mir das wirklich so vor. Besonders seit ich aus dem Krankenhaus zurück bin. Ich fühle mich so von allem losgelöst und hänge so in der Luft – und manchmal verblasst alles um mich herum und wird wieder weiß. Aber das liegt vielleicht daran, dass ich mir zu meinem Schutz weißes Licht herbeirufe, seit ich dieses Buch auf dem Dachboden gefunden habe.

Es hieß »Geistererscheinungen« und wurde von einem Mann namens Roger Priestley geschrieben. Im letzten Kapitel geht es darum, wie man sich vor Geistern schützt. Eine Methode ist, weißes Licht zu benutzen. Denn offenbar ist weißes Licht reine, gute Energie, die schlechte Geister fernhält. Das Buch enthielt Anweisungen.

Und so funktioniert das: Ich schließe die Augen und stelle mir vor, dass ich von weißem Licht überflutet und durchflutet werde, es strahlt aus mir heraus und hüllt mich ein wie eine Rüstung. Und es scheint so hell, dass es auch noch das kleinste bisschen Dunkelheit auslöscht, außer diesem strahlend hellen Weiß gibt es also nichts mehr.

Das mache ich morgens beim Aufwachen und abends vor dem Schlafengehen, und manchmal auch tagsüber zwischendurch. Dann fühle ich mich friedvoll und sicher. Ich glaube, es hilft vielleicht, die Geister fernzuhalten.

Ich muss sagen, ich war erleichtert festzustellen, dass das Lacey-Mädchen ein lebendiger, atmender Mensch war und keine Tote. Sie wusste auch eine Menge über Geister und das könnte nützlich sein.

Durch einen merkwürdigen Zufall war ich an dem Tag, bevor ich sie auf dem Dachboden hörte, ihren Brüdern über den Weg gelaufen.

Ich war gerade ganz schnell um die Ecke der Straße gerannt, in der wir wohnten, und mit den beiden zusammengestoßen. Ich ließ meine Schulbücher fallen.

»Entschuldigung«, murmelte ich.

Ich musste die beiden wirklich erschreckt haben, denn sie

zuckten zusammen, schrien auf und starrten mich entsetzt an, mit offenen Mündern und hervorquellenden Augen. Dann erholten sie sich und gingen auf mich los.

»Pass doch auf, wo du hinläufst«, sagte der eine.

»Warum schleichst du dich so an?«, sagte der andere. Die beiden sahen absolut identisch aus, sie trugen dieselben blauen Jacken mit Reißverschluss und braune Hosen. Ich fand das etwas beunruhigend, es war, als würde ich plötzlich doppelt sehen.

»Ja, hau doch ab«, sagte der eine. »Immer schön Abstand halten, Geistermädchen«, brüllte der andere.

Was hatte sie nur so sehr erschreckt? Ich ging nach Hause und guckte mich im Flurspiegel an. Geistermädchen?

Blasses Gesicht, große dunkle Augen mit Ringen drunter, dunkelgrauer Schulmantel, wirre Haare. Und ein trauriger Mund.

Ich sah aus wie ein Gespenst.

Verabredung

Polly

»Also, willst du dich zum Spielen mit mir treffen?«, fragte ich den Geist. Wenn sie tatsächlich ein Geist war, würde sie irgendeine Ausrede erfinden.

»Ich darf nicht mit dir spielen«, antwortete der Geist leise und gepresst. »Hab ich dir doch gesagt, meine Mutter glaubt, ihr seid allesamt Wilde wie euer Vater. Und deine Brüder, wie ich hinzufügen könnte.«

»Da werde ich dir nicht widersprechen, kleines Gespenst«, sagte ich fröhlich. »Deine Mutter liegt gar nicht falsch. Aber wir könnten uns auf dem Friedhof treffen, das wird sie nie erfahren.«

»Auf dem Friedhof?« Die Stimme des Geistes zitterte. »Warum auf dem Friedhof? Warum nicht im Park?«

»Weil der Friedhof mein Lieblingsplatz ist. Es ist so unheimlich dort und geheimnisvoll, und es ist einsam und deine Mutter würde uns da nie in die Quere kommen.«

»Nun ja …«

»Wenn du wirklich kein Geist bist, dann beweise es. Komm und triff dich mit mir und zeig mir, dass du nicht tot bist.«

Schweigen.

»Wusste ich doch!«, sagte ich, denn ich konnte einfach nicht anders. »Du *bist* ein Geist.«

»Ach, na gut!«, sagte der Geist. »Wir treffen uns morgen. Am großen Mausoleum mit dem Engel obendrauf. Wie heißt du?«

»Polly«, antwortete ich. Für jemanden, der behauptete kein Geist zu sein, kannte sie sich auf dem Friedhof ziemlich gut aus. Dieses Mausoleum lag ganz unten am Fuße des Hügels, man konnte es erst sehen, wenn man unmittelbar davorstand, weil es in den Hügel gebaut und von jeder Menge Büschen umgeben war.

»Polly. Gut. Dann sehe ich dich da morgen um zwei. Vormittags muss ich in die Kirche gehen.«

»Ich auch. Dann gibt es bei uns den Sonntagsbraten, aber zwei Uhr, das müsste ich schaffen können.«

»Oh … noch was, Polly.«

»Ja?«

»Wenn du mich noch ein Mal kleines Gespenst nennst, wird dir das echt leidtun. Ich heiße Rose.«

Rose

Das wirklich Erbärmliche an dieser ganzen Sache war, dass ich mich wirklich mit ihr treffen wollte. Andere Mädchen fragten mich nie, ob ich mit ihnen spielen wollte. Nie. Ab und zu arrangiert meine Mutter irgendwas mit den Damen aus ihrem Kreis, die Kinder haben, aber es funktioniert nie. Wir sitzen rum und starren einander an, bis die Erwachsenen ihr Gespräch beendet haben. Ich weiß nie auch nur ein Wort zu sagen.

Eigentlich habe ich noch nie eine richtige Freundin gehabt. Mit Leuten zu reden fällt mir schwer. Mit Polly erging es mir ganz anders. Vielleicht war es leichter, mit ihr zu reden, weil ich sie nicht sehen konnte. Und sie war irgendwie lustig, aber gleichzeitig auch nervig.

Und sie brannte mit Sicherheit darauf, einen Geist zu sehen. Wenn sie wüsste, wie das Geistersehen wirklich war, dann wäre sie so schnell wie möglich weggerannt, so weit sie nur konnte. Und das würde sie wahrscheinlich ohnehin tun, wenn wir uns begegneten und sie sah, wie seltsam ich war.

Weinen

Polly

In dieser Nacht wachte ich auf, weil ich meine Mutter weinen hörte. Es war sehr dunkel. Sie lag neben mir auf meinem Bett, so wie sie es immer getan hatte, wenn ich als kleines Kind schlecht geträumt hatte. Ich drehte mich um und legte den Arm um sie.

»Mama?«, flüsterte ich. »Mama, was hast du denn?«

»Oh, Polly«, sagte sie. »Die Sache mit den Eiern tut mir leid, ich hätte dran denken sollen.« Dann schluchzte sie und fing wieder an zu weinen und sich hin und her zu wiegen.

»Macht nichts, Mama«, sagte ich leise. »Ist schon okay. Mir tut es auch leid.«

Und das tat es. Ich wusste, dass sie es gut meinte. Sie will all diesen Kindern wirklich helfen, weil sie ein gutes Herz hat, aber sie hat so viel zu tun, dass sie mich ganz vergisst. Sie glaubt immer, dass sie alles schafft, aber manchmal brauche ich sie und dann ist sie nicht da. Ich wünschte, es könnte immer so sein wie in dieser Nacht, wo es uns beiden leidtat und wir beide verstanden, was der andere brauchte. Aber ich wusste, dass am nächsten Tag wieder alles laufen würde wie immer und Mama wieder sagen würde: »Polly, du hast so viel und so viele Kinder haben so wenig, du musst teilen lernen« und so weiter und so weiter.

Aber im Augenblick war es anders. Es war sehr still im Haus. Beinahe konnte ich die anderen atmen hören. Schließlich hörte Mama auf zu weinen. Vermutlich sind wir beide eingeschlafen, ich erinnere mich nicht daran, dass sie weggegangen ist. Doch am Morgen war sie nicht mehr da.

Rose

Ich wachte auf, weil ich meine Mutter weinen hörte. Es war sehr dunkel. Ich konnte sie in ihrem Zimmer hören, sie schluchzte, als ob ihr das Herz brechen würde. Mein Vater war auf einer Geschäftsreise in Montreal, sie war also ganz allein. Und sie weinte.

Ich stand auf und ging an ihre Tür.

»Mutter?«, sagte ich, aber meine Stimme wurde von der Traurigkeit im Zimmer verschluckt.

»Mein Baby«, jammerte sie. »Mein armes, armes Baby. Ich habe mein Baby verloren.«

Ich ging rüber ans Bett. Ich hasste es, sie weinen zu hören. Sie hatte sich aufgesetzt und den Kopf in die Hände gelegt. Ich berührte sie an der Schulter.

»Mutter, wein doch nicht«, flüsterte ich.

Da schaute sie auf, aber ich glaube, sie hatte im Schaf geweint, denn sie schaute mich zwar direkt an, aber sie sah mich nicht.

»Ich will mein Baby«, weinte sie. »Ich will sie wiederhaben. Nehmt mir mein Baby nicht weg.«

Plötzlich sah ich, dass sich etwas bewegte, etwas Weißes, ganz kurz nur, in dem ovalen Spiegel über der Frisierkommode meiner Mutter. Ich drehte mich um, um es mir anzusehen. In diesem Moment musste der Mond hinter den Wolken hervorgekommen sein, denn ein unheimliches kaltes Licht strömte ins Zimmer und ich konnte erkennen, was da im Spiegel war.

Ich war da. Ich trug ein weißes Nachthemd und mein wirres Haar fiel mir über die Schultern. Unter den Augen hatte ich tiefe dunkle Schatten. Ich schien zu schweben, im Spiegel.

Und noch nie hatte ich einem Geist so ähnlich gesehen wie jetzt.

Trübsal

Polly

Der Tag war perfekt für ein Treffen mit dem Geist auf dem Friedhof. Der graue Himmel wirkte so schwer und unheilverkündend. Ein eisiger Wind seufzte schwermütig durchs nackte Geäst der Bäume.

Ich zitterte in der Kälte und steckte die Hände tief in meine Taschen. Ich trug meinen roten Übergangsmantel und der war wirklich nicht warm genug. Die Feuchtigkeit drang durch den Stoff.

Der Friedhof lag verlassen da. Ich schlurfte durch raschelnde Blätter an meinen Lieblingsgräbern vorbei. Gower, Phyllis, acht Jahre alt, 1853. Ein dicker kleiner Engel war in den Stein gehauen. Sharpe, Percy, zwölf Jahre alt, 1906, der von zwei Löwen bewacht wurde. Bakeapple, Victoria, zwei Jahre alt, 1873, mit einem Blumenkranz aus Stein. Bakeapple, Anna, 36, 1879. Ich vermutete, das war Victorias Mutter. Ihre Grabsteine waren schwarz geworden im Laufe der Zeit.

Ich hatte das Gefühl, das ich auf dem Friedhof immer bekam: überall um mich herum waren Geister, aber ich konnte sie nicht ganz erreichen und sie nicht richtig sehen. Viele Grabsteine waren so groß wie ich, und wenn ich den Kopf ganz schnell drehte, sah es aus, als ob eine Armee von Leuten die Hügel hinter mir bevölkerte und mich beobachtete.

Ich konnte beinahe ein Raunen hören, ich konnte beinahe sehen, wie die toten Kinder die Arme nach mir ausstreckten, ich konnte sie beinahe um mich herum flüstern hören – aber da war niemand.

Doch vielleicht war heute endlich der Tag gekommen.

Ich ging um den Hügel herum und konnte einen ersten Blick auf das Mausoleum werfen. Der Engel schwebte darüber, seine riesigen Schwingen waren weit ausgebreitet, so als wollte er das Licht abschirmen.

Und richtig, da saß jemand auf den Stufen unterhalb des verschlossenen Tores zum Grab. Eine kleine, dunkle Gestalt, deren blasses Gesicht von einer Kapuze verdeckt war. Als ich näher kam, hob sie den Kopf und schaute mich an.

Ein Mädchen. Ein Mädchen mit einem spitzen kleinen Gesicht, großen dunklen Augen und einem seltsam schiefen Mund. Sie hatte Schatten unter den Augen und sah aus wie … nun ja, sie sah aus wie ein Geist.

Rose

Es war einer von diesen trüben, dunklen Nachmittagen, die Geister am liebsten haben, weil die ganze Welt elend, traurig und leer wirkt.

Ich war früh zum Friedhof gegangen, denn ich wusste, wie schwer es für mich sein würde, ihn zu betreten. Ich stand draußen vor dem eisernen Tor und versuchte den Mut aufzubringen hindurchzugehen. Bevor ich aus dem Haus gegangen war, hatte ich meine Weißlichtbeschwörungen aufgesagt, aber das Gewicht der Geister hinter den Toren legte sich mir auf die Brust, sodass ich kaum atmen konnte.

NECROPOLIS war in den steinernen Torbogen gemeißelt worden. Das bedeutete: Stadt der Toten. Hier wurden seit fast zweihundert Jahren Menschen beerdigt.

Berühmte Rebellen, Schriftsteller, Politiker und auch ganz normale Menschen, ganze Familien, Kinder, Mütter und Babys. Zu viele Babys. Hunderte von Geistern, die alle lamentierend nach Aufmerksamkeit verlangten.

Ich spähte hinein. Die von Grabsteinen gesäumte Straße schlängelte sich inmitten großer, alter Bäume dahin. Keine Spur von dem Mädchen. Keine Spur von irgendeinem lebenden Menschen.

Ich schloss die Augen und versuchte mir vorzustellen, wie das weiße Licht sich um mich legte – wie eine Rüstung, eine harte Schale, die Geister abwehren würde. Meine Finger und Zehen kribbelten, weil sie warm wurden.

Ich machte die Augen auf und trat durch das Tor. Schnell huschte ich an den Grabsteinen vorbei hügelabwärts zum Mausoleum. Dort setzte ich mich auf die Stufen und murmelte verzweifelt: »Weißes Licht, weißes Licht.« Immer wieder. Das setzte ich fort, bis ein Mädchen vor mir auftauchte. Ihre Augen hinter der Hornbrille wirkten ganz groß. Und vor dem grauen Friedhof als Hintergrund leuchtete ihr enger roter Mantel wie eine Fackel.

Die Grabsteine

Polly

»Rose?« Meine Stimme war schrill.

Die Gestalt stand auf und bewegte sich auf mich zu. Sie war kleiner als ich und trug ein langes schwarzes Cape mit einer Kapuze. Langsam streckte sie die Hand aus – haargenau wie Amandas Geist im Buch! Keuchend wich ich einen Schritt zurück.

Das Mädchen blieb stehen und verdrehte die Augen. Nicht auf geisterhafte Art – eher so, als wollte sie sagen: »Nicht zu fassen, wie blöd du bist.«

»Ich wollte dir nur die Hand schütteln«, sagte sie, dabei zuckte ihr kleiner Mund so, dass man es für ein Lächeln halten konnte. »Um dir zu zeigen, dass ich kein Geist bin.«

Oh. Einen Moment lang zögerte ich und beobachtete ihre seltsamen großen Augen, dann streckte ich meine Hand aus. Sie drückte sie kurz und fest und ließ nicht los. Ihre Finger waren sehr kalt.

»Überzeugt?«, fragte sie.

»Glaub schon«, antwortete ich und entzog ihr schließlich meine Hand.

»Oh nein, bist du nicht«, sagte sie zickig. »Du hältst mich

immer noch für einen Geist. Du findest, dass meine Hand unnatürlich kalt ist und dass ich merkwürdig aussehe.«

Genau das hatte ich gedacht. Dieses Mädchen war unheimlich.

»Komm, wir gehen ein Stück«, sagte sie unvermittelt. Sie guckte über ihre Schulter und scheuchte mich dann den Weg entlang.

Ich schaute mich um, weil ich wissen wollte, was sie gesehen hatte. Der Engel schwebte über uns. Direkt unter ihm prangte in großen steinernen Lettern der Name der Familie, die in diesem Mausoleum bestattet war: MCPHERSON.

»Was sagtest du noch, wie du heißt?« Ich bemühte mich, mit ihr Schritt zu halten.

Sie warf mir einen kurzen Blick zu und schüttelte ungeduldig den Kopf.

»Ja, das ist das Familienmausoleum«, sagte sie. »Ich bin Rose McPherson und in diesem Hügel sind drei Generationen von McPhersons beigesetzt.«

Ich grinste. »Das ist ja so aufregend!«, sagte ich. »Erzähl mir noch einmal, dass du kein Geist bist!«

Rose

»Rose?«, sagte das Mädchen mit einer ängstlichen Piepsstimme.

Sie trug einen doppelreihig geknöpften roten Mantel mit sechs weißen Knöpfen. Er war zu eng und die Ärmel waren ihr ein bisschen zu kurz. Der Rand ihrer Hornbrille lief spitz nach oben hin zu, so dass sie ständig irgendwie erstaunt wirkte. Glatte braune Haare und der Gesichtsausdruck eines eifrigen Welpen. Ich konnte sie lesen wie ein Buch. Sie wünschte sich wirklich, dass ich ein Geist war. Für sie war das ein Spiel.

Ich wollte so schnell wie möglich runter von diesem Friedhof. Außerhalb meines schwächer werdenden Kreises aus weißem Licht konnte ich spüren, wie die Geister sich anstrengten, zu mir durchzudringen. Idiotisch grinsend trottete das Mädchen hinter mir her.

»Hör mal«, sagte ich. »Ich bin kein Geist. Aber ich sehe sie immerzu. Das macht keinen Spaß.«

»Wow«, hauchte sie. »Du siehst sie wirklich? Siehst du jetzt welche? Ich hab nämlich so ein richtig unheimliches Gefühl, so als ob sie überall um uns herum wären.«

Ich ging schneller. »Ja. Das sind sie.«

Plötzlich zupfte etwas an meinem Cape, ich schaute runter und sah ein kleines Mädchen mit einem blonden Lockenschopf, sie trug ein altmodisches weißes Nachthemd und schaute bittend zu mir auf.

»Mama?«, sagte sie mit Tränen in den Augen. »Vicky will ihre Mama.«

Ungeduldig schüttelte ich sie ab und fing an zu laufen. Polly kam hinter mir hergehoppelt und rief meinen Namen, aber ich flitzte um die Ecke und hielt auf das Tor zu.

Am schnellsten kam man nach draußen, wenn man die Abkürzung über den überwucherten Streifen entlang der Friedhofsmauer nahm. Die Friedhofswächter hatten sich hier schon eine Weile nicht mehr die Mühe gemacht, das Gras zu mähen, und aus dem Unkrautgestrüpp ragten ein paar alte Grabsteine. Über einige sprang ich und einem größeren wich ich aus, doch ein Krachen hinter mir und ein Schrei von Polly hielten mich auf. Ich drehte mich um und schnappte keuchend nach Luft. Sie war über einen Grabstein gestolpert und lag alle viere von sich gestreckt auf dem Boden.

Aus dem Augenwinkel nahm ich Bewegung wahr, weiße Gestalten begannen sich aus den Gräbern zu erheben und in meine Richtung zu schweben, genau wie in meinem Traum.

»Weißes Licht, weißes Licht, weißes Licht«, murmelte ich verzweifelt, während ich zu Polly zurückstolperte. Ich musste hier raus.

Ich streckte den Arm aus, wollte sie hochziehen, doch sie rührte sich nicht. Wie gebannt starrte sie auf einen Grabstein.

Ich schaute mir den Stein an. WINNIFRED ROSE MCPHERSON war darauf zu lesen.

Tot

Polly

Alles wurde ganz still. Ein tiefes Schweigen schien aus dem Boden aufzusteigen. Der Geist wirkte geschockt. Die Farbe wich aus ihrem Gesicht und sie schwankte.

Bis dahin hatte ich ein bisschen so getan als ob. Ich hab es nicht wirklich geglaubt, aber als ich nach meinem Sturz den Kopf gehoben hatte und ihr Name mir ins Gesicht starrte, direkt vor meiner Nase, da war ich überzeugt. Sie war tatsächlich ein Geist und sie brauchte meine Hilfe.

Rose

Plötzlich war es still. Ich konnte den Wind nicht mehr in den Blättern rascheln hören und das Rauschen des Verkehrs auf der Schnellstraße auch nicht mehr. Meine Welt schrumpfte zu diesen wenigen in Stein gehauenen Wörtern zusammen: WINNIFRED ROSE MCPHERSON 1910–1923.

Mein Name. Ich? Ich hatte das Gefühl zu fallen. Ich konnte nicht atmen. Die Grabsteine und die Bäume fingen an, sich ganz schnell zu drehen – und dann wurde alles schwarz.

Eine Folge von Bildern flimmerte durch mein Hirn, fast so, als hätte ich einen Traum.

Eine Brücke bei Nacht. In der Ferne die Lichter der Stadt. Das Gesicht eines Jungen, das mir sehr bekannt vorkam. Das Kreischen von Bremsen und ein Knall – dann ein schwindelerregender Sturz ins Nichts, einer, der immer weiter und weiter ging. Ein schrecklicher dumpfer Aufprall.

»Rose? Rose? Fehlt dir was?«

Pollys Stimme kam von weit, weit her. Jemand zog an meinem Arm.

Ich schlug die Augen auf. Ich konnte die filigranen Umrisse schwarzer Zweige vor dem grauen Himmel sehen. Ich lag auf etwas Feuchtem und Harten. Polly beugte sich über mich und ihre Finger bohrten sich in meinen Arm.

»Rose?«, wiederholte sie mit sich überschlagender Stimme.

Ich konzentrierte mich auf ihre rosigen Wangen und darauf, wie sich ihre Finger durch meinen Mantel hindurch anfühlten. Ich atmete tief durch. Ich konnte spüren, wie die kalte Luft meine Lungen füllte. Wenn ich tot wäre, dann könnte ich all das doch ganz bestimmt nicht fühlen? Auch die feuchten Blätter nicht, die meine Strümpfe durchweichten? Und dass mir ein Stock ins Bein piekte?

Ich setzte mich auf. Der Grabstein war noch da, mit diesen Wörtern, die mir entgegenschlugen wie grelles Neonlicht. WINNIFRED ROSE MCPHERSON.

Was hatte das zu bedeuten? Ich fühlte mich nicht tot. Überhaupt nicht.

Das Rätsel

Polly

»Das ist ein Irrtum«, sagte der Geist, rappelte sich hoch und hielt wieder auf das Friedhofstor zu. »Ich bin kein Geist.«

Ich rannte hinter ihr her, dieses Mal passte ich ein bisschen besser auf meine Füße auf. Bevor ich sie einholen konnte, war sie schon zum Friedhofstor hinaus und die Straße hinuntergelaufen. »Irgendwie siehst du aber aus wie ein Geist«, keuchte ich. Sie ging jetzt schnell, schaute immer wieder über ihre Schulter und murmelte vor sich hin.

»Und das ist schon ein merkwürdiger Zufall, findest du nicht?«, fuhr ich fort. »Ein Grab mit deinem Namen darauf zu finden?«

Dann ging sie auf mich los.

»Ich bin nicht … Ich bin es nicht!«, sagte sie. »Ich bin lebendig. Ich werde es dir beweisen.«

Sie weinte fast. Sie tat mir so leid. Man muss sich mal vorstellen, wie das wohl ist, wenn man plötzlich feststellt, dass man tot ist!

»Wie?«, fragte ich.

»Weiß ich nicht. Aber das muss ein Irrtum sein!«, wiederholte ich. »Sie könnte eine Verwandte von mir sein oder aus einem anderen Zweig der Familie.«

»Was ich mich frage«, sagte Polly nachdenklich, »ist, warum du nicht mit all den anderen McPhersons im Mausoleum beigesetzt worden bist? Warum liegt dein Grab da so ganz für sich in eine Ecke gequetscht?«

Ich starrte sie an, dabei erinnerte ich mich an die kurze Vision, die ich hatte, bevor ich in Ohnmacht gefallen war. Die Brücke. Der Sturz. Der Aufprall.

»Nein«, sagte ich kopfschüttelnd. »Nein!«

Ich wollte wieder loslaufen, aber Polly packte mein Cape und hielt mich fest.

»Rose«, sagte sie. »Bleib doch hier.« Sie sah so besorgt aus.

»Es ist nicht wahr«, flüsterte ich.

»Vielleicht hast du recht. Vielleicht bist du nicht tot. Wir finden das heraus, zusammen. Ich helfe dir.«

Einen Augenblick lang war ich in Versuchung, aber etwas an ihrem Eifer machte mich argwöhnisch. Ich befreite mich aus ihrem Griff.

»Lass mich in Ruhe. Du spielst immer noch dein blödes Geisterspiel. Wenn du wüsstest, wie schrecklich es wirklich ist, wenn man Geister sieht, würdest du dich nicht so albern aufführen.«

Und da überraschte sie mich. Statt zurückzuzicken, hellte sich ihre Miene auf und ein Grinsen ging über ihr Gesicht.

»Ich bin albern, ich weiß. Ich hatte schon immer einen Geisterfimmel. Aber das hier ist ein echtes Rätsel – und es wäre lustig herauszukriegen, was wirklich los ist. Findest du das nicht?«

Ich starrte sie an. Lustig?

»Aber wenn es wahr ist, was dann?«, krächzte ich. »Was ist, wenn ich wirklich ein Geist bin?«

Sie hakte sich bei mir ein und zerrte mich die Straße entlang.

»Wenn du einer bist, ist es doch gar nicht so übel, oder?«

Der Wind wurde jetzt stärker und pfiff durch die Bäume auf dem Friedhof. Die nackten Äste ragten über die Straße und bildeten einen Torbogen. In den Häusern gingen die Lichter an und ich konnte Rauch von einem Holzfeuer riechen. Ich spürte die Wärme von Pollys Arm durch mein Cape. Sie hüpfte ein bisschen, als sie mich vorantrieb, es war fast ein Hopsen.

»Nein«, sagte ich langsam. »Es ist gar nicht so übel.«

Der Beweis

Polly

Wenigstens war ich nicht mehr allein. Ich mochte Rose gern. Also, vielleicht war sie ein Geist, vielleicht auch nicht, aber wie dem auch sein mochte, sie war jemand, mit dem ich reden konnte. Zwar war sie irgendwie mürrisch, aber das störte mich nicht. Das Tolle war, dass ich ein echtes Abenteuer erlebte, genau wie die Mädchen in den Büchern.

Ehe wir zu Hause ankamen, planten wir, wie wir vorgehen wollten. Rose würde versuchen, alles, was sie nur konnte, über die Geheimnisvolle Winnifred herauszufinden. Vielleicht war sie eine entfernte Kusine oder so. Insgeheim dachte ich immer noch, dass Rose sehr wohl Winnifred sein könnte. Sie hätte doch seit Jahren in diesem Haus herumspuken und dabei glauben können, sie würde leben und zur Schule gehen und alles, während sie in Wirklichkeit tot war. Solche Geschichten hatte ich gelesen. Und der Grund dafür, dass Rose alle diese Geister sehen konnte, war vielleicht, dass sie selber ein Geist war. Das sagte ich allerdings nicht laut.

Egal, wir verabredeten uns für Montag nach der Schule auf dem Dachboden, da wollten wir besprechen, was sie herausbekommen hatte. Inzwischen war es meine Aufgabe, Beweise dafür zu finden, dass Rose tatsächlich letzten Sommer in dieses Haus eingezogen war. Mama würde das wissen.

Rose

Trotz allem war ich so froh wie schon lange nicht mehr. Es war so ein gutes Gefühl, nicht mehr allein zu sein. Selbst wenn ich ein Geist sein sollte, so wäre ich wenigstens für Polly nicht so unsichtbar wie für alle anderen.

Huch. *Selbst wenn ich ein Geist sein sollte …* ! Der Gedanke war doch völlig absurd. Polly war eine arme Irre, eine arme Irre mit Überzeugungskraft. Doch es gab da einige seltsame Sachen, die ich mir nicht erklären konnte. Warum hatten Pollys Brüder Angst vor mir? Warum beweinte meine Mutter im Schlaf meinen Verlust? Warum stand mein Name auf einem Grabstein auf dem Friedhof? Warum fühlte ich mich, seit ich krank gewesen war im Sommer, so losgelöst, als würde ich schweben und hätte keine Verbindung mit der Erde? Wenn man das alles in Betracht zog, sah es ziemlich schlimm aus.

Ich fühlte mich nicht tot. Aber wer wusste schon, wie es sich anfühlte, tot zu sein?

Wie üblich waren meine Eltern nicht zu Hause, als ich heimkam. Vater würde erst in etwa einer Woche zurückkommen und Mutter besuchte jemanden. Selbst wenn sie zu Hause gewesen wären … wie hätte ich sie fragen können, ob ich tot war? So was wäre doch nur ein Grund mehr für sie, mich für verrückt zu halten und zu glauben, man müsse mich einsperren. Und was sollten sie sagen, wenn ich wirklich tot war? »Ja, mein Schatz, wir haben uns schon gefragt, wann du es endlich merkst. Und jetzt schnell ab in den Himmel.«? Das war einfach zu seltsam.

Ich hatte Polly versprochen, ich würde versuchen, etwas über Winnifred herauszukriegen, deshalb ging ich ins Arbeitszimmer meines Großvaters. Auf der Suche nach Lesestoff war mir bei einer meiner Expeditionen eine große alte Bibel auf dem untersten Regalbrett aufgefallen. Ich wusste, dass Leute Geburten und Sterbefälle in ihre Familienbibeln eintrugen, das schien mir also ein guter Anfang zu sein.

Das Arbeitszimmer lag im Dämmerlicht des späten Nachmittags da. Die dicke Bibel hatte ich schnell gefunden und ich hievte sie aus dem Regal. Sie war schwer, in dickes braunes Leder gebunden, mit Seiten, die am Rand vergoldet waren, sodass eine glatte, glänzende Oberfläche entstand, wenn das Buch geschlossen war.

Ich nahm die Bibel mit rüber zum Schreibtisch, dort knipste ich die Lampe an und schlug sie auf. Und tatsächlich, auf der Innenseite des Einbandes waren mit verschiedenen Handschriften Namen eingetragen. Namen und Daten.

Der erste Name war John Gerald McPherson, geboren 1805 in Aberdeen, Schottland. Er hatte 1829 eine Frau namens Margaret Campbell geheiratet. Sie hatten sieben Kinder, vier starben im frühen Kindesalter. Ich fuhr mit dem Finger die Seite entlang. Der erste McPherson war 1864 nach Kanada gekommen, nach Toronto, wo er Elisabeth Drummond geheiratet hatte. Weitere Ehen, Geburten und Todesfälle folgten. Meine Großeltern waren da, sie hatten 1909 geheiratet. Und dann wieder dieser Name, mein Name, der mich beinahe ebenso plötzlich wie auf dem Grabstein ansprang. »Winnifred Rose McPherson. Geboren am 5. Dezember 1910, verstorben am 8. Januar 1923.« Daneben stand der Name meines Vaters: »William George McPherson, geb. 28. August 1915, Eheschließung am 5. Mai 1949 mit Mary Louise McTavish.«

Meine Ankunft am 5. Dezember 1950 war nicht vermerkt. Aber die hier eingetragene Winnifred hatte am selben Tag wie ich Geburtstag. Und sie war gestorben, als sie ungefähr so alt gewesen war wie ich: dreizehn.

Abendessen

Polly

Bei mir zu Hause verläuft das Abendessen immer gleich. Wir quetschen uns alle an den Tisch im Flur. Seit die Pflegekinder in Scharen kommen und uns den Platz wegnehmen, haben wir nämlich kein Esszimmer mehr. Im Flur zu essen ist lächerlich. Papa muss sich zuerst hinsetzen, weil der Tisch den ganzen Flur einnimmt, und wenn er erst mal sitzt, kann er seinen Platz nicht verlassen, ohne dass alle aufstehen müssen. Von seinem Tischende aus serviert er das Fleisch, dann werden die Teller zu Mama weitergegeben, die das Gemüse auflegt. Wir müssen alle warten, bis jeder etwas bekommen hat, bevor wir anfangen dürfen zu essen.

Die Gräuel schneiden mir während des ganzen Essens Fratzen. Ich versuche sie gar nicht zu beachten, aber ab und zu raste ich mal aus und brülle sie an.

Muh und Puh plappern über Jungs und die Schule und Make-up und die neuesten Rock 'n Roll Hits und all die anderen Sachen, die sie für ach so interessant halten. Lucy macht ein paar hochintellektuelle Anmerkungen über englische Literatur oder Geschichte, die Papa zu langen Ausführungen veranlassen, und Susie sitzt auf ihrem Hochstuhl und schmeißt mit Essen. Ich mische mich ins Gespräch ein, wann immer ich kann, obwohl es manchmal besser ist, wenn ich einfach still bin und mich auf meinen Teller konzentriere. Meine Familie kann ganz schön Krach machen beim Essen.

Mama hatte meine Frage in den Raum gestellt. »Haben die neuen Nachbarn ein Kind, Ned?«, fragte sie, dabei schob sie Marks Ellenbogen vom Tisch.

»Ich habe keins gesehen«, sagte Papa. »Ich finde diese Leute ziemlich reserviert. Wie ich das verstanden habe, wohnten sie früher in Rosedale. Warum sie hier runterziehen wollten, begreife ich nicht.«

In Rosedale wohnen die reichen Leute, das Viertel liegt auf der anderen Seite der Bloor Street.

»Aber das Geistermädchen ist immerhin da«, sagte Matt und gab Mark einen Rippenstoß.

»Das Geistermädchen?«, sagte ich. Niemand schenkte mir Beachtung.

»Sei doch nicht so albern, Matt«, sagte Mama. »Und sprich nicht mit vollem Mund.«

Mark ergriff das Wort. »Ich hab das Geistermädchen drüben zur Haustür reinschweben sehen. Sie trägt schwarze Sachen und ist richtig hässlich – und sie redet mit Geistern.«

»Ich glaube, sie ist ein Geist«, sagte Matt. »Sie stiehlt den Leuten die Seelen.«

»Das ist doch totaler Blödsinn«, sagte Papa. »Deine Fantasie geht mit dir durch. Da drüben habe ich noch nie Kinder gesehen, nur eine Frau und einen Mann, die früh aus dem Haus gehen und spät wieder heimkommen. Es versteht sich wohl von selbst, dass ich nicht mit ihnen gesprochen habe, seit dieser Auseinandersetzung an ihrem Einzugstag.«

»Da warst du wirklich uneinsichtig, Ned«, sagte meine Mutter mit einem Seufzer.

Muh und Puh fingen an zu kichern und Papa warf ihnen einen finsteren Blick zu.

»Manche Leute«, sagte er ernsthaft, »glauben, sie können sich alles erlauben.«

Rose

Zum Abendessen gab es Roastbeef-Sandwich mit brauner Soße, aber ich konnte kaum einen Bissen essen. Immerzu musste ich an diese Seite in der Bibel denken.

Als Kendrick reinkam und mein Geschirr holen wollte, platzte ich mit meiner Frage heraus: »Wer war diese Winnifred Rose McPherson, die 1923 gestorben ist?«

»Geht dich nichts an«, sagte sie.

»Wer war sie?« Ich war hartnäckig. »Meine Tante? Vaters Schwester? Warum habe ich noch nie von ihr gehört?«

Kendrick kniff ärgerlich die Lippen zusammen. Sie konnte mich wirklich nicht leiden.

»Wenn dein Vater nicht von ihr sprechen will, dann steht es mir wohl auch nicht zu.«

Ich sprang auf, da zuckte sie wieder zusammen.

»Ich habe ein Recht, das zu wissen. Vater ist nicht hier. Erzähl du es mir.«

Kendrick starrte mich an. »Du bist genauso wie sie. Das ist das Problem.« Sie nahm meinen nahezu unberührten Teller und ging Richtung Küche. Ich folgte ihr.

»Wie bin ich denn genau wie sie?«

Kendrick schüttelte den Kopf. »Ich will nichts sagen. Frag deinen Vater.«

In einer Ecke der Küche war eine grauhaarige Frau beim Bügeln. Sie trug ein langes, gemustertes Kleid, das ganz ausgeblichen war, es ging bis zum Fußboden, und eine altmodische Schürze, die hinten mit einer großen Schleife zugebunden war. Mit müden Augen schaute sie zu mir auf und lächelte ein trauriges kleines Lächeln, dann bügelte sie weiter.

Ein Geist. Sie kamen wieder ins Haus.

»Weißes Licht, weißes Licht, weißes Licht«, murmelte ich.

Kendrick drehte sich um, weil sie sehen wollte, wo ich hinguckte. Für sie war da nichts weiter als eine leere Ecke.

»Genau wie sie!«, sagte sie verbittert. »Das hat sie auch immer gemacht. Leute gesehen, wo keine waren, Selbstgespräche geführt – verrückt, völlig verrückt.«

»Woher weißt du, dass ich Leute sehe?«, fragte ich sie.

»Ich kenne die Anzeichen«, antwortete Kendrick und tauchte die Arme ins Spülwasser. »Hab ich alles schon gesehen. Dieses Mädchen hat so viel Ärger in dieses Haus gebracht, ihre Mutter hätte das fast umgebracht, und jetzt bist du hier, noch so eine, genauso wie sie.«

»Was für ein Ärger? Was ist geschehen?«

Kendrick wusch weiter ab. »Ich sage nichts mehr. Ich hab

zu tun. Üb du jetzt lieber mal Klavier, wie deine Mutter es dir aufgetragen hat.«

Und das war's. Mehr war nicht aus ihr rauszukriegen.

Der Türspringer

Polly

Am nächsten Tag nach der Schule ging ich sofort hoch auf den Dachboden. Ich befürchtete fast, Rose nicht anzutreffen, weil sie wirklich ein Geist war oder weil ich mir alles nur eingebildet hatte.

»Rose?«, sagte ich in die Dunkelheit.

Keine Antwort.

»Rose?«, sagte ich lauter.

»Ich bin hier«, antwortete sie. Es klang ganz weit weg.

»Und? Hast du irgendwas herausgefunden?«, fragte ich.

»Schon«, sagte sie und dann verstummte sie wieder.

»Na? Was denn?«

»Winnifred war meine Tante. Die älteste Schwester meines Vaters.«

»Wie kann es sein, dass du nie was über sie gehört hast? Woran ist sie gestorben?«

Schweigen.

»Rose! Rose, was ist denn los?«

»Hör mal, Polly, das ist alles wirklich seltsam. Kendrick hat mir von ihr erzählt, sie hat gesagt, Winnifred war verrückt und hat Leute gesehen, die nicht da waren …«

»Geister«, hauchte ich. »Genau wie du.«

»Ja, offenbar genau wie ich«, sagte Rose leise. »Sie hat irgendwie furchtbaren Ärger ins Haus gebracht. Mehr wollte Kendrick mir nicht erzählen.«

»Mist.«

»Ich habe so eine Bibel mit unseren Familiennamen darin gefunden, und da habe ich gesehen, dass Winnifred meine Tante gewesen ist, aber das Seltsame war …«

Sie redete nicht weiter.

»Was war das Seltsame?«, drängte ich.

»Das Seltsame war, dass mein Name nicht eingetragen war. Ich war einfach nicht da.«

»Du glaubst doch nicht …«, sagte ich. »Du glaubst doch nicht …«

Rose fiel mir ins Wort.

»Nein, Polly, ich glaube nicht, dass es daran liegt, dass ich in Wirklichkeit Winnifreds Geist bin! Warum sollte Kendrick denn mit mir reden, wenn ich ein Geist wäre? Warum sollte sie mir ein Abendessen vorsetzen? Warum würde sie von Winnifred sprechen wie von einem anderen Menschen?«

»Na ja, vielleicht ist sie auch ein Geist. Hast du daran schon mal gedacht? Vielleicht sind sie alle Geister, deine Mutter, dein Vater … Vielleicht seid ihr alle in diesem Haus in der Zwischenwelt gefangen, wo ihr die Vergangenheit immerzu wiederholen müsst und du …«

»Polly, nun reiß dich mal zusammen«, sagte Rose. »Ich bin kein Geist, klar? Schlag dir das aus dem Kopf! Da geht etwas Seltsames vor, aber: Ich bin kein Geist!«

»Meine Mutter hat dich noch nie gesehen«, sagte ich schnell. Ich konnte nicht anders. »Und mein Vater auch nicht. Meine Brüder schon, aber die halten dich auch für einen Geist. Sie nennen dich Geistermädchen.«

»Deine Brüder«, erwiderte Rose, »sind zwei widerliche kleine Bengel, die anderen Leuten nur Streiche spielen wollen.«

Da konnte ich ihr nur recht geben.

Rose

Ich war froh, wieder auf meinem Dachboden zu sein. Hier gab es wenigstens keine Geister. Was auch immer die Geister von mir ferngehalten hatte, funktionierte nicht mehr. An diesem Morgen war der Frühstücksgeist zurückgekehrt, schwermütig hatte er meinen Marmeladentoast angesehen. Und am Abend davor war ein anderer gekommen. Ein wirklich unheimlicher. Aber das würde ich Polly nicht erzählen. Sie würde sich bloß alle möglichen Theorien über ihn ausdenken und das ertrug ich nicht.

Folgendes war passiert: Nach dem Abendessen hatte ich beschlossen, mich im Zimmer meiner Großmutter umzuschauen, nur um zu sehen, ob ich mehr über Winnifred herausfinden konnte. Die Tür war geschlossen. Ich drehte den Knauf und machte einen Schritt in das Zimmer hinein.

Etwas Schwarzes sprang mich an, es war hinter der Tür hervorgekommen. Ich hob den Arm, um es abzuwehren. Dann spürte ich plötzlich einen kurzen Kälteschauer und eine Welle von Hass – und es war weg.

Es hätte eine Katze sein können, nur haben wir keine Katze. Der Raum war leer. Und der Flur hinter mir ebenfalls.

Langsam ging ich in das Zimmer hinein, ganz vorsichtig und wachsam. Nichts. Mein wild hämmerndes Herz beruhigte sich wieder.

Ein Geist. Aber keiner der gewöhnlichen Art.

Ich begann das Zimmer meiner Großmutter nach Spuren meiner geheimnisvollen Tante zu durchsuchen. Die Bücherregale, die Kommode, unter dem Bett. Da war nichts als Staub. Kendrick kam wahrscheinlich nicht oft hier rein.

Ich machte mich an den Kleiderschrank, der immer noch voll von den Kleidern meiner Großmutter war. Hier waren stapelweise Schuhkartons, die zog ich ins Licht und schaute nach, was drin war.

Schuhe mochte meine Großmutter gern. Sie hatte sie in ihren Originalkartons aufbewahrt.

Altmodische Schuhe mit Schnürbändern, elegante mit kleinen Schleifen, Tanzschuhe, solide Straßenschuhe, Satinpantoffeln. Ich probierte ein Paar dunkelrote Pumps an, die nur ein ganz klein wenig zu weit waren. Meine Großmutter war winzig gewesen, wie ich. Neben der Kommode stand ein großer Spiegel, ich konnte also bewundern, wie erwachsen meine Beine mit den hochhackigen Schuhen plötzlich aussahen. Die Haare schüttelte ich aus und musterte kritisch mein Spiegelbild. Das Gesicht war einfach zu blass und diese tiefen Ringe unter den Augen … Auf meiner Nase war ein Fleck. Ich trat näher an den Spiegel heran, weil ich sehen wollte, was es war – und plötzlich wirbelte mein Spiegelbild ins Dunkel und das schwarze Ding war wieder da und raste aus dem Spiegel heraus auf mich zu.

Ich duckte mich, spürte wieder die Kälte und den ätzenden Hass, aber nichts berührte mich. Ich schlug die Augen auf.

Es war weg.

Socken

Polly

»Frag deine Mutter«, sagte ich. »Sie wird dir von Winnifred erzählen.«

Schweigen.

»Rose?« Irgendwas stimmte heute offenbar nicht mit ihr.

»Hmmm«, hörte ich durch die Wand.

»ROSE!«, rief ich. »Was ist los?«

Ein tiefer Seufzer. »So einfach ist das nicht«, antwortete sie schließlich. »Du kennst meine Mutter nicht.«

»Was ist denn? Ist sie etwa gemein zu dir oder so?«

Noch ein tiefer Seufzer. Stille. Ich wollte gerade wieder rufen, als Rose zu reden anfing.

»Nein, gemein ist sie nicht. Sie hat nur immer so viel zu tun. Und ich … rede eigentlich nie mit ihr.«

»Jaja, aber du kannst sie doch was fragen, oder?«

»Sie wäre sehr erstaunt, wenn ich reden würde.«

Wieder Stille. »Ich sage nicht viel. Eigentlich rede ich mit niemandem. Nur mit dir jetzt.«

Das war wohl das Seltsamste vom Seltsamen. »Du musst doch reden. Also, du musst sie doch um Sachen bitten und so. Wie …äh … wie saubere Socken.«

Rose prustete los vor Lachen.

»Socken – ganz bestimmt nicht. Um die Wäsche kümmert sich Kendrick.«

Ich überlegte gerade, über welche Dinge ich mit meiner Mutter redete. »Beklagst du dich denn nie über was? Zum Beispiel, wenn du nicht magst, was es zu essen gibt, oder wenn du einen neuen Pullover haben möchtest oder so? Erzählst du ihr nicht, was du in der Schule gemacht hast?«

»Eigentlich nicht. Sie ist ja kaum mal da. Sie arbeitet andauernd.«

Das kam mir höchst verdächtig vor. Also, alle Mädchen reden doch mit ihren Müttern. Vielleicht hörte ihre Mutter nicht zu (wie meine), aber manchmal redet man doch mit seiner Mutter …

»Sprichst du mit deinem Vater?«, fragte ich.

Ungeduldiges Seufzen. »Nein, nicht wirklich. Er ist auch nicht viel da.«

»Wo ist er?«

»Bei der Arbeit. Oder er reist. Er arbeitet für die Firma meines Großvaters, wie meine Mutter. Er muss oft nach Ottawa fahren und nach Montreal und Windsor … und manchmal nach Vancouver. In viele verschiedene Städte.«

»Was ist das für eine Firma?«

»Socken!«, sagte Rose, sie schnaubte.

»Socken?«

»Ja, Socken. Hast du nie von McTavish Socken gehört?«

»McTavish Socken? Meinst du die, die den schnurrbärtigen Mann mit dem Kilt auf der Verpackung haben?«

Noch ein ungeduldiger Seufzer. »Ja, wir sind McTavish Socken. Die Familie meiner Mutter jedenfalls, und sie führt jetzt den Betrieb praktisch, weil mein Großvater schon so alt ist. Meine Eltern arbeiten immer. Manchmal glaube ich, sie haben vergessen, dass sie eine Tochter haben, weil ich sie nie sehe – und wenn, dann reden wir kaum. Beim Frühstück lesen sie die Zeitung, und der Einzige, der mich bemerkt, ist der Frühstücksgeist und …«

»Frühstücksgeist?«, hauchte ich atemlos. »Wer ist das? Ist das ein echter Geist?«

»Ja. Ich habe ihn heute gesehen. Er ist ein alter Mann, der sich wünscht, er könnte frühstücken so wie früher, als er noch lebte. Seit Jahren verfolgt er mich schon, aber seit wir hierhergezogen sind, war er nicht mehr da. Ich vermute, er hat endlich doch den Weg zu diesem Haus gefunden.«

»Ist er … ist er unheimlich?« Ein Geist beim Frühstück. So was würde ich zu gern sehen!

»Nein, nein, das ist bloß ein alter Mann mit einer Menge weißer Haare. Er stört mich nicht besonders. Ich wünschte nur, meine Eltern würden mit mir reden. Wie kann es sein, dass ich eine Tante habe, über die ich noch nie ein Wort gehört habe?

Ja, wie konnte das angehen, dachte ich. Und wie konnte sie Eltern haben, die sie weder sahen noch mit ihr redeten? Es sei denn, natürlich, sie war selber ein Geist?

Rose

Meine Eltern haben nie besonders viel mit mir geredet. Warum, weiß ich nicht. Sie hatten es sich vielleicht angewöhnt, weil ich vor meinem fünften Lebensjahr kein Wort gesprochen habe. Wenn meine Mutter mir mal ihre Aufmerksamkeit widmet, dann immer mit leicht gerunzelter Stirn, so als wäre ich ein weiteres Problem am Arbeitsplatz, das gelöst werden muss. In den letzten paar Monaten hatte sie sich distanzierter denn je verhalten. Ich war besorgt um sie. Aus irgendeinem Grund ist sie traurig. Ich kann es spüren. Ihre Trauer erfüllt dieses Haus.

Vor Oma McPhersons Tod haben wir mit meinen Großeltern McTavish in ihrem großen alten Haus in Rosedale gewohnt. Ich glaube, man nennt das eigentlich Villa. Sie sind reich. Mein Urgroßvater hat die Firma vor hundert Jahren gegründet, es ist die größte Sockenfirma in Kanada. Meine Mutter war das einzige Kind, also war immer klar, dass sie den Betrieb erben würde. Es ist ungewöhnlich für eine Frau, so einer Firma vorzustehen, aber sie ist wirklich klug und weiß, was sie tut. Mein Großvater vertraut ihr. Bevor Vater meine Mutter kennenlernte, war er Lehrer, doch seither arbeitet er für McTavish Socken. Wenn er zu Hause ist, ist er müde und zerstreut, wie Mutter.

Sie war eine Weile krank im letzten Winter und hatte ein paar Tage im Krankenhaus verbringen müssen. Als sie wiederkam, ging sie wieder zur Arbeit wie sonst auch, doch irgendwas stimmte nicht. Wie gewöhnlich redete niemand mit mir darüber. Aber ich bemerkte, dass sie immerzu traurig zu sein schien und müde, und manchmal hörte ich sie spät nachts mit meinem Vater reden – und weinen. Eines Nachts lauschte ich und hörte, wie mein Vater sagte, wir müssten weg und für uns allein leben und eine richtige Familie sein. Ich glaube, deshalb sind wir hierhergezogen, um von meinen Großeltern wegzukommen und zusammen zu sein.

Aber so ist es nicht geworden. Sie arbeiten mehr denn je. Und ich vermisse mein Zimmer im alten Haus. Es lag im dritten Stock unter der Dachschräge, hatte breite Fensterbänke, auf denen man sitzen konnte, und eingebaute Bücherregale mit meinen Büchern und den Puppen und dem Spielzeug aus der Zeit, als ich klein war. Über meinem Bett hing ein wunderbares Gemälde von einer Mutter mit ihrem Baby.

Außer unseren Kleidern haben wir nichts hierher mitgenommen. Ich habe gar nicht das Gefühl, wirklich hier zu wohnen. Ich treibe in dem Haus anderer Leute dahin. Im Vergleich mit den großen, lichten Räumen in unserem alten Haus fühlt sich dieses Haus klein, dunkel und still an.

Und jetzt kommen die Geister zurück.

Schuhe

Polly

Dieses lange Schweigen wurde langsam unheimlich.

»Rose?«, sagte ich schließlich. »Bist du noch da?«

»Ja«, sagte sie leise und wie von ganz weit weg.

»Hast du gestern Abend etwas gefunden?«

Rose lachte. »Hab ich«, sagte sie mit kräftigerer Stimme, so dass sie wieder mehr wie ein Mädchen klang und nicht mehr so geisterhaft. »Ich hab in den Schrank meiner Großmutter geguckt, weil ich mal sehen wollte, ob ich noch mehr Spuren von Winnifred finde. Offenbar hat meine Großmutter Schuhe geliebt. Da drinnen türmen sich die Schuhkartons.«

»Ich komme rüber«, sagte ich und rappelte mich hoch. »Die muss ich sehen! Ich liebe Schuhe!«

»Moment mal!«, sagte Rose schnell. »Du kannst nicht einfach rüberkommen. Ich hab dir doch gesagt, dass ich nicht mit dir spielen darf.«

»Schmuggel mich rein«, antwortete ich. »Wo geht das am besten, durch die Hintertür oder vorne?«

Ich wollte diese Schuhe unbedingt sehen und nichts konnte mich davon abhalten.

Rose

Noch nie hatte ich in diesem Haus eine Freundin zu Besuch gehabt. Ich lebte in Stille. Es kam mir seltsam vor, jemanden hier hereinzubringen, der so lebhaft war wie Polly.

Als ich mich die Treppe runterschlich, hörte ich Geräusche von Kendricks Fernsehapparat aus dem Souterrain. Kendrick würde nichts mitkriegen.

Lautlos ging ich durch den Flur und machte die Haustür auf.

Zweiter Teil

Das Spukhaus

Alles wird einst sterben
Der Fluss wird nicht mehr gehen;
Der Wind wird nicht mehr wehen;
Und Wolken nicht mehr tragen;
Das Herz wird nicht mehr schlagen;
Denn alles wird einst sterben;
Alles wird einst sterben.

Alfred Tennyson,
»Alles wird einst sterben«

Das Wesen

Polly

Ich kam mir vor wie in einem Gruselfilm, in dem ein Mädchen langsam Schritt für Schritt in das Spukhaus geht, das seit Jahren verlassen ist. Man möchte ihr am liebsten zurufen: »Nein, kehr um! Das ist gefährlich!« Roses Haus hatte so etwas Gedämpftes, Regloses – so, als würde dort nie laut geredet.

Auf halbem Weg die Treppe hoch fing ich an zu kichern, weil ich nervös war, glaube ich, und Rose guckte richtig sauer und sagte, ich solle still sein. Oben im Flur brannte ein schwaches Licht und die Ecken waren voller Schatten, die zuckten und größer wurden, als wir vorübergingen. Alle Türen waren geschlossen, und ich hatte das unangenehme Gefühl, dass irgendwas oder irgendwer dahinter war und uns belauschte.

Bei mir zu Hause sind die Türen zu den Zimmern nie zu, es sei denn, es zieht sich gerade jemand an. Jeder will immer wissen, was alle anderen gerade machen.

Rose führte mich ins Zimmer ihrer Großmutter. Das war so, als würde man mitten in ein altes Bild treten. Das Himmelbett stand umhüllt von Schatten und dunkelroten Samtvorhängen da. Meine Füße sanken in den dicken Teppich ein, auf dem sich Blütentrauben von rosa und roten Rosen auf satt cremefarbenem Hintergrund umeinanderrankten.

»Oh«, hauchte ich. »Wie unheimlich dieses Zimmer ist!«

Rose verdrehte die Augen. »Polly, du bist so vorhersehbar.«

»Aber, das ist es doch«, sagte ich. »Guck dich doch mal um! Und das ganze Haus ist so, als wäre es in der Vergangenheit gefangen. Ich wollte schon immer eine Zeitreise machen. Toll! In welchem Jahr sind wir, Rose?«

»1963. Und ich bin kein Geist. Kannst du nicht endlich mit diesem Theater aufhören?«

»Aber warum ist dieses Haus so altmodisch?« Ich ließ nicht locker. »Haben deine Eltern denn nichts Neues mit hergebracht?«

»Nein, haben sie nicht. Wir haben nur unsere Kleider mitgenommen. Vater will die Sachen meiner Großmutter durchsehen und entscheiden, was verkauft wird und was wir behalten. Und meine Großmutter hat sechzig Jahre hier gelebt, natürlich ist es da altmodisch.«

»Okay, okay.« Ich steckte meinen Kopf in den Wandschrank. »Wo sind die Schuhe?«

Es passierte ohne Vorwarnung. Aus den Tiefen des Schrankes sauste plötzlich etwas auf mich zu und schleuderte mich wieder ins Zimmer zurück.

Ich fiel auf den dicken Teppich und riss dabei Rose mit um.

Zuerst dachte ich, ein Mensch müsse sich im Schrank versteckt gehabt haben. Die Zwillinge lieben es, hinter Türen hervorzuspringen und mich zum Kreischen zu bringen. Nur waren die Zwillinge nicht da. Nur Rose und ich, sonst keiner.

Rose war weiß geworden. Sie packte mich an den Armen und starrte mir irre ins Gesicht.

»Polly, es will dich töten!«, sagte sie.

Rose

Das Ding, das Polly umgestoßen hatte, war größer geworden. Größer und dunkler. Es rauschte durch den Raum wie ein wütend wirbelnder Hurrikan. Jetzt wusste ich, was es war. Und ich wusste, was es wollte.

Ich hatte von Wesenheiten gelesen, unerbittlichen Kräften, die nur auf Böses aus waren. Wirbelwindartige Geister, die sich mit Hass und Verzweiflung aufluden und von Furcht nährten. Sie waren sehr, sehr gefährlich. Viel schlimmer als normale Geister. Was mich besonders beeindruckte, war ihre Beharrlichkeit. Einige waren Hunderte von Jahren alt. Sie suchten sich ein Nest aus Hass, in dem sie schwärten, bis Lebende in ihren Bereich eindrangen, auf die sie dann losgingen.

Vor dem Türspringer bin ich solchen Wesenheiten schon zwei Mal begegnet, glaube ich. Ein Mal in einer Schlucht unter einer Brücke, ich hatte das Gefühl, von Dunkelheit eingeschlossen zu sein, die mir den Atem nahm und mich im Kreis herumwirbelte. Ich habe gesehen, dass ich schleunigst wegkam, und bin nie wieder dorthin zurückgekehrt. Ein anderes Mal war ich unten in der Altstadt an einer Gasse vorbeigegangen, als ich spürte, wie sich im Schatten einer uralten Feuerleiter etwas rührte. Ich zuckte zusammen wie bei einem elektrischen Schlag, etwas Bösartiges zuckte durch mich hindurch. Ich rannte die Straße hinunter und ließ es hinter mir.

Am Abend zuvor hatte ich den Verdacht gehabt, dass der Türspringer eine Wesenheit war, doch sicher war ich mir nicht. Dieses Mal war der Sturm geballter Wut unverkennbar. Sein Ziel rauschte über mich hinweg wie eine Welle kalten Atlantikwassers: Er hasste Polly. Er wollte sie vernichten.

Der Fensterplatz

Polly

»War das ein Geist?«, flüsterte ich.

Plötzlich legte Rose den Kopf schräg und lauschte. Dann sprang sie auf und zerrte mich zum Bett. »Schnell, Kendrick kommt«, zischte sie, kletterte aufs Bett und zog an den Vorhängen.

Die Tür zu ihrem Zimmer wurde aufgerissen.

»Was soll der Krach?«, blaffte eine Frauenstimme. »Du sollst hier drinnen nicht spielen!«

Besonders nett klang sie nicht. Wenn das die Haushälterin war, der einzige Mensch, den Rose Tag für Tag zu sehen kriegte … na dann, arme Rose!

»Mutter hat nichts dagegen«, sagte Rose steif. »Ich bringe nichts durcheinander.«

»Das hörte sich gerade an, als ob eine Herde Elefanten hier durchgetrampelt wäre«, sagte die Frau. »Was hast du gemacht? Bist du vom Bett gesprungen?«

»Ich bin gestolpert«, sagte Rose kühl. »Und jetzt lass mich in Ruhe.«

Puh! So hätte ich nie mit einem Erwachsenen geredet.

Es herrschte Stille. Ich stellte mir vor, wie die beiden sich giftig anstarrten.

»Das ist das Zimmer deiner Großmutter«, sagte die Frau in einem anderen Ton. Jetzt klang sie traurig, traurig und müde. »Dein Vater will, dass hier alles so bleibt, wie es immer war. Das ist kein Spielzimmer.«

»Und ich spiele nicht«, antwortete Rose.

Wieder Stille.

»In einer halben Stunde gibt es Abendessen«, sagte die Frau knapp und schloss die Tür hinter sich. Wir hörten ihre Schritte, als sie die Treppe hinunterging. Dann steckte Rose den Kopf zwischen den Vorhängen hindurch und grinste mich an.

»Die Luft ist rein«, sagte sie.

Ich kletterte vom Bett.

»Du warst wunderbar!«, flüsterte ich. »Die klingt wie eine alte Hexe.«

Rose nickte. »Sie ist eine. Sie hasst mich. Jahrelang hat sie für meine Großmutter gearbeitet, ich hab das Gefühl, sie findet, dass wir eigentlich nicht hierhergehören. Aber«, sie redete leise und zog mich zum Fenster, »wir müssen uns ganz ruhig verhalten, bis sie sich wieder ins Souterrain verzieht. Jetzt wird sie wachsam sein.«

Wir machten es uns auf der Fensterbank bequem, die hinter weiteren schweren roten Vorhängen verborgen lag. Von hier hatte man einen Blick auf den Friedhof. Es war fast dunkel, der Wind wehte stark und jagte Schatten durch die Gräberreihen.

Ich liebte den Friedhof zu dieser Tageszeit. Der Blick war fast der gleiche wie von meinem Zimmer. Ich konnte die Straße sehen, die sich den Hügel hinabschlängelte, die hoch aufragenden Berge am Horizont – und die kleinen Grabsteine, die wie eine Schar Zwerge nah beieinanderstanden.

Ich schaute rüber zu Rose, wollte ihr von den Zwergen erzählen, aber ein Blick auf ihr Gesicht hielt mich davon ab. Sie schaute auch auf den Friedhof, doch ihr Gesichtsausdruck war alles andere als friedvoll. Traurig sah sie aus, so traurig, als ob alles Unglück der begrabenen Toten über sie hinwegspülte. Aber sie wirkte auch ängstlich, so als wolle sie aufstehen und wegrennen, wüsste aber, dass es zwecklos wäre.

Ich nahm ihre Hand und drückte sie. Ihr Blick kehrte zurück aus dem Totenreich und richtete sich wieder auf mich.

»Du hast Kendrick gehört. Du hast gehört, wie sie mit mir geredet hat. Das beweist, dass ich kein Geist bin.«

»Nicht, wenn Kendrick auch ein Geist ist.«

»Polly!« Rose zog ihre Hand weg. »Warum kannst du mir nicht glauben? Du musst Kendrick doch schon gesehen haben. Sie wohnt seit Ewigkeiten hier. Behauptest du, dass sie die ganze Zeit ein Geist gewesen ist?«

Ich zuckte mit den Schultern. »Okay, ich hab sie gesehen. Ist aber lange her. Ich weiß nicht, Rose. Das ist alles so richtig … komisch. Und geheimnisvoll. Du musst doch zugeben, dass es geheimnisvoll ist.«

»Ja, aber du verstehst anscheinend nicht, dass ich mein ganzes Leben lang mit Geistern gelebt habe. Ich weiß, wie sie sind, ich sehe sie jeden Tag. Für mich ist das kein Spiel. Kannst du nicht sehen, wie Furcht einflößend dieser Türspringer ist? Begreifst du nicht, dass es für mich, wenn ich tatsächlich tot wäre, das Schlimmste wäre, was mir passieren könnte? Ich fühle mich schon unsichtbar, ich fühle mich schon wie eine totale Außenseiterin, aber wenn ich tot wäre …«

Sie sprach nicht weiter und starrte mich an.

»Es gibt nichts Schlimmeres, als tot zu sein, Polly. Nichts.«

Natürlich hatte sie recht. Ich fühlte mich richtig mies, weil ich sie so beunruhigt hatte. Wieder streckte ich die Hand nach ihr aus und berührte ihren Arm.

»Tut mir leid, Rose. Ich will nicht, dass du tot bist. Wirklich nicht. Und es tut mir leid, dass ich so tue, als wäre das alles ein Spiel. Ich kann nicht anders. Das ist meine Fantasie. Die bringt mich immer in Schwierigkeiten. Aber jetzt, wo ich weiß, dass Geister echt sind, halte ich alles für möglich, wirklich alles. Und ich will dem Geheimnis auf die Spur kommen, dem Geheimnis von Rose, dem Geheimnis des Spukhauses nebenan, dem des Geistes im Wandschrank …«

Rose fing an zu lachen.

»Genau das hab ich gemeint, Polly! Du redest, als wäre das eine Geschichte in einem Buch, so … als würde man nur so tun als ob. Und das ist nicht so!«

Ich lächelte sie an. »Aber macht es so nicht mehr Spaß?«

Rose

Polly rauszuschmuggeln war fast schon zu leicht. Nachdem Kendrick mich zum Essen gerufen hatte, stapfte sie runter in ihre Höhle im Keller und Polly schlich sich mit mir nach unten und schlüpfte hinaus. Bis morgen, sagte sie nur mit den Lippen, als ich leise die Tür hinter ihr schloss.

Polly hatte darauf beharrt, am nächsten Tag wiederzukommen, um sich die Schuhe anzuschauen. Wenn ich Kendrick nur irgendwie im Souterrain halten konnte, würden wir damit durchkommen, das wusste ich. Ehrlich gesagt machte der Türspringer mir mehr Sorgen als Kendrick. Mit Kendrick wurde ich fertig. Nach dem Essen ging ich nach oben und blieb einen Moment lang still an der Tür von Großmutters Zimmer stehen. Ich hatte Angst, es zu betreten.

Doch es war noch genauso, wie wir es verlassen hatten, die Vorhänge waren zurückgezogen.

Über dem Friedhof ging der Mond auf und trotz der Angst, die meinen Magen umklammert hielt, ging ich zum Fenster. Im Mondschein war die Aussicht wunderschön. Die Schatten der Bäume und Grabsteine waren jetzt fest umrissen: Schwarz auf Silber, Silber auf Schwarz. Es war beinahe friedlich. Ich lehnte das Gesicht an das kalte Fenster.

Und da war er wieder. Der Türspringer. Gerade war ich noch allein und schaute hinaus auf den Friedhof und im nächsten Augenblick war ich in Finsternis gehüllt und der Mond war wie auf Knopfdruck erloschen.

Dieses Mal war es anders. Ich befand mich inmitten einer wirbelnden Schwärze, es war, als hätte jemand einen riesigen schwarzen Umhang über mich geworfen, dunkle Wolle, viele Lagen davon. Aber es fühlte sich nicht so an, als wolle es mich töten. Eher so, als würde es versuchen, mir etwas zu sagen, mir eine Botschaft zu übermitteln.

»Winnifred?«, keuchte ich. »Bist du das?«

Sofort veränderte sich die Wesenheit. Ein Donnern wie von einem Güterzug hallte in meinen Ohren. Dann sah ich wieder Lichter und hatte das Gefühl zu fallen, so wie auf dem Friedhof. Nur gab es dieses Mal keinen dumpfen Aufprall. Ich fiel und fiel nur immer weiter.

»Aufhören!«, schrie ich. »Hör auf, mir Angst zu machen!«

Dann war es weg. Ich kniete vorm Fenster auf dem Fußboden und ein Streifen Mondlicht fiel auf die großen Rosen vor mir auf dem Teppich.

Kekse

Polly

Ich langte quer über Roses Bett und nahm mir meinen sechsten Schokoladenkeks. Rose war immer noch beim ersten, sie nagte am Rand entlang wie eine Maus. Als ich aus der Schule nach Hause gekommen war, kühlten gerade Kekse in der Küche ab, also verhalf ich mir zu einer Papiertüte voll. Okay, eigentlich durfte ich nur zwei auf einmal nehmen, aber sie rochen so gut, und ich fand, ich sollte Rose ein paar mitbringen. Wer hätte denn ahnen können, dass sie eine halbe Stunde für einen einzigen Keks brauchte? Mit etwas Glück würde es den Zwillingen angehängt werden, dass Kekse fehlten, und ich käme um die »Das ist doch einfach gierig« Predigt von Mama und die »Polly, du wirst fett«-Bemerkungen von Muh und Puh herum.

»Also, glaubst du wirklich, dass der Türspringer Winnifred ist?«, fragte ich mit dem Mund voller Kekse.

Rose runzelte die Stirn. »Du krümelst mein ganzes Bett voll, Polly. Ich darf nichts zu essen in meinem Zimmer haben.«

»Sorry, sorry«, sagte ich und fegte die Krümel weg, die nun in alle Richtungen flogen. »Aber was ist das für eine Geschichte mit Winnifred? Warum glaubst du, dass sie es war?«

»Keine Ahnung. Das war ein sehr starkes Gefühl. Weißt du, was ich glaube, Polly? Ich glaube, dieses Zimmer war früher mal Winnifreds Schlafzimmer. Meine Großeltern haben zu Winnifreds Lebzeiten wahrscheinlich im Schlafzimmer meiner Eltern geschlafen. Das ist das größte Schlafzimmer in diesem Haus und es hat ein eigenes Bad.«

»Ihr habt zwei Badezimmer? Wow«, sagte ich. »Ich dachte immer, unsere Häuser wären gleich, nur seitenverkehrt. Wir haben nur ein Badezimmer. Manchmal muss ich so lange warten auf Muh und Puh …« Ich sprach nicht weiter. Rose sah mich wieder mit gerunzelter Stirn an.

»Ich vermute, dass die Häuser nicht genau gleich sind«, sagte sie ungeduldig. »Darum geht es nicht. Verstehst du, wenn das Zimmer meiner Großmutter ursprünglich Winnifreds Zimmer gewesen ist, dann hätte Winnifred durch ihren Wandschrank nach oben auf den Dachboden gelangen können. Und wahrscheinlich sind das ihre Sachen da oben, die Mädchenbücher und die Gespensterbücher und die kleine Leseecke und …«

»Und sie ist immer noch da«, hauchte ich. »Sie spukt auf deinem Dachboden herum und in ihrem alten Zimmer!«

Rose

Pollys Mutter machte gute Kekse. Wenigstens dufteten sie köstlich. Aber mein Magen war seit gestern Abend wie verknotet und ich konnte kaum schlucken.

Ich fühlte mich gefangen, hatte keine Ahnung, wie ich mich vor diesem neuen Geist schützen sollte. Das weiße Licht schien nichts ausrichten zu können. Das war nicht nur eine Wesenheit, die gefährlichste Geisterart, es war dazu noch eine Verwandte. Diese Verfolgung hatte etwas Persönliches. Diese Wesenheit wollte etwas von mir. Aber ich wollte nur unter mein Bett kriechen und für immer dort bleiben.

»Weißt du, was richtig seltsam ist?«, sagte Polly und nahm sich schon wieder einen Keks. »Diese Sache mit dem Fallen. Du hast gesagt, du hast das vorher schon mal gefühlt … auf dem Friedhof?«

»Ja.« Ich fegte noch mehr Krümel vom Bett. »Als wir bei ihrem Grabstein waren. Das war schrecklich. Ich hatte das Gefühl … das war, als ob ich sterben würde.«

Endlich hörte Polly auf zu kauen. Sie saß einfach da und starrte mich an. »Aber du bist nicht …? Ich meine, du bist gefallen, aber du bist nicht … unten aufgekommen?«

»Auf dem Friedhof schon, da gab es so einen dumpfen Aufschlag.«

»Oh. Ein dumpfer Aufschlag.« Pollys Augen waren ganz rund.

»Ja, Polly, ein Aufschlag. Ich bin unten aufgekommen. Ich bin gestorben, okay? Ich bin tot, okay? Das ist es doch, was du hören willst, oder?«

»Nein, nein, Rose. Das stimmt nicht«, sagte Polly schnell und streckte den Arm nach mir aus.

Ich schloss die Augen und ballte die Fäuste. »Weißes Licht, weißes Licht, weißes Licht«, sagte ich immer wieder.

»Was?«, fragte Polly. Ich spürte die Wärme ihrer Hand durch meinen Pullover hindurch. Warm und lebendig. Ich schlug die Augen auf.

»Polly, ich habe Angst«, sagte ich mit schwacher Stimme. »Ich hab wirklich Angst.«

Hokuspokus

Polly

In diesem Augenblick sah sie mehr denn je aus wie ein Geist. Okay, okay. Ich weiß, das habe ich schon mal gesagt, aber dieses Mal war es total unheimlich. Ihr Gesicht war weiß, abgesehen von den schwarzen Ringen unter ihren Augen. Wild starrte sie mich an und dann fing sie an zu schwanken, vor und zurück, als ob sie umfallen würde.

Ich packte sie an beiden Armen und schüttelte sie ein bisschen.

»Rose!«, sagte ich eindringlich. »Reiß dich zusammen! Wir kommen schon dahinter. Wir werden alles Schritt für Schritt durchgehen und Beweise sammeln und dann werden wir alles durchschauen. Ich helfe mit, was auch passiert, ich verlasse dich nicht.«

Dann fing sie an zu lachen, ein irres, schrilles Lachen, das so klang, als würde sie jeden Augenblick in Tränen ausbrechen.

»Du wirst mich verlassen müssen, wenn ich tot bin, Polly. Es sei denn, es ist mir vorbestimmt, einfach so herumzuziehen und ewig bei dir und in diesem Haus herumzuspuken. Ich werde hinübergehen müssen, ich werde weitergehen müssen zu … na, dahin, wo sie alle hingehen, keine Ahnung …«

»Rose!« Ich schüttelte sie noch einmal kurz. »Vielleicht kann Winnifred uns helfen. Vielleicht kann sie dir helfen, wenn du ihr hilfst – und dir wenigstens sagen, ob du ein Geist bist oder nicht.«

»Nein, nein!«, sagte Rose entsetzt. »Du verstehst das nicht. Sie ist böse. Sie will dich töten, Polly. Sie wird nicht helfen. Geister helfen nicht. Sie haben noch nie geholfen. Sie wollen mir bloß das Leben aussaugen und sich daran mästen. Sie wollen mich verschlingen. Du kannst sie nicht um Hilfe bitten. Sie werden dich töten.«

»Wir können es wenigstens versuchen«, sagte ich. »Vielleicht ist dieser Geist ja anders.«

Rose

Polly hatte keinen Schimmer. Sie hatte keine Vorstellung davon, womit wir es zu tun hatten. Aber ich musste mich beruhigen. Panik würde nichts nützen. Ich schloss die Augen und atmete tief durch. Dabei versuchte ich mir das weiße Licht vorzustellen, das von mir ausging, Polly umhüllte, uns beschützte und uns vor der schwarzen Wut des Türspringers und dem ständigen Gejammer all der anderen Geister auf der Welt beschützte.

Es klappte nicht besonders gut. Das Licht war flackerig und unstet, ganz genau so, wie ich mich im tiefsten Inneren fühlte. Ich atmete noch einmal tief durch und fing wieder an, »weißes Licht« zu murmeln. Hätte Polly mich doch nicht so gut wie überzeugt, dass ich tot war, dann wäre ich besser zurechtgekommen. So wie sonst auch immer. Irgendwie. Ich wäre auf der Grenze zwischen den Geistern und den Lebenden entlangbalanciert und hätte sie in Schach gehalten. Aber dieses Mal war das so viel schwerer.

Ich schlug die Augen auf.

»Willst du einen Keks?« Polly hielt mir die Tüte hin.

Zu meiner Überraschung lachte ich. Dieses Mal war es ein echtes Lachen, kein irres. Polly zögerte einen Moment, dann grinste sie.

»Was hast du da eben gemacht? War das irgendein Geisterhokuspokus?«

Die fehlenden Fotos

Polly

Zu Rose hätte ich das nie gesagt, aber manchmal fragte ich mich, ob sie nicht vielleicht doch ein bisschen verrückt war. Sie war einfach so seltsam. Wenn sie die Augen zumachte und mit ihrem Geleier und dem Gebrabbel anfing und so tief Atem holte, dachte ich, dass sie vielleicht doch verrückt wurde. Von Geistern in den Wahnsinn getrieben! Genau das, was sie befürchtete.

Was auch immer sie da machte, es beruhigte sie. Und sie sagte, ich könne es auch machen, sollte der Türspringer zurückkehren. Ich solle es nur andauernd wiederholen, ein ums andere Mal, und mir das weiße Licht vorstellen.

»Wie einen Engel?«, fragte ich. »Wie einen Schutzengel, so ganz in Weiß?«

Sie guckte mich skeptisch an. Offenbar hat sie nicht so viel Zeit in der Sonntagsschule verbracht wie ich. Aber sie sagte, ich solle es so machen, wie es für mich funktionierte.

Das Gebrabbel half ihr dabei, sich besser zu fühlen, das war das Gute. Sie ging nach unten, um das Fotoalbum ihrer Großmutter zu suchen, während ich mich auf ihrem Bett zurücklegte und die zuckenden Schatten auf der Wand beobachtete.

Die vom kalten Novemberwind gepeitschten Zweige vor dem Fenster machten sie. Eigentlich hätte ich jetzt am liebsten die Schuhe von Roses Großmutter in den Fingern gehabt, aber es würde nicht schaden, ein paar Minuten länger zu warten. Ich schloss die Augen.

Ich musste eingenickt sein, denn mir kam es so vor, als ob Rose im nächsten Augenblick wieder zurück war und ein großes, schweres Buch auf dem Bett ablud.

»Was hast du gefunden?« Ich setzte mich auf. »Gibt es irgendwelche Bilder von Winnifred?«

»Glaube ich nicht«, sagte sie.

Gemeinsam schlugen wir das Buch auf. Es war ein großes, in Leder gebundenes Album voller verblasster Bilder von Leuten in altmodischen Kleidern: lange Sommerkleider und aufwändige Frisuren. Dieselben Leute tauchten immer wieder auf, ein kleiner Junge mit ernster Miene, ein Mann mit Brille und dichten Locken, der den Mund fest zupresste, und eine kleine Frau mit dem Anflug eines Lächelns und einem Blick, der etwas zu entgleisen schien.

»Meine Großmutter«, sagte Rose. »Und mein Großvater. Und mein Vater. Aber keine Winnifred.«

»Moment mal«, sagte ich und blätterte weiter. »Sieh dir das an.« Neben einem Foto von ihrem Vater mit einem Fahrrad, das zu groß für ihn zu sein schien, konnte ich die schwachen Konturen eines Quadrats erkennen. Sie wurden von dem Bild fast verborgen.

»Ich glaube, hier klebte vorher ein anderes Foto«, sagte ich.

Wir schauten beide auf die Seite. Der Umriss war ziemlich

deutlich zu erkennen. Es sah aus, als hätten hier ursprünglich zwei Fotos nebeneinander geklebt, dann war das eine weggenommen und das andere in die Mitte gerückt worden. Wir blätterten das ganze Album durch, vor und zurück, und fanden andere Seiten mit ähnlichen Spuren.

Rose sah mich an. »Glaubst du, das waren Bilder von Winnifred?«

»Von wem denn sonst?«, sagte ich.

Rose

»Warum sollten sie die Fotos von ihr loswerden wollen?«, fragte ich Polly.

»Weil sie gestorben ist?« Polly blätterte langsam das Album durch. »Guck mal, hier ist dein Vater als Teenager. Er war süß!«

Ich schaute ihr über die Schulter. Mein Vater war ganz bestimmt gut aussehend, mit dunklen Haaren und Augen. Aber er lächelte auf keinem der Fotos. Er sah traurig aus.

Ich schlug das Album zu.

»Okay, sie ist gestorben. Aber warum wurden die Bilder von ihr entfernt?«

»Vielleicht konnten sie es nicht ertragen, sie anzuschauen«, sagte Polly. »Vielleicht waren sie so voll Schmerz und Kummer, dass sie nicht an sie erinnert werden wollten.«

»Nun, ja, das wäre eine Erklärung. Aber es ist fast so, als ob es sie nie gegeben hätte. Bis auf diesen Eintrag in der Bibel gibt es keine Spur von ihr.«

»Vielleicht hat Winnifred etwas so Furchtbares getan, dass sie vorgeben wollten, es hätte sie nie gegeben.« Polly bekam einen verträumten Blick. »Vielleicht hat sie jemanden ermordet!«

»Polly! Nicht so dramatisch! Ich glaube nicht, dass meine Tante rumgelaufen ist und Leute ermordet hat.«

Polly zählte es an den Fingern her: »Erstens: Du sagst, der Türspringer will mich töten. Zweitens: Du sagst, der Türspringer ist Winnifred. Also will Winnifred mich töten. Gelingt ihr das, wird sie eine Mörderin sein. Möglicherweise ist sie so zu einer Wesenheit geworden – weil sie so böse war. Eine böse Mörderin.«

»Tu bloß nicht so, als würde das einen Sinn ergeben, Polly. Du spekulierst doch nur.«

»Wie willst du es sonst erklären? Wie kann es sein, dass nie jemand von ihr spricht? Wie kann es sein, dass es keine Fotos von ihr gibt?«

Ich hatte keine Erklärung.

Angriff

Polly

Rose steckte den Kopf zur Tür hinaus und lauschte.

»Freie Bahn«, hauchte sie und auf Zehenspitzen schlichen wir uns in das Spukzimmer. Im Licht des späten Nachmittags wirkte der Raum unheimlich, aber nicht Furcht einflößend.

»Schuhe …«, flüsterte ich.

»In Ordnung, aber ich suche auch nach Anhaltspunkten. In diesem Zimmer muss es irgendwas geben, das uns mehr über Winnifred verrät.«

Sie ging zum Wandschrank und holte die Kartons heraus. Der Türspringer ließ sich nicht blicken.

Die Schuhe waren faszinierend. Perfekt erhalten, alle in Seidenpapier eingewickelt. Einige sahen aus, als wären sie nie getragen worden.

»Das ist wie Weihnachten«, sagte ich, als ich einen Karton edlen Schuhwerks nach dem anderen aufmachte. »Ich kriege höchstens mal ein Paar neue, schlichte Schnürschuhe für die Schule und sonst nur abgelegte.« Ich streichelte das weiche rosa Leder eines Paar Pumps.

»Oh, sind die weich«, murmelte ich, hielt sie mir an die Wange und schloss verträumt die Augen.

Rose verdrehte die Augen und lachte.

»Das sind doch nur Schuhe, Polly!«

Ich weiß nicht warum, aber Schuhe habe ich immer geliebt. Ich flehe Mama an, mir welche zu kaufen, aber: »Wir haben kein Geld für Schuhe, die du nicht brauchst«, sagt sie. Also schneide ich Bilder von Schuhen aus Zeitschriften aus und mache Zeichnungen von Kleidern, die dazu passen würden. Wenn wir reich wären, hätte ich einen Wandschrank voller Schuhe, genau wie Mrs McPherson.

In der nächsten Schachtel waren Schnürschuhe aus schwarzem Leder, vorne ganz spitz, mit einem fünf Zentimeter hohen Absatz. Ich probierte sie an. Sie waren nur ein klein wenig zu eng.

»Meine Füße sind größer als deine und die deiner Großmutter«, sagte ich traurig.

Rose bewunderte ein Paar Riemchenpumps aus grünem Wildleder im großen Spiegel. Zum grauen Rock ihrer Schuluniform sahen sie komisch aus.

»Ist deine Großmutter zu vielen Partys gegangen?« Ich machte noch eine Schachtel auf und holte ein Paar weiße Satintanzschuhe mit den niedlichsten Perlenknöpfchen, die ich je gesehen hatte, aus dem raschelnden Seidenpapier.

»Kann ich mir nicht vorstellen«, sagte Rose abgelenkt. Sie hatte gerade weitere vier Schachteln auf dem Fußboden abgeladen. Wir hatten eine schöne Unordnung gemacht, Seidenpapier und Schuhe lagen überall auf dem mit Rosen gemusterten Teppich herum. Rose hatte die Lampe auf dem Frisiertisch angeschaltet. Die hatte einen Buntglasschirm in Malve und Gelb und schien warm und milde.

»Sie haben bestimmt Geld gehabt, wenn sie all diese Schuhe kaufen konnten. Was hat dein Großvater gemacht?«

»Er war Arzt«, sagte Rose, die den Schrank nach weiteren Schachteln durchwühlte. »Nach allem, was mir mein Vater erzählt hat, muss er ganz schön streng gewesen sein.«

Sie ließ sich auf ein freies Stück Teppich fallen und machte noch eine Schachtel auf. »Mein Vater hat mir erzählt, meine Großmutter habe nie mit ihm gestritten, sondern immer gesagt: ›Ja, mein Lieber, du weißt, was das Beste ist.‹ Als mein Vater sein Studium beendet hatte, wollte er Journalist werden, aber seinem Vater gefiel das nicht und das war's dann. Er fand, das war kein anständiger Beruf, also ließ mein Vater sich statt dessen zum Lehrer ausbilden.«

»Aber jetzt ist er kein Lehrer mehr, er arbeitet in der Firma deiner Mutter, oder?«, fragte ich und strich mit dem Finger über einen weichen schwarzen Samtschuh.

»Ja«, sagte Rose. »Und er ist immerzu auf Reisen. Er fehlt mir.«

Ich schaute sie an. Sie sah wieder traurig aus.

»Mir fehlt mein Vater auch«, sagte ich plötzlich. So hatte ich das noch nie gesehen, doch es war die Wahrheit.

»Aber dein Vater ist jeden Abend zu Hause«, sagte Rose.

»Ja, aber als ich klein war, habe ich mehr Zeit mit ihm verbracht, bevor Muh und Puh gekommen sind, als die Zwillinge noch klein waren. Mama hatte mit den beiden zu tun, Lucy machte Hausaufgaben und Papa und ich hatten dann lange Gespräche in seinem Arbeitszimmer. Ich hab an einem kleinen Tisch gesessen und so getan, als wäre das mein Schreibtisch, und er hat mir Papier und Stifte gegeben und ich hab vor mich hin gekritzelt und mir vorgestellt, ich würde schreiben, genau wie er. Damals war ich seine ganz besondere Tochter …« Meine Stimme wurde immer leiser, ich schaute auf, ganz geschockt, mich so etwas sagen zu hören.

Rose sah mich seltsam an.

»Babykram«, sagte ich und versuchte zu lachen. »Alberner Babykram.«

»Was ist passiert?«, fragte sie leise. »Warum ist das anders geworden?«

Ich spürte, wie die vertraute Wut in mir aufstieg, und konnte sie nicht zurückhalten: »Muh und Puh sind passiert«, sagte ich voll Bitterkeit. »Offenbar ist es mit denen viel lustiger als mit mir. Sie hüpfen immer im Haus herum, kichern, flüstern, necken – mein Papa ist einfach zu ihnen übergewechselt und hat mich ganz vergessen.«

Meine Stimme zitterte und ich glaube, ich habe viel zu laut gesprochen, denn Rose sagte plötzlich: »Psst!« Sie legte den Kopf schräg und lauschte. Dann sprang sie auf.

»Komm, wir steigen hoch auf den Dachboden«, sagte sie und schob mich in den Wandschrank.

Ich war die Leiter schon halb hoch, als der Türspringer wieder da war. Mir blieb die Luft weg, es war ein Gefühl, als hätte mich ein Baseballschläger getroffen. Doch diesmal fiel ich nicht hintenüber. Ich klammerte mich an die Sprossen der Leiter und machte die Augen zu.

»Hinfort mit dir, widerwärtiges Biest!«, brüllte Rose hinter mir. Mit einer Stimme, die so schrecklich klang, dass ich kaum glauben konnte, dass es ihre war. Und ich dachte: Na, wenn die alte Kendrick bisher nichts mitgekriegt hat, dann hört sie uns mit Sicherheit jetzt. Also kletterte ich schnell ganz nach oben und hievte mich auf den Dachboden.

Rose kam nicht sofort nach. Als ich zusammengekauert neben der Bodenluke lag, hörte ich, wie sie unten die Zimmertür aufmachte.

Mit mir passierte etwas Seltsames. Mir wurde schlecht, so als ob ich mich übergeben müsste, und um mich herum drehte sich alles. Ich legte mich auf den Rücken und der Boden schwankte. Roses weißes Gesicht tauchte in der Bodenluke auf.

»Ist alles in Ordnung mit dir, Polly?« Sie kletterte hoch und setzte sich neben mich. Sie streckte die Hand aus und fasste mir leicht an die Schulter, so sanft, als würde mich ein Vogelflügel streifen.

Rose

Irgendwas stimmte nicht mit Polly. Sie stand nicht auf. Nur das Licht von unten aus dem Zimmer drang durch die Luke herauf. Ich berührte sie an der Schulter.

Da regte sie sich, aber es war nur eine kleine Bewegung, so wie das Flattern eines verletzten Vogels, der nicht fliegen kann.

»Polly?«, sagte ich noch mal und beugte mich über sie, um ihr ins Gesicht zu sehen. »Was ist denn?«

»Ich weiß nicht«, flüsterte sie. Sie sah verängstigt aus und sehr, sehr blass. »Mir ist schlecht.«

Ich legte ihr die Hand auf die Stirn. Kalt fühlte sie sich an und klamm.

»Kannst du dich aufsetzen?«

Wieder dieses kleine Flattern, ihre Arme und Beine zuckten.

»Nein«, hauchte sie und machte die Augen zu.

Ich huschte rüber in die Ecke, schaltete das Licht an und holte die dicke Wolldecke vom Sessel, damit sie sich aufwärmen konnte. Sie wimmerte.

Ein banges Gefühl stieg mir die Kehle hoch, mir wurde übel. Was hatte Winnifred ihr angetan?

Sowie mir dieser Gedanke in den Kopf schoss, hörte ich ein schrilles Lachen hinter mir. Ich wirbelte herum und sah für einen Augenblick die Gestalt eines Mädchens, etwa meine Größe, die in der hinteren Ecke des Dachbodens stand, gerade außerhalb des Lichtkreises der Lampe. Ich konnte nicht mehr sehen als ihre langen Haare, ein dunkles Kleid mit einem großen weißen Kragen und zwei glitzernde Augen – dann verschwand sie in wirbelnden schwarzen Schatten.

»Was machst du mit ihr?«, rief ich und ging mit großen Schritten auf sie los. »Du tust meiner Freundin weh. Hör sofort damit auf!«

Die Schwärze wirbelte davon, als ich mich näherte, sauste rüber auf die andere Seite des Dachbodens, wo Polly lag. Ich stürzte mich auf sie.

»LASS SIE IN RUHE!«, schrie ich, als sie über Polly hing.

Und dann verschwand der Schatten ganz plötzlich und war weg. Im selben Moment zischte mir eine Mädchenstimme ins Ohr: »Schaff sie weg von meinem Dachboden!«

Polly lag absolut still. Sie war kreideweiß. Es hätte eine Sinnestäuschung sein können, wegen des Lichts, aber für einen Moment sah es ganz so aus, als würde sie langsam verschwinden, ihre Umrisse schienen mit den Schatten zu verschmelzen. Ich packte sie fest an den Armen und ziehend und schiebend schaffte ich es irgendwie, sie die Leiter hinunter in das Zimmer meiner Großmutter zu schaffen. Sobald ihre Füße den Teppich berührten, fing sie wieder an sich zu bewegen und zu murmeln. Ich brachte sie rüber zum Bett.

»Ich hole dir Wasser«, sagte ich und schoss raus zum Badezimmer.

Als ich wiederkam, lag sie immer noch in den Kissen, aber sie hatte schon wieder ein wenig Farbe im Gesicht. Ich hielt das Glas für sie, damit sie nippen konnte.

»Rose«, sagte sie heiser und packte meinen Arm. »Rose, ich dachte, ich sterbe.«

Alte Kleider

Polly

Das Wasser war süß und kühl. Es fühlte sich so gut an, wie in einem Kokon hinter den dunklen roten Vorhängen im Bett von Roses Großmutter zu liegen. Die Vorhänge waren nicht ganz zugezogen, man konnte den dämmrigen Raum dahinter sehen, der vom kaleidoskopischen Licht der Buntglaslampe auf der Kommode beleuchtet wurde. Rose deckte mich mit der Wolldecke von der Fensterbank zu. Sie setzte sich neben mich aufs Bett und sah mich sorgenvoll an.

»Sie will deinen Tod«, sagte Rose schließlich. »Aber ich weiß nicht, warum.«

Ich rutschte tiefer unter die Decke und machte es mir gemütlicher. »Ich konnte spüren, wie das Leben aus mir heraussickerte. Das war so unheimlich. Ich wurde immer schwächer.«

Rose schaute über die Schulter zur offenen Tür des Wandschranks. »Sie hat was zu mir gesagt, am Ende. Sie sagte, ich sollte dich wegschaffen von ihrem Dachboden.«

»Ihr Dachboden? Du glaubst also, es ist Winnifred?«

»Oh ja«, antwortete Rose grimmig. »Das ist Winnifred, kein Zweifel. Ich habe sie einen Augenblick lang gesehen. In der

Ecke. Ein Mädchen in meinem Alter mit langen Haaren und unheimlichen Augen.«

»Wir müssen mehr über sie herausfinden«, sagte ich. »Aber was ist mit Kendrick? Hat sie uns gehört?«

Rose schüttelte den Kopf. »Nein. Ich dachte, ich hätte etwas gehört, aber sie hat sich nicht blicken lassen. Ich glaube, sie hat beschlossen, mich zu ignorieren, egal, wie viel Krach ich mache.«

»Wie kommt es, dass du mit dieser schrecklichen Stimme gesprochen hast: ›Hinfort mit dir, widerwärtiges Biest‹?«, fragte ich schläfrig. »Du klangst wie ein Racheengel.«

Rose lachte. »Vermutlich hörte sich das ziemlich seltsam an. Ich hab das irgendwo in einem Geisterbuch gelesen. Da stand, man soll den Geist direkt ansprechen und ihm befehlen wegzugehen. Und mit Dämonen und Wesenheiten und so was sollte man in ihrer Sprache sprechen, wie in der Bibel. Eigentlich albern.«

»Nicht albern«, murmelte ich. »Aber komisch. Und ich glaube, es hat funktioniert. Du hast sie anscheinend verscheucht.«

»Wollen wir's hoffen.« Rose stand auf. »Ich durchsuche dieses Zimmer. Irgendwas muss es hier geben, das uns mehr über Winnifred verrät.«

Mit dem Wandschrank fing sie an, sie zögerte, ehe sie über die Schwelle ging. Aber es schien nicht gefährlich zu sein und sie verschwand einen Moment lang im Schrank. Sie kam mit weiteren Schuhkartons wieder raus und ging noch mal rein.

Nach fünf Minuten, in denen sie mehrfach rein und raus schlüpfte, hatte sie eine Sammlung von noch etwa fünfzehn

Schuhkartons, zwei kleinen Koffern und ein paar großen Pappkartons beisammen.

»So«, sagte sie und putzte sich den Staub von den Händen. »Vielleicht finden wir darin ja was.«

Ich richtete mich auf. »Kann ich …?«, fing ich an, doch dann wurde mir schwindelig und ich musste mich wieder hinlegen.

Rose kam wieder zu mir und legte mir ihre kühle Hand auf die Stirn. »Jetzt bist du wieder wärmer«, murmelte sie, »aber ich bin ein bisschen besorgt um dich, Polly. Du gehörst wahrscheinlich ins Bett. Vielleicht kann ich dich ja nach Hause bringen, dann sagen wir deiner Mutter, dass dir schlecht ist?«

Ich schüttelte den Kopf. »Nein, sie soll nicht wissen, dass ich hier war. Ich … ich will dich für mich behalten. Das ist unser Geheimnis.«

Rose schüttelte den Kopf. »Ich weiß nicht recht.«

»Das wird schon wieder. Lass mich einfach eine Weile hier liegen. Abendessen gibt es erst um halb sieben.«

Neben dem Bett stand so ein komischer kleiner grüner Wecker, so ein runder mit Messingklingeln obendrauf. Auf dem war es Viertel vor sechs.

Wieder schüttelte Rose den Kopf, aber dann setzte sie sich plötzlich zwischen die Schuhkartons und schaute in einen nach dem anderen hinein, nachdem sie die Deckel beiseitegeworfen hatte. Dieses Mal kriegte ich nicht alle Schuhe zu sehen. Schnell ging sie zu den Koffern rüber.

»Wow!«, japste sie, nachdem sie den ersten geöffnet hatte. Sie hielt ein hauchdünnes rosa Nachthemd hoch, das eine breite Spitzenborte am Halsausschnitt hatte. Dann zog sie noch eines aus cremefarbenem Satin heraus und eines aus dunkelgrüner Seide. Ich brannte darauf, aufzustehen und mir die Sachen anzuschauen, aber Rose ging an den nächsten Koffer.

Zuerst klemmte der Verschluss und sie musste etwas draufschlagen, damit der Koffer sich öffnen ließ. Als sie hineinschaute, hörte ich, wie sie nach Luft schnappte.

»Was?« Ich lehnte mich gefährlich weit aus dem Bett, um auch einen Blick hineinwerfen zu können.

Rose brachte den Koffer zum Bett.

Obenauf lag ein sorgsam gefaltetes schwarzes Kleid und darunter waren noch dunkle Pullover, Blusen und ein Rock. Ein Paar schlichter schwarzer Schuhe steckte in einem Seitenfach.

»Was?«, sagte ich verwundert. »Alte Kleider, na und?«

Rose zog das Kleid heraus, dabei fiel etwas mit leisem Rascheln auf den Boden. Sie hob es auf. Es war eine getrocknete Blume, eine Rose, eine ehemals rote wahrscheinlich, die vom Alter jedoch schwarz geworden war. Die gab sie mir, dann hielt sie das Kleid hoch. Es war lang. Rose wäre es wahrscheinlich bis zur Wade gegangen, wenn sie es angezogen hätte. Vorne war eine Knopfleiste, die bis ganz nach unten ging, und einen breiten weißen Kragen hatte es auch.

Ich kapierte es immer noch nicht. »Ist irgendwie scheußlich, aber was ist so besonders daran?«

»Das ist dasselbe Kleid!«, wisperte Rose und betastete den weichen Stoff. »Das, das sie getragen hat, als ich sie auf dem

Dachboden gesehen habe. Der Kragen ist mir aufgefallen. Das hier sind Winnifreds Sachen.«

»Deine Großmutter hat sie aufbewahrt? Nach Winnifreds Tod?«

Rose nickte.

Ich warf einen Blick auf die getrocknete Rose auf meinem Schoß. Ein schwacher, sehr schwacher Rosenduft zog durch den Raum.

Rose

Rosenduft. Das Lieblingsparfum meiner Großmutter. Wo war sie? Warum hatte ich ihren Geist nicht gesehen? Der Raum war voll von ihr – und dennoch, dennoch war sie nicht ganz da.

Ich griff in den Koffer und holte eine schwarze Strickjacke heraus, dann eine dunkle Seidenbluse und dicke, kratzig wirkende Strümpfe, einen Tweedrock, die Schuhe. Als ich die Kleidungsstücke eins nach dem anderen auf dem Bett zurechtlegte, schien irgendwas im Raum einen leisen Seufzer auszustoßen. Und mit diesem Seufzer kam der schwache Rosenduft zurück. Je tiefer ich in den Koffer griff, desto kleiner wurden die Kleidungsstücke, ganz unten lag ein weißes Babytaufkleid mit Rüschen und ein Paar gestrickte weiße Babysöckchen.

Polly stockte der Atem, als sie die Söckchen sah.

»Oh, Rose«, sagte sie leise. »Das ist ein furchtbar trauriger Koffer.«

Ich ließ mich neben sie aufs Bett sinken und betrachtete die Kleider. Die größeren Sachen waren dunkel, aber die kleineren hatten etwas Farbe: ein blauer Kinderpullover mit unglaublich süßen Knöpfen in Form von weißen Segelbooten.

»Meine Großmutter muss das eingepackt und all die Jahre aufbewahrt haben.«

»All die Jahre«, wiederholte Polly und berührte die Socken. »Das muss furchtbar gewesen sein, ihr kleines Mädchen zu verlieren. Sie muss ihr so gefehlt haben.«

»Kleines Mädchen? Sprichst du nicht von der Mörderin?« Ich musste das einfach sagen.

»Oh, na gut. Vielleicht war sie keine Mörderin. Aber auch wenn sie eine Kriminelle war, würde sie ihrer Mutter trotzdem fehlen, oder?« Polly stiegen Tränen in die Augen. »So sind Mütter doch, oder? Sie lieben ihre Kinder, was auch geschieht.«

Ich tätschelte ihr die Schulter. »Komm, Polly, ich bringe dich nach Hause. Du bist ganz aufgelöst. Fühlst du dich stark genug zum Laufen?«

Das tat sie. Das Haus war sehr still. Polly ging leise durch den Flur und hinter mir die Treppe hinunter. Kendrick ließ sich nicht blicken.

Ich zog meine Jacke über und brachte Polly bis zu ihrer Haustür.

»Komm nicht mit rein«, sagte sie. »Mir geht es gut.«

So sah sie nicht aus. Sie war noch immer blass und wirkte wackelig. Ohne zu überlegen, streckte ich die Arme aus und drückte sie fest.

»Geh zu Bett«, flüsterte ich. »Pass auf dich auf, und mach dir keine Sorgen. Wir kommen schon dahinter.«

Sie lächelte mich an und ging rein.

Ich drehte mich um, wollte die Verandastufen runtergehen, blieb aber plötzlich stehen und wäre fast gestolpert. Ihre Zwillingsbrüder standen auf dem Gartenweg und starrten mit offenen Mündern zu mir hoch.

Ich hielt mich am Treppengeländer fest und ging dann auf sie zu. Einer der beiden trat mit erhobenen Fäusten vor.

»Was machst du mit unserer Schwester, Geistermädchen?«, wollte er wissen. Er klang kampflustig, aber seine Arme zitterten.

Der andere stellte sich neben ihn, machte es seinem Bruder nach und erhob ebenfalls die Fäuste.

»Lass sie in Ruhe!«, sprudelte er hervor. »Tu ihr nichts.«

Ich starrte sie an. Was hatten diese Jungs bloß?

»Eure Schwester ist meine Freundin«, sagte ich schließlich. »Ich würde ihr nie wehtun.«

Der Erste stieß ein Geheul aus. »Lügnerin!«, brüllte er. »Du tust ihr was! Du willst ihre Seele stehlen! Verschwinde!«

Sein Bruder packte ihn am Arm. »Mark, sieh dich vor«, sagte er warnend. »Sonst verfolgt sie uns vielleicht auch noch.«

Ich nahm mich zusammen und versuchte streng auf sie herabzublicken. Das war eine Herausforderung, denn sie waren beinahe genauso groß wie ich.

»Hört auf mit dem Unsinn«, sagte ich wie eine Erwachsene. »Ich bin kein Geist. Ihr bildet euch was ein. Eure Schwester ist in Sicherheit.«

Als ich das sagte, fing der Zweite, Matt, glaube ich, an zu weinen. »Nein«, sagte er. »Sie ist nicht in Sicherheit. Sie wird nie wieder in Sicherheit sein.«

Ich machte einen Schritt auf ihn zu, sie jaulten beide auf und rannten hinters Haus.

Als ich dann durch meine Haustür wieder nach drinnen ging, dachte ich, dass die schrecklichen Zwillinge recht hatten. Ich hatte keine Ahnung, woher sie es wussten, aber ich brachte Polly in Gefahr, nur dadurch, dass ich sie in mein Haus ließ. Und ich schwor mir, dass sie nicht wieder zu Besuch kommen durfte.

Der Riss

Polly

In meinem Traum war ich wieder auf dem Dachboden. Der Vollmond schien durch ein Dachfenster und die Schatten der Grabsteine wanderten die Dachschräge entlang. Es krachte laut wie ein Donnerschlag und alles erzitterte. Ein Erdbeben? Ich schloss die Augen. Als ich sie wieder aufmachte, war ein gewaltiger Riss da, der sich durch die ganze Dachbodenwand zog. Entsetzt schaute ich darauf, langsam wurde er weiter.

Ich streckte den Arm nach Rose aus, konnte sie aber nicht finden. Dabei hatte ich dasselbe Gefühl zu verblassen, zu vertrocknen, das ich beim Angriff des Türspringers empfunden hatte.

»Rose!« Meine Stimme war ein heiseres Flüstern. »Rose, hilf mir!«

»Dir helfen?« Die Stimme kam aus dem Riss. Ich schaute genauer hin und sah Rose hindurchklettern, ihr Gesichtsausdruck war seltsam. Sie trug das lange Kleid aus dem Koffer, die getrocknete Rose in der Farbe alten Blutes war an ihre Brust geheftet. Ihre Haare waren länger, fielen über den Rücken und verschwanden in einem Schattenwirbel.

»Kommst du denn nicht drauf, du dummes Mädchen?«

Sie schaute auf mich herab und grinste höhnisch. Sie hatte Roses Gesicht, doch es sah anders aus: grausam und irre.

»Ich bin Winnifred«, sagte sie, beugte sich herab und atmete mir ins Gesicht. »Ich bin Rose. Wir sind eins. Und du bist tot.«

Mit kreischendem Gelächter fuhr sie herum und verband sich mit dem wirbelnden, alles überragenden Türspringer, umfing mich, drückte mich an sich, ertränkte mich.

Rose

Nach dem Abendessen ging ich zurück ins Großmutters Zimmer. Ich schaltete die hübsche Buntglaslampe ein und schaute mir die Unordnung an. Seidenpapier, Schuhe und Kartons lagen durcheinander auf dem Fußboden. Die traurigen Kleider waren übers Bett verteilt. In der Ecke türmten sich ein paar noch nicht geöffnete Kartons.

Ich setzte mich mitten in all das hinein und begann die Schuhe wegzuräumen und sorgfältig wieder in Seidenpapier zu verpacken. Irgendwie erinnerte mich das an die Zeit, als ich klein war und meine Puppen zu Bett gebracht hatte. Eine Zeitlang hatte ich allen selbst gemachte Nachthemden angezogen und sie in nebeneinander aufgereihte Wiegen und Schuhkartonbetten hingelegt. Das musste ich jeden Abend tun, bevor ich schlafen ging. Meine Mutter wollte mich immer zur Eile antreiben, aber ich musste dafür sorgen, dass jede einzelne Puppe gut zugedeckt war. Manchmal erschien der Geist der alten Frau, saß im Schaukelstuhl, strickte und lächelte uns alle an: die Puppen, das Kind, die Mutter.

Ich weiß nicht, warum, aber da – zwischen den Schuhen und dem Papier – fing ich an zu weinen. Ich fühlte mich einsam, als wäre jemand gestorben und als wäre die Welt nicht so, wie sie sein sollte.

Eine vertraute Stimme kam aus der Ecke: »Mach dir nichts draus. Lass gut sein, Liebes.«

Ich schaute auf. Die alte Frau war im Lehnstuhl am Fenster aufgetaucht, sie strickte. Seit dem Sommer, als ich so krank gewesen war, hatte ich sie nicht mehr gesehen.

»Wer bist du?«, flüsterte ich und rückte näher an sie heran. »Warum kommst du zu mir?« Ich saß jetzt vor ihren Füßen und sie wirkte so handfest wie der Stuhl, auf dem sie saß. Sie war sehr alt, hutzlig und faltig, aber ihre dicken, gichtigen Finger bewegten sich in schnellem Rhythmus und die Nadeln klapperten geschäftig.

»Was strickst du?«, fragte ich und sah mir die weiche, malvenfarbige Wolle genauer an, die in ihrem Schoß lag.

Sie lächelte mich an. »Es ist für dich, Rose«, sagte sie mit ihrer leisen, angenehmen Stimme. »Um dich warm zu halten. Du wirst es brauchen.«

Da legte ich den Kopf an ihre Knie. Ich konnte ihre dünnen Knochen an der Wange spüren und sie war seltsam warm – für einen Geist.

»Kannst du mir helfen?«, fragte ich. »Kannst du mir sagen, was hier vorgeht?«

Die Stricknadeln hörten auf zu klappern und sie streckte die Hand aus und strich mir übers Haar.

»Ja, ich kann dir helfen, Rose«, sagte sie leise. »Ich passe auf dich auf. Immer. Du wirst schon bald dahinterkommen. Mach dir keine Sorgen.«

Dann war sie weg und ich lehnte an einem leeren Stuhl.

Vor dem Frühstück

Polly

Jemand saß auf meinem Bauch. Jemand anders saß auf meinen Beinen. Ich wollte sie wegstoßen, aber sie änderten nur ihre Position und machten sich wieder auf mir breit. Ich schlug die Augen auf.

»Wir müssen mit dir reden«, sagte Mark.

Meine Nachttischlampe war angeschaltet. Mark und Matt hockten in ihren Superman-Schlafanzügen auf mir. Susie saß mit dem Daumen im Mund in ihrem Kinderbett und starrte sie an. Draußen war es immer noch ziemlich dunkel. Es war still im Haus.

»Okay, was ist?«, murmelte ich. Ich wollte mich hinsetzen, aber das gelang mir nicht. Sie hatten mich aufs Bett gedrückt.

»Versuch bloß nicht abzuhauen«, sagte Matt. »Das hier ist ernst.«

»Was wollt ihr«, sagte ich ein wenig deutlicher. So sollte man nicht aufwachen, schon gar nicht nach einem bösen Traum.

»Erstens«, sagte Mark. »Hör auf, Kekse zu klauen. Mama hat uns die Schuld gegeben.«

»Ihr klaut doch auch welche«, sagte ich.

»Gestern nicht«, sagte Matt. »Warum sollten wir Ärger kriegen, wenn wir nicht mal welche essen konnten?«

»In Ordnung, ich sage ihr, dass ich es war. Große Sache.«

»Hör einfach auf, welche zu klauen!«, sagte Mark.

»Seit wann seid ihr beiden denn solche Musterknaben? Ihr könnt mir keine Vorschriften machen.«

»Okay, okay«, sagte Matt und setzte sich anders auf meine Beine. »Erzähl ihr von dieser anderen Sache, Mark.«

Wieder versuchte ich aufzustehen, aber Mark drückte meine Arme nach unten und ich kam nicht los.

»Zweitens«, sagte Mark, »wir haben dich gestern Abend mit diesem Geistermädchen gesehen, und wir haben ihr gesagt, dass sie dich in Ruhe lassen soll.«

»Was? Mit wem ich befreundet bin, geht euch gar nichts an!«

»Sie ist gefährlich, Polly«, sagte Matt. »Sie wird dir wehtun.«

Das war zu viel. So ernst waren die Zwillinge sonst nie. Sie neckten mich immer und machten sich über mich lustig. Das musste ein neuer Trick sein. Mit gewaltiger Anstrengung warf ich sie ab und schaffte es, mich hinzusetzen.

»Warum könnt ihr mich nicht in Ruhe lassen?«, fragte ich wütend. »Ich will bei eurem blöden Spiel nicht mitmachen!«

Sie schauten sich an. »Wir wollen nur helfen, Pol«, nuschelte Mark. Er wirkte verstört.

»Dir ist ja nicht klar«, fing Matt an, »dir ist ja nicht klar, was sie ist. Sie kann dir wirklich was tun. Sie will deine Seele stehlen. Das wollen wir nicht.«

»Ja«, ergänzte Mark, »und das ist kein Streich, ehrlich. Dieses Geistermädchen wird alles kaputt machen.«

Ich warf die Decke zurück und sprang aus dem Bett. Damit musste ich Susie erschreckt haben, denn sie zuckte zusammen, und ich glaube, sie biss sich auf den Daumen.

Jedenfalls jammerte sie laut auf, die Jungs guckten sich erschrocken an und huschten aus dem Zimmer.

Ich lehnte mich über das Gitter des Kinderbetts und tätschelte ihren kleinen Rücken. Sie trug einen rosa Schlafanzug mit Füßchen dran. Und sie war warm und weich. Ich nahm sie hoch und umarmte sie. Sie schlang mir die Arme um den Hals. Wie gut sie roch.

»Olly«, gurgelte sie.

Erstaunt sah ich sie an. »Susie! Du hast meinen Namen gesagt! Ich wusste nicht, dass du sprechen kannst.«

Sie lächelte mich an und sagte noch mal: »Olly.«

Ich drückte sie wieder. Plötzlich wallte so was in meiner Brust auf, keine Ahnung, was das war, aber es tat irgendwie weh, und meine Augen fingen an zu jucken.

»Susie«, flüsterte ich und legte sie wieder in ihr Bettchen. »Du bist ein liebes Baby, nicht wahr, kleine Susie? Und jetzt weinst du nicht mehr, oder?«

Sie schüttelte ihr Köpfchen und steckte den Daumen wieder in den Mund. Sie verstand mich! Komisch. Dass Babys schnell wuchsen und Sachen lernten und sich veränderten und so, das wusste ich, aber mit Susie erlebte ich das zum ersten Mal. Vielleicht würde sie eines Tages doch eine prima kleine Schwester sein. Sie schien mich zu mögen, und von Lu, Muh und Puh konnte man das ja nicht gerade behaupten.

Ich hatte schon fast damit gerechnet, dass meine Mutter

nach Susies Gebrüll auftauchen würde, doch es blieb still im Haus. Die Uhr an meinem Bett zeigte halb sechs. Zeit genug also, um vor dem Frühstück noch auf den Dachboden zu gehen.

Rose

Ich wachte früh auf. Irgendwas hatte die ganze Nacht meinen Schlaf gestört, und schließlich tauchte ich auf, um herauszufinden, was es war.

Ich knipste die Lampe an. Der Raum wirkte unwirklich und irgendwie leer. Die Bücher, die Tapete und die Gardinen, die jeden Tag beim Aufwachen dagewesen waren, kamen mir plötzlich fremd vor.

Ich setzte mich auf und versuchte mich auf das zu konzentrieren, was mich die ganze Nacht so unruhig gemacht hatte. Es war irgendwas, das gestern Abend geschehen war. Die Zwillinge? Warum hatten sie solche Angst vor mir? Aber nein, die waren es nicht. Die alte Frau? Die hatte ich früher schon gesehen.

Aber ich hatte sie nie berührt. Gestern Abend hatte ich zum ersten Mal einen Geist berührt. Sie hatte sich nicht tot angefühlt. Sie fühlte sich so echt an wie Polly oder Kendrick oder die Gräuel. Was passierte mit mir? Zuerst der Türspringer/Winnifred, die wohl der unheimlichste Geist war, der mir je begegnet war. Und der erste, der tatsächlich Schaden anrichtete, abgesehen davon, dass er mir Angst machte.

Unheimliche Geister waren mir nicht unbekannt. Die zum

Skelett verschrumpelte Alte zum Beispiel, deren Finger immer abfielen. Die hatte ich letzten Frühling in einem Kaufhaus gesehen, in dem ich mit meiner Mutter gewesen war. Wir wollten ein Osterkleid für mich aussuchen, und jedes Mal, wenn ich eines gefunden hatte, das mir gefiel, heulte der Geist wie besessen und streckte den Finger, um es zu berühren. Und dann fiel der Finger ab. So ging das mit sechs Kleidern und sechs Fingern und dann konnte ich es nicht länger ertragen und Mutter musste mich nach Hause bringen.

Und es gab noch andere, die weitaus Furcht einflößender waren. Die hatten mich zwar um den Verstand gebracht vor Angst, aber sie hatten mir nie Schaden zugefügt. Der Türspringer hatte Polly etwas getan, etwas Ernstes.

Ob Geister tatsächlich einen lebendigen Menschen töten konnten? Wenn in den vielen Geschichten, die ich gelesen hatte, überhaupt mal jemand gestorben war, dann vor Angst. War es das, worauf der Türspringer aus war? Wollte er Polly zu Tode erschrecken?

Und dann war da noch die alte Frau, die so lieb war und so echt. Wer war sie? Wie konnte es sein, dass ich sie tatsächlich berührt hatte? Wenn nicht … wenn Polly nicht recht hatte und ich selber ein Geist war.

Nein. Daran wollte ich nicht denken. Ich schlug die Decke zurück und suchte unter dem Bett nach meinen silbernen Pantoffeln. Ich musste mehr über Winnifred herauskriegen. In Großmutters Zimmer standen immer noch ungeöffnete Kartons.

Geheimnisse auf dem Dachboden

Polly

Wenn das überhaupt möglich war, dann war es auf dem Dachboden noch kälter als sonst. Gut, dass ich mir die Zeit genommen hatte, meinen wollenen Hausmantel und die warmen Hausschuhe anzuziehen. Ich kauerte mich unter der Wolldecke zusammen, legte meinen Kopf an die Wand und lauschte.

»Rose?«, rief ich. »Rose, bist du da?«

Nebenan war alles still. Keine knarrenden Dielen, kein Singen, kein herumwirbelnder Türspringer. Keine Erdbeben. Mein Traum stand wieder vor mir, so klar wie in der Nacht, als ich ihn hatte. Ich sah Rose, die mit diesem schrecklichen Gesichtsausdruck aus dem Riss kletterte. Ich schauderte.

Ob die Zwillinge recht damit hatten, dass Rose irgendwie gefährlich war und ich sie nicht richtig einschätzte?

Ich erinnerte mich daran, wie sie mich gestern Abend vor der Haustür umarmt hatte und wie besorgt sie geschaut hatte, als sie mir sagte, ich solle früh zu Bett gehen. Sie war die erste richtige Freundin, die ich seit Langem gefunden hatte. Mir war es egal, ob sie ein Mädchen war oder ein Geist. Keiner sollte sie mir wegnehmen. Weder die Zwillinge noch der Türspringer noch sonst jemand.

Als mir der Türspringer einfiel – Winnifred –, musste ich mich kerzengerade hinsetzen. Ich leuchtete mit der Taschenlampe in den Ecken herum. Wenigstens war sie nicht auf meinem Dachboden. Warum sprang sie nicht einfach durch die Wand und holte mich? Vielleicht gab es irgendein Geistergesetz, das ihr verbot, das Haus zu verlassen, in dem sie eigentlich spukte. Oder vielleicht gab es in meinem Haus irgendwas, das sie fernhielt.

Ich sank wieder in die Kissen und Decken. Gleich würde ich nach unten gehen und mich für die Schule bereit machen müssen. Ich spürte eine seltsame Schwere, ich hätte den ganzen Tag hierbleiben und dösen können. Aufzustehen und nach unten in meinen Wandschrank zu klettern erschien mir unheimlich anstrengend … die Augen fielen mir zu. Es war sehr still.

Das Summen fing ganz leise an. Ich achtete nicht besonders darauf, bis die Worte kamen:

Was die Schwalbe sang, was die Schwalbe sang,
die den Herbst und Frühling bringt
ob das Dorf entlang, ob das Dorf entlang
das jetzt noch klingt?

Ich richtete mich auf, Schlaf und die Decken fielen von mir ab.

»Rose?« rief ich.

Das Singen hörte auf.

»Polly?« Das war ihre Stimme hinter der Wand. »Was machst du? Warum bist du so früh auf? »

»Äh … ich hab schlecht geträumt«, antwortete ich. Was die Zwillinge über sie gesagt hatten, wollte ich ihr nicht erzählen.

»Von Winnifred?«, fragte Rose.

Von dem Traum wollte ich ihr auch nichts erzählen.

»Nein, ja … ach, keine Ahnung. Auf alle Fälle war es gruselig und ich bin aufgewacht. Warum bist du auf dem Dachboden?«

»Oh … ich wollte einfach nur hier sitzen und eine Weile nachdenken. »

»Und der Türspringer – ich meine Winnifred – lässt sich nicht blicken?«

»Nein. Alles in Ordnung.«

Wir schwiegen beide.

»Polly«, sagte Rose schließlich.

»Ja?«

»Polly, ich glaube, es wäre gar nicht gut, wenn du wieder zu mir rüberkommen würdest. Ich halte das für gefährlich.«

Gefährlich. Das hatten die Zwillinge auch gesagt.

»Ja. Vermutlich hast du recht. Aber wo können wir uns treffen? Ich kann dich nicht in unser Haus schmuggeln. Hier sind immer Leute. Immer.«

Stille.

»Rose? Bist du noch da?«

»Ja.«

»Hör mal, Rose, ich muss mich jetzt für die Schule fertig machen. Wie wäre es denn mit der Bibliothek?«

»Die Bibliothek? Was für eine Bibliothek?«

»Die in der Parliament Street. Dort könnten wir uns treffen. Nach der Schule.«

»Oh. In Ordnung.«

»Um vier?«

Es dauerte eine Weile, bis sie antwortete. Und als sie es tat, schien ihre Stimme von weit, weit weg zu kommen.

»Oh … das passt gut. Vier. Also, bis dann!«

Wieder versank sie in Schweigen. Ich kletterte vom Dachboden zurück in mein alltägliches Leben und ließ sämtliche Geister hinter mir.

Rose

Was Polly durch die Wand, die uns trennte, nicht sehen konnte, war die Holztruhe, die vor meinen Füßen stand. Ich wollte ihr nicht sagen, was ich gefunden hatte, dann würde sie nämlich sofort zu mir rüberrennen wollen, und ich hatte mir fest vorgenommen, sie nicht in Gefahr zu bringen.

Die Truhe hatte ich in einem der ungeöffneten Kartons aus dem Wandschrank meiner Großmutter gefunden. Sie waren voller alter Kleider, Schals und einer ganzen Sammlung alter Handtaschen. Im letzten Karton fand ich die Truhe unter einer großen roten Angorastola.

Verschlossen. Sie hatte ungefähr die Größe von zwei nebeneinanderstehenden Schuhkartons und war aus einem rötlich schimmernden Holz. Obendrauf war ein Streifen dunkleres Holz eingelegt, das mit kunstvollen Schnitzereien versehen war.

Ein kleines Schlüsselloch war vorhanden, aber kein Schlüssel. Eine Ecke der Truhe war beschädigt und an einigen Stellen war das Holz zerkratzt oder verfärbt.

Ich wusste, dass diese Truhe wichtig war. Das konnte ich spüren.

Ich hatte sie auf den Dachboden gehievt, wo ich nicht gestört werden würde. Und ich hatte dagesessen und sie angesehen und überlegt, wie ich sie ohne Schlüssel wohl öffnen könnte, als Polly mich singen hörte. Ehe sie mich angesprochen hatte, war mir nicht mal bewusst gewesen, dass ich gesungen hatte, es war, als hätte sie einen Bann gebrochen.

Ich hatte mich kaum auf das konzentrieren können, was Polly zu mir sagte. Ich hatte nur diese Truhe im Kopf. Bei ihrem Anblick hatte ich ein komisches Gefühl. So als hätte ich sie früher schon mal gesehen. So als würde sie etwas Wertvolles enthalten, das alles erklären würde. Es war beinahe so, als würde die Truhe mich hypnotisieren – mich in einen traumartigen, schläfrigen Zustand versetzen. Ich wollte sie unbedingt aufmachen, ich hätte mir fast vorstellen können, sie aufzubrechen – wenn sie nicht so schön gewesen wäre.

Unten hörte ich Geräusche, wahrscheinlich Mutter, im Bad. Höchste Zeit, mich anzuziehen. Zögernd verstaute ich die Truhe außer Sichtweite unter dem Sessel. Dann kletterte ich die Leiter runter und ließ meinen Tag beginnen.

Die Bibliothek

Polly

Die Bibliothek in der Parliament Street ist natürlich der Ort, den ich wahrscheinlich am liebsten habe auf der ganzen Welt. Ein Gebäude voller Bücher! Das muss man doch lieben! Vorne ist ein großer alter Tresen, an dem man Bücher ausleihen kann, und dahinter liegt ein riesiger Raum mit einer Fensterreihe auf der einen Seite, von der man Ausblick auf die Gerrard Street hat. Vor den Fenstern stehen vier lange Tische aus Holz mit Bänken auf jeder Seite. Die Tischplatten sind sehr dick und die Tischbeine auch. So einen Tisch würde ich nicht gern verrücken müssen. Hier setzt man sich hin und liest und füllt die Leihkarten für die Bücher aus, die man mit nach Hause nehmen möchte.

Auf der anderen Seite des Raumes gehen Regale voller Büchern vom Boden bis zur Decke und dazwischen stehen auch noch Reihen von Bücherregalen. In der von der Tür am weitesten entfernten Ecke gibt es einen Kamin UND Sessel. Ich hab da zwar noch nie ein Feuer brennen sehen, aber man braucht nicht viel Fantasie, sich eines vorzustellen.

Ich ging geradewegs auf den Kamin zu und ließ mich auf einen Sessel plumpsen. In dieser Ecke wurde man nicht von der Bibliothekarin gesehen, die vorn am Tresen saß, und jetzt war es ruhig. Streng genommen war dies die Erwachsenenabteilung der Bibliothek, aber Mrs Gardner, die Bibliothekarin, sah das nicht so eng und ließ mich Bücher für Erwachsene ausleihen, wann immer ich wollte. Sie mochte mich, weil ich mindestens zwei Mal die Woche kam und haufenweise Bücher auslieh, die ich immer rechtzeitig wieder zurückbrachte. Ab und zu redete ich gern mit ihr über Bücher, sie wusste so viel. Vielleicht werde ich auch Bibliothekarin, wenn ich erwachsen bin, dann kann ich all meine Zeit mit Büchern verbringen.

Die Kinderabteilung lag drüben auf der anderen Seite der Bibliothek, man ging durch die Tür neben dem Tresen. Da war es auch gemütlich mit niedrigen Tischen und kleinen Stühlen und vielen tollen Büchern, aber es wimmelten ständig laute kleine Kinder herum.

Heute schaute Mrs Gardner nicht mal auf, als ich reinkam. Sie war damit beschäftigt, die Bücher einer Mutter auszuchecken, die drei kleine Kinder mitschleppte.

Rose verspätete sich. Sie hatte lange vor mir Schulschluss, deshalb hätte sie vor mir hier sein müssen. Nach einer Weile fing ich an mich zu langweilen, also ging ich rüber in die Kinderabteilung, um nachzusehen, ob es noch irgendwelche Bücher von Philomena Faraday gab, die ich noch nicht gelesen hatte.

In der Tür zur Kinderbibliothek war ein großes Fenster, ich wollte sie gerade aufstoßen, doch ich sah, wer drinnen war, und blieb wie angewurzelt stehen. Mark und Matt, am Tisch mitten im Raum über ein Buch gebeugt. Langsam wich ich zurück, dann huschte ich zurück an den Kamin. Puh. Das war knapp. So ziemlich das Letzte, das ich gebrauchen konnte, war, dass sie mich wegen Rose noch mehr nervten.

Auf meinem Weg durch die Bibliothek musste ich Rose gerade verpasst haben, denn sie war da, in ihrem dunklen Cape mit der Kapuze auf den Schultern hockte sie auf der Kante eines Sessels, ihre Haare standen wirr in alle Richtungen. Sie sah aus wie jemand aus einer anderen Zeit, so als wäre sie eben gerade von einem wilden Moor hereingekommen.

»Hey, Rose«, sagte ich und hüpfte grinsend auf sie zu. Sie schaute auf. Wie dunkel ihre Augen waren. Dunkel und sorgenvoll. Wenn so was überhaupt möglich war, dann waren die Schatten unter ihren Augen heute noch dunkler.

»Hallo, Polly«, antwortete sie mit einem matten Lächeln. »Tut mir leid, dass ich mich verspätet habe. Ich hab … noch was gesucht zu Hause.«

»Kein Problem, aber ich sollte dich wohl warnen: die Gräuel sind hier.«

Sie stand auf und linste an mir vorbei.

»Wo denn?«

»In der Kinderabteilung. Keine Sorge, wahrscheinlich kommen sie nicht hier raus. Mrs Gardner lässt sie nicht aus den Augen, seit sie Büchertürme gebaut und sie dann umgeschmissen haben …«

»Oh. Okay. Wenn du meinst, dann sind wir wohl in Sicherheit.«

Sie setzte sich in den Sessel, schaute aber immer wieder über ihre Schulter, so als ob die beiden jeden Moment aus den Regalen springen könnten.

»Warum machst du dir um die eigentlich solche Sorgen?«, fragte ich neugierig.

»Sie machen mich nervös«, antwortete sie und musterte ihre Fingernägel plötzlich. »Sie sagen Geistermädchen zu mir. Das gefällt mir nicht.«

Hm. Da war noch mehr. Sie würde es mir nicht erzählen und ich würde ihr ganz bestimmt nicht verraten, was die beiden heute Morgen zu mir gesagt hatten. Ich hielt es für das Beste, die Sache erst mal auf sich beruhen zu lassen.

»Also, was gibt es Neues?« Ich ließ mich auf einem Sessel nieder und legte die Füße auf den niedrigen Tisch. Mrs Gardner würde das nicht gefallen, aber Mrs Gardner saß vorne am Tresen und konnte mich nicht sehen. »Was hast du so lange gesucht, dass du dich verspätet hast?«

Rose lächelte.

»Das wirst du toll finden, Polly«, sagte sie. »Einen Schlüssel. Den Schlüssel zu einer geheimen Truhe, die ich heute Morgen im Zimmer meiner Großmutter gefunden habe.«

Rose

In dieser Bibliothek hatte ich noch nicht viel Zeit verbracht. Meine Mutter hatte mich am Samstag nach unserem Umzug im letzten Sommer hierher mitgenommen und mir die Bibliothekarin vorgestellt, damit ich auch Zugang zu den Büchern für Erwachsene erhielt. Danach war ich noch einige Male wiedergekommen. Die ruhige, abgeschiedene Ecke am Kamin gefiel mir. Natürlich gab es Geister in der Bibliothek, aber die waren seltsam zufrieden und sie störten mich nicht. Manchmal fragte ich mich, ob sie vielleicht aus den Büchern sickerten. Heute war ein kleiner Junge da, der dunkle, wollene Kniebundhosen und eine große Mütze trug, er wirkte hungrig und schüchtern. Irgendwie kam er mir bekannt vor. Eine Figur aus einem Roman von Dickens vielleicht? Oder vielleicht ein Waisenkind von der Parliament Street vor hundert Jahren? Eine junge Frau in einem altmodischen, langen roten Kleid schaute aus dem Fenster und ein Mann in einem schwarzen Mantel saß am Tisch, seine abgearbeiteten Hände blätterten die Seiten eines bebilderten Buches um.

Sie störten mich nicht. Was mich störte, war der Gedanke, dass die Zwillinge keine dreißig Meter von mir weg waren. Wenn sie mich mit Polly sahen, gingen sie womöglich wieder auf mich los. Ich wollte nicht, dass sie hörte, wie sie mich beschuldigten, ihr wehzutun und sie in Gefahr zu bringen. Das machte mir schon genug zu schaffen.

»Erzähl mir von der Truhe«, sagte Polly atemlos. Sie nahm die Füße vom Tisch und setzte sich gerade hin. »Was, glaubst du, ist da drin? Und wo vermutest du den Schlüssel? Hat die Truhe Winnifred gehört? Meinst du, sie hat ein Geheimfach?«

»Die ganze Truhe ist ein Geheimfach, bis ich rauskriege, wie ich sie aufmachen kann«, antwortete ich. »Ich habe in den Kommodenschubladen meiner Großmutter gesucht, in ihrem Schmuckkasten, im Schlafzimmer meiner Eltern, in allen Küchenschubladen. Ich konnte keinen passenden Schlüssel finden.«

»Irgendwo muss er sein«, sagte Polly. »Vielleicht hat sie ihn in einer versteckten Schublade in ihrer Frisierkommode aufbewahrt oder unter einem losen Dielenbrett in ihrem Zimmer oder in einer Buchattrappe ...«

»Ich könnte es im Arbeitszimmer versuchen ...«, sagte ich zweifelnd.

Polly sprang auf. »Komm, wir schauen nach, jetzt gleich!«

Sie schlüpfte in ihren Mantel und zerrte mich am Arm mit.

Ich grinste, obwohl ich das gar nicht wollte. Die stets begeisterte Polly, immer bereit, sich ins nächste Abenteuer zu stürzen.

»Nun warte doch mal«, sagte ich. »Ich will nicht, dass du ...«

»Nicht so schnell«, sagte jemand mit Piepsstimme hinter ihr.

»Du gehst nirgendwo hin!«, sagte jemand anders.

Polly fuhr herum und da standen die Gräuel und versperrten uns den Weg. Sie sahen so grimmig aus, wie zwei schmuddelige Achtjährige in Schneeanzügen und Mützen mit Ohrenklappen nur aussehen können. Einer der beiden umklammerte ein Buch, der andere zeigte mit dem Finger auf mich.

Die betrunkenen Geister

Polly

Ehe ich den Mund aufmachen und ihnen sagen konnte, dass sie abhauen sollten, erschien eine hohe Gestalt zwischen den Bücherregalen und stellte sich zwischen die Gräuel und mich. Es war Mrs Gardner. Sie hatte mir den Rücken zugekehrt und stemmte die Hände auf die Hüften.

»Habe ich euch nicht gesagt, dass ihr nie wieder einen Fuß in die Bibliothek für Erwachsene setzen sollt?«, grollte sie mit überraschend lauter Stimme.

Die Zwillinge zogen die Köpfe ein. Mein Herz jubilierte, sie so zu sehen.

»Wir wollten nur ...«, plapperte Matt.

»Wir haben doch nur ...«, keuchte Mark.

»RAUS!«, donnerte Mrs Gardner und rückte ihnen auf die Pelle. »Ihr habt eure Bücher stempeln lassen, ihr habt also nichts mehr in dieser Bücherei zu suchen. Ich werde eure Mutter anrufen. Ihr habt versprochen, nie wieder diese Abteilung zu betreten und ...«

Während sie den Jungs wütend Vorhaltungen machte, drehte sie mir weiterhin den Rücken zu. Ich gab Rose ein Zeichen und formte mit den Lippen ein Tonloses »Komm, Rose, wir gehen«.

Sie schnappte sich ihren Mantel und wir machten uns davon. Bald schon gingen wir die Parliament Street hinauf, vorbei an den schmutzigen Schaufenstern, Woolworth und der Feinbäckerei ... Sehnsüchtig guckte ich auf die frischen Brötchen, die Kekse und Törtchen in der Auslage der Bäckerei, aber Rose schleifte mich daran vorbei.

»Der Schlüssel, weißt du noch?«, sagte sie.

Wir gingen die Winchester Street entlang, dort überquerten wir die Straße, damit wir nicht am Winchester Hotel vorbeimussten. Rose ging schnell und schaute sich immer wieder nervös um.

»Geister?«, erkundigte ich mich.

»Hm«, sagte sie. »Du willst gar nicht wissen, was da gerade hinter diesem Kerl mit dem dreckigen Mantel aus dem Hotel gekommen ist ...«

Iiiih.

Rose

Hinter dem schwankenden, betrunkenen Mann mit dem langen, dreckigen Mantel, der aus dem Winchester Hotel kam, hatte ich eigentlich nur einen weiteren taumelnden Betrunkenen in einem verdreckten Mantel gesehen, aber er und sein Mantel stammten aus der Zeit, in der Victoria Königin von England gewesen war. Betrunkene Geister machten mir nicht besonders schwer zu schaffen, aber Winchester Street mit den uralten, verfallenen Pensionen hatte das Flair eines Ortes, an dem unvermittelt jede Menge zwielichtiger Geister auftauchen konnten.

Unser Heimweg führte eigentlich am Friedhof vorbei, aber ich wusste, wie das zu vermeiden war. Ich tauchte in eine Seitenstraße ab und führte Polly in ein paar Gassen, durch die wir bis zur Ecke der Sumach und Amelia Street kamen. Unsere Straße war ruhig. Keine Geister. Wir blieben vor Pollys Haus stehen.

»Du kommst nicht mit zu mir rein«, sagte ich. »Das ist zu gefährlich. Ich kann nicht voraussehen, was der Türspringer machen wird.«

»Aber …«, fing Polly an.

»NEIN!«, sagte ich. »Das habe ich dir heute Morgen schon gesagt. Wir riskieren das nicht.«

»Aber ich will dabei sein, wenn du den Schlüssel findest. Ich will sehen, was in der Truhe ist«, bettelte sie. »Lass mich doch, Rose!«

»Polly …«

Sie klammerte sich an meinen Arm. »Versprich, dass du sie nicht ohne mich aufmachst, Rose. Versprich es!«

Ich wollte sie abschütteln, aber sie ließ nicht locker.

»Ach, na gut«, sagte ich schließlich. »Dann treffen wir uns nach dem Abendessen auf dem Dachboden. Ich sag dir dann, ob ich den Schlüssel gefunden habe, und wir überlegen, wo und wann wir die Truhe aufmachen.«

»Okay, aber nicht vorher reingucken!« Sie grinste mich an, von einem Ohr zum anderen, und rannte in ihr Haus.

Die verborgene Tür

Polly

Nach dem Abendessen verdrückte ich mich still nach oben in mein Zimmer. Die Zwillinge waren an der Reihe, beim Abwaschen zu helfen, sie konnten mich also nur mürrisch anglotzen, während sie den Tisch abräumten, mehr nicht. Ich schloss meine Tür sorgfältig hinter mir und kletterte die Leiter zur Gepäckablage hoch, von dort aus hievte ich mich durch die Luke hinauf auf den Dachboden.

Ich rief nach Rose, bekam aber keine Antwort. Also kuschelte ich mich unter die Wolldecke und wartete. Wenn sie den blöden Schlüssel gefunden hätte, wäre sie ja wohl sofort nach oben gekommen, damit wir die Truhe aufmachen konnten, dachte ich. Aber vielleicht waren ihre Mutter oder ihr Vater nach Haus gekommen oder sie musste Klavier üben oder sonst was.

Da oben zu sitzen war ziemlich langweilig. Ich leuchtete mit der Taschenlampe herum, aber der Lichtstrahl war so schwach, dass ich nicht viel sehen konnte. Dann stand ich auf und begann die Wand zwischen den beiden Dachböden abzuklopfen. Keine Ahnung, warum. Vermutlich weil die Leute in Büchern immer die Wände abklopften, so fanden sie nämlich geheime Gänge.

Ich entdeckte nichts, außer, dass hier im Laufe der vergangenen Jahre Spinnen gehaust hatten. Klebrige Spinnweben blieben an meiner Hand haften. Ich trat einen Schritt zurück und leuchtete ganz nach oben auf die Mauer direkt unterm Dach.

Und da fiel ich hin. Ich glaube, ich bin über etwas gestolpert, vielleicht war es *Der grausige Geist am Gartentor*, das Buch, an das ich gar nicht mehr gedacht hatte, seit ich Rose zum ersten Mal gehört hatte. Ich stürzte und das Licht zuckte wild im Raum herum. Mit einem dumpfen Geräusch schlug ich auf dem Boden auf und irgendwie federte ich ein paar Mal hoch und runter. Ich hatte mir den Kopf verletzt. Und den Rücken. Und mein Bein, das verdreht unter mir lag.

Der Lichtkegel der Taschenlampe kam zur Ruhe, er warf einen blassen gelblichen Schein in eine entlegene Ecke des Dachbodens. Stöhnend setzte ich mich auf, und als ich die Taschenlampe aufheben wollte, verfolgte ich den Lichtstrahl bis in die Ecke. Die Wand sah hier anders aus. Holzstücke kreuz und quer bildeten ein X, das von einem Quadrat gerahmt wurde.

Ich nahm die Taschenlampe mit, um mir die Sache genauer anzusehen. Mit den Fingern fuhr ich übers Holz, dann zog ich dran.

Das quadratische Stück Wand schwenkte zu mir hin. Dahinter war Dunkelheit.

Rose

Kendrick stand gleich hinter der Haustür im Flur und funkelte mich an.

»Du kommst zu spät, und dein Abendessen ist fertig«, sagte sie mit einem missbilligenden Schnauben. Dann drehte sie sich auf dem Absatz um und verschwand in die Küche.

Mein Abendessen war im Esszimmer angerichtet, wie sonst auch. Ich stocherte am Hühnchen herum, nahm ein paar Bissen Kartoffelbrei und ließ die Erbsen liegen. Ich probierte einen Löffelvoll Schokoladenpudding. Der war erstaunlich gut, deshalb aß ich noch einen Löffelvoll. Und noch einen. Der Teller war fast leer, als mir aufging, was hier passierte – es schmeckte mir. Färbte Pollys Leidenschaft für Essen etwa auf mich ab? Bisher hatte ich noch nie einen Nachtisch aufgegessen.

Später ging ich in Vaters Arbeitszimmer, ich dachte an den Schlüssel. Im Raum roch es schwach nach feuchter Wolle, Leder und Büchern, das erinnerte mich an ihn. Ich setzte mich auf seinen Schreibtischstuhl und drehte mich langsam. Die Bücher, die dunklen Gemälde, der alte Sessel vor dem Feuer zogen an mir vorbei. Ich drehte mich ein bisschen schneller, bis alles vor meinen Augen verschwamm.

In genau diesem Raum war Winnifred auch mit ihrem Vater gewesen. Vielleicht hatte sie sich auf seinem Stuhl gedreht. Vielleicht hatte sie auch diesen Büchergeruch eingeatmet und ihn vermisst, wenn er weg war. Ich hielt mich am Tisch fest und stoppte, der Raum drehte sich noch einen Moment weiter und dann stand alles wieder gerade. Ich zog die Schreibtischschubladen auf.

Stifte, Radiergummis, Bleistifte, ein Stapel cremefarbenes Briefpapier mit krausen Rändern und dazu passende Umschläge, eine Flasche Tinte, Gummibänder, Büroklammern ... alles sehr ordentlich. Vielleicht waren das Großvaters Sachen, ich hatte noch nie gesehen, dass mein Vater einen Füllfederhalter benutzte. Aber keine herrenlosen Schlüssel.

Schnell durchsuchte ich die anderen Schreibtischschubladen, fand aber nichts als Akten und Papiere. Dann stand ich auf und nahm mir die Regale vor. Sie sahen normal aus, gelegentlich lockerte ein gerahmtes Foto oder eine hübsche kleine Schachtel die langen geraden Bücherreihen auf. Keine der Schachteln enthielt einen Schlüssel und es klebte auch keiner hinter den Bilderrahmen.

Wo würde jemand in einem Raum wie diesem einen Schlüssel verstecken? Polly hatte was von einer Buchattrappe gesagt, das hielt ich für unwahrscheinlich. Möglich wäre es schon, doch woher sollte ich wissen, welches Buch eine Attrappe war? Ich ging wieder an den Schreibtisch und legte mich darunter auf den Boden, um mal zu sehen, ob ich nicht ein Geheimfach hinter den Schubladen ausmachen konnte. Aber da war nichts, nur der Rahmen vom Schreibtisch. Ich zog die Beine an und blieb eine Weile dort unten sitzen. In unserem alten Haus hatte ich immer so unter Vaters Schreibtisch gesessen.

Mein Bauch war sehr voll nach dem Abendessen, ich wurde ein wenig schläfrig und machte die Augen zu. Ich bin nicht eingeschlafen. Das weiß ich genau. Ich hab nur die Augen zugemacht. Aber plötzlich kam mir der Raum dunkler vor, und ich hörte ein Rauschen wie von einem Zug, und dann stieß jemand einen langen, quälenden Schrei aus, und ich fiel wieder und fiel, und dann war ich in dem Schrei und rief nach meinem Vater, aber der war zu weit weg und hätte mich nie hören können. Ich zuckte, als ich plötzlich die Augen aufmachte, und stieß mir den Kopf am Schreibtisch. Dann kroch ich darunter heraus, richtete mich auf und überlegte, wer da wohl aufgeschrien hatte und ob Kendrick hereinplatzen würde. Ich drehte mich zur Tür, blieb aber stehen wie vom Donner gerührt.

Im Sessel vor dem Kamin saß jemand.

Der geheime Gang

Polly

Eine Tür. Eine kleine Tür, na gut, aber trotzdem eine Tür.

Ich kam mir ein bisschen vor wie Alice im Wunderland, die sich bückt und durch die Tür guckt, für die sie zu groß ist. Diese Tür war etwa fünfzig Zentimeter hoch und ebenso breit. Mit der Taschenlampe leuchtete ich hinein, aber da war nur die Dachschräge zu sehen – und der Fußboden.

Ich ging in die Hocke und benutzte die Taschenlampe, um mir die Wand noch mal genau anzuschauen. Das Dach verlief vom First bis etwa sechzig Zentimeter über dem Boden schräg und ging dann ganz gerade runter bis zu den Dielen. Vorsichtig steckte ich den Kopf durch die Tür und guckte um die Ecke. Da war ein kleiner Gang, der in die Dunkelheit führte. Wahrscheinlich hatten die Bauarbeiter den Bodenraum vom Dachgesims abtrennen wollen.

Aber wie weit mochte der Gang gehen? Wäre es möglich, auf diesem Weg auf Roses Dachboden zu gelangen? Passte ich überhaupt hier hindurch?

Ich ging zurück zur angrenzenden Wand.

»Rose!«, rief ich. »Rose!«

Keine Antwort.

Ich ging wieder zu der Tür. Wenn hier doch nur ein Fläschchen mit der Aufschrift »Trink mich« gestanden hätte, ich hätte mich schrumpfen lassen können und die ganze Sache wäre einfacher gewesen.

Ich zog meinen dicken Pullover aus, packte die Taschenlampe ganz fest und kroch hinein.

Hier roch es anders als auf dem Dachboden: schimmelig und nach Tieren. Ob hier drinnen Mäuse waren ... oder vielleicht was Größeres, ein Eichhörnchen oder Waschbär womöglich? Ein paar Mal hämmerte ich mit der Taschenlampe an die Wand.

»Haut ab, Mäuse!«, rief ich. »Große, Furcht einflößende Person im Anmarsch!«

Ich stellte fest, dass ich auf allen vieren nicht vorankam. Ich musste mich auf den Bauch legen und robben. Wenn ich doch beim Abendessen auf den Nachschlag Kartoffelbrei und Soße verzichtet hätte! Es war ziemlich eng.

Entfernungen sind im Dunkeln schwer zu schätzen, besonders wenn man auf dem Boden liegt und keine Schritte zählen kann. Aber ich kam an die Stelle, an der mein Haus eigentlich enden musste – und der Gang führte immer weiter. Meine Taschenlampe schickte nur einen matten gelben Schein voraus und ich konnte knapp einen Meter weit sehen. Vorsichtig robbte ich noch ein Stück weiter, dann hielt ich inne und lauschte.

Ob ich jetzt in Roses Haus war oder nicht, konnte ich nicht feststellen. Alles war still, abgesehen von dem fernen Rauschen der Stadt, das ich auf meinem eigenen Dachboden auch hören konnte. Eine Weile lag ich ganz still.

Ein seltsames Gefühl von Frieden überkam mich. Ich war weder hier noch da und die Welt lief ohne mich weiter. Niemand, absolut niemand wusste, wo ich war. Hier drinnen unterm Dach fühlte ich mich müde und seltsam warm. Ins Haus eingewickelt hätte ich durchaus einschlafen und alles mit dem Dunkel verschmelzen lassen können.

Ruckartig machte ich die Augen auf. Es war dunkel. Sehr dunkel. Meine Taschenlampe war ausgegangen.

Rose

Es war mein Großvater. Er war vor meiner Geburt gestorben, aber ich erkannte ihn sofort. In einem silbernen Rahmen auf dem Kaminsims im Wohnzimmer stand ein Foto von ihm. Er trug denselben Anzug mit einer Goldkette für die Taschenuhr über der Weste und ein gestärktes weißes Hemd und eine dunkle Krawatte. Und er hatte denselben etwas ungebärdigen Schopf grauer Haare – und den ernsten, strengen Gesichtsausdruck. Aber Tränen liefen ihm die Wangen hinunter.

Ich hatte so viele Geister gesehen, manch unheimliche, manch harmlose, einige witzige – aber alle von ihnen waren traurig gewesen. Doch dieser hier war wohl der traurigste. Das Gefühl der Trauer machte alles im Raum schwer und ich hatte das Gefühl, kaum den Fuß heben zu können, um einen Schritt auf ihn zuzugehen.

Aber ich tat es. Einem verzweifelten Geist nach dem anderen hatte ich den Rücken gekehrt. Den Geistern von Kleinkindern mit bettelndem Blick, weinenden Frauen, verängstigten Jungen und Mädchen, alten Männern mit gebrochenen Herzen – ihnen allen hatte ich widerstanden. Dieser Geist war anders. Die Augen meines Vaters starrten mich unter den buschigen Augenbrauen meines Großvaters heraus an, und seine Nase und sein Mund waren mir seltsam vertraut. Mit einem Schock ging mir auf, dass er so aussah wie ich.

»Großvater?«, sagte ich und machte noch einen Schritt. »Großvater? Nicht weinen.«

Erwachsene sollen doch nicht weinen. Jedenfalls nicht, wenn Kinder dabei sind. Ich merkte, dass ich völlig unfähig war, die Tränen dieses ernsthaften, Furcht einflößenden alten Geistes zu ertragen. Obwohl ich ihm als lebendem Menschen nie begegnet war, war er ein Teil von mir. Ich bückte mich und nahm seine Hand. Sie fühlte sich knochig an und kühl.

»Weine nicht«, sagte ich und sah ihm ins Gesicht.

Da schaute er mich an, aber sein Blick richtete sich nicht auf mich.

»Winnie«, flüsterte er, seine Stimme brach. »Winnie, es tut mir leid. Vergib mir.«

»NIEMALS!«

Der Schrei schien von den Wänden widerzuhallen und durchs ganze Haus zu dringen. Es war, als sei ein Tornado in den Raum gefegt, der dann über den Friedhof davonbrauste. Ich hatte Winnie nicht gesehen, aber ich wusste, dass sie es war.

Die weiße Hand

Polly

Vor oder zurück? Ich konnte mich zurück auf meinen eigenen Dachboden schlängeln, neue Batterien auftreiben und vielleicht wiederkommen.

Aber ich war so nah dran. Vielleicht gab es auch eine Tür zu Roses Dachboden. Sie hatte gesagt, sie würde nach dem Abendessen hochkommen, das müsste bald soweit sein … Vielleicht hatte sie einen Schlüssel gefunden und wir könnten die Truhe zusammen aufmachen.

Ich kroch weiter. Der Boden unter mir war rau und kratzig. Wahrscheinlich riss ich mir durch mein Hemd Splitter in die Haut. Aber nun musste ich das Ende des Ganges bald erreicht haben.

Schließlich stieß meine tastende Hand auf etwas vor mir. Hier ging es nicht weiter. Ich drehte mich auf die Seite, tastete mit den Fingern über die Wand, suchte nach der Tür und drückte.

Nichts gab nach. Ich rutschte etwas zurück und drückte weiter. Die Wand blieb fest.

Vielleicht gab es keine Tür. Aus irgendeinem Grund versetzte dieser Gedanke mich in Panik, und zum ersten Mal fühlte ich mich beengt und hatte Mühe mit dem Luftholen. Planlos drückte ich gegen die Wand.

»Rose«, rief ich. »Rose!«

Unter meinen Fäusten bewegte sich etwas ein klein wenig und ich presste mich mit meinem ganzen Gewicht dagegen.

»Rose!«, brüllte ich und die Wand bewegte sich. Nur ein paar Zentimeter, aber ich stützte die Füße an den Dachbalken ab, drückte mit aller Kraft und öffnete sie ein Stück. Ich wollte mich gerade durch den Spalt quetschen, als ich plötzlich von einem Schwall Eiseskälte getroffen wurde, der mir den Atem verschlug. Es war, als würde man in einen eisigen Fjord springen. Als ich nach Luft schnappte, hörte ich ein Rauschen in meinen Ohren und ein zischelndes Wispern.

»Du bist tot«, sagte eine hasserfüllte Stimme.

Finger aus Eis legten sich um meinen Hals und die Dunkelheit wurde noch schwärzer. »Rose!«, wollte ich wieder rufen, aber meine Stimme wurde erstickt, ein Augenzwinkern und ich verschwand im Nichts.

Rose

Mein Großvater sah mir direkt in die Augen.

»Du musst ihr helfen«, sagte er und verschwand.

Genau da dachte ich, ich hätte Polly nach mir rufen hören. Der Raum war still und leer. Ihre Stimme schien in meinem Kopf zu sein.

»Rose!«, rief sie verzweifelt.

Ich sah es nicht, aber ich spürte, wie Polly um ihr Leben kämpfte, wie sie erstickte, ertrank, unterging.

Sie war auf dem Dachboden, keine Ahnung, woher ich das wusste, aber ich wusste es. Ich rannte die Treppe hinauf, nahm zwei Stufen auf einmal, platzte ins Zimmer meiner Großmutter und stürzte mich in den Wandschrank und die Leiter hoch.

Ich grapschte nach der Lampe und schaltete sie an. Es war niemand da – die Pappkartons standen aufeinandergestapelt an der Wand, mein kleines Nest aus Kissen auf dem Sessel wirkte unberührt.

»Rose!«, hörte ich Polly wieder in meinem Kopf rufen, ganz, ganz weit weg. Wo mochte sie sein? Ich machte mich über die Kartons her, schob sie zur Seite. Dabei trat ich auf etwas Weiches und zu meinem Entsetzen merkte ich, dass es eine kleine weiße Hand war. Ich schob die letzten Kartons beiseite.

Polly lag halb in der Wand, halb davor, irgendwie stand die Mauer offen. Ihr Gesicht war weiß wie Gips.

»Sie ist tot.« Die Stimme ertönte hinter mir, ich fuhr herum und sah das Mädchen in dem langen schwarzen Kleid mit der Knopfleiste. Sie stand vor der Lampe, ihr Haar wurde von hinten angeleuchtet. Ihre Augen lagen im Schatten, aber ich hatte den seltsamen Eindruck, ich würde mich selbst anschauen.

»Nein, ist sie nicht«, brüllte ich und fiel auf die Knie. Polly fühlte sich kalt an, als ich sie berührte.

Im Sommerlager hatte ich Mund-zu-Mund-Beatmung gelernt. Ich schob Pollys Kopf nach hinten, prüfte, ob ihr Mundraum frei war, und atmete in sie hinein, dabei drehte ich den

Kopf zwischen den Atemzügen, um zu sehen, ob ihre Brust sich hob. Ich zählte jeden Atemzug, ein und aus.

Wie im Lehrbuch. Ich konnte das gut. Ich hatte eine Medaille dafür bekommen.

Der Geist hinter mir sah zu, das spürte ich.

»Sie ist tot«, wiederholte das Mädchen, Triumph schwang in ihrer Stimme mit. »Du verschwendest deine Zeit, dummes Ding.«

Davon nahm ich keine Notiz, ich beatmete Polly weiter. Ich hatte noch nie eine Freundin gehabt. Ich wollte sie nicht verlieren.

Dritter Teil

Der Fluch

Fort flog das Spinnennetz übers Land
Der Spiegel brach von Rand zu Rand;
»Den Fluch hat man auf mich gebannt!«,
schrie die Lady von Shalott.

Alfred Tennyson, »Die Lady von Shalott«

Atem

Polly

Alles war leer. Nichts. Mir war sehr, sehr kalt. Aber ich konnte nichts sehen. Ich versuchte die Hand vors Gesicht zu halten, aber aus irgendwelchen Gründen war ich nicht fähig, mich zu bewegen. Ich kam mir vor wie eingefroren. Ich wollte rufen, es wollten sich aber keine Worte bilden. Warum konnte ich nicht sehen? War das ein Traum? War ich krank? Ich erinnerte mich an Kopfschmerzen, eine kühle Hand auf meiner Stirn.

Ich wollte meine Mutter. Eine Welle der Sehnsucht nach ihr überschwemmte mich. Warum kam sie nicht?

Weit weg rief jemand meinen Namen. Ich spürte ein warmes Wispern, das mich in der Brust kitzelte. Dann schoss Schmerz durch mich hindurch, ich tat einen Atemzug.

Rose

Ich fühlte, wie sie wieder zu atmen begann. Ein winziger Schauder. Dann hustete und prustete sie und versuchte sich aufzusetzen. Sie sah verängstigt aus.

Ich hockte mich hin.

»Alles okay mit dir, Polly?«, fragte ich. Aber sie schaute über meine Schulter hinweg.

Ich fuhr herum.

»Ich hab's dir doch gesagt«, sagte der wütende Geist in dem schwarzen Kleid. »Sie ist tot.«

»Nein, ist sie nicht«, blaffte ich sie an. »Du bist tot! Verschwinde jetzt und komm nicht wieder. Du bist nicht erwünscht, das warst du nie. Keiner liebt dich und keiner wird dich je lieben. Und greife bloß meine Freundin nicht wieder an. Wenn du das tust, dann schwöre ich dir, ich …«

»Was?«, höhnte der Geist. »Willst du mich umbringen?«

»JA!«, schrie ich und stürzte auf ihn zu. Der Geist verschwand.

Spiegelbild

Polly

War das seltsam. Hustend wachte ich auf dem Dachboden auf, und Rose war da und beugte sich mit weißem Gesicht über mich, und hinter ihr war noch ein Mädchen, das genauso aussah wie sie, ganz in Schwarz gekleidet. Und dann sprang Rose auf und die beiden stritten sich. Hin und her ging das und war, als würde man jemanden beobachten, der gegen sein Spiegelbild kämpfte. Dann schrie Rose und das andere Mädchen verschwand.

Ich versuchte aufzustehen, war aber ganz wacklig. Rose kam zu mir und kniete sich neben mich.

»Ist alles in Ordnung mit dir, Polly?«, flüsterte sie.

»Ja, aber …«

»Sie wollte dich umbringen«, fuhr Rose fort. »Wie bist du hier raufgekommen? Ich hab dir doch gesagt, dass es gefährlich ist. Hast du dich durch die Haustür reingeschlichen?«

Ich wollte ihr von dem Gang erzählen, aber ich hatte wieder einen Hustenanfall, deshalb wies ich nur wedelnd auf die Wand. Die kleine Tür stand offen und gab den Blick auf ein schwarzes Quadrat frei.

Rose kroch hin und lugte in die Dunkelheit, dann drehte sie sich mit glänzenden Augen zu mir um.

»Du weißt doch, was das bedeutet, Polly? Jetzt kann ich auch in dein Haus kommen!«

Rose

Der Dachboden fühlte sich ganz leer an. Winnie war weg. Hoffentlich für immer, aber daran zweifelte ich. Ich ging nach unten und holte Polly ein Glas Wasser aus dem Badezimmer. Komisch, dass Kendrick nicht aufgetaucht war, um den Grund für das Geschrei und Gerenne auf der Treppe zu untersuchen. Sie musste den Tumult gehört haben, aber vermutlich tat sie ihr Bestes und blieb ihrem Grundsatz treu, mich nicht zu beachten.

Nachdem Polly Wasser getrunken hatte, sah sie besser aus. Ich hielt das Glas für sie, weil ihre Hände so zitterten.

»Ich hab sie gesehen, Rose«, flüsterte sie. »Dieses Mal habe ich sie gesehen.«

»Dein erster Geist«, sagte ich und meine Stimme zitterte. »Was hältst du jetzt von ihnen?«

»Ich verstehe, was du meinst.« Polly lächelte schief. »Hat nicht viel Spaß gemacht.«

Ich lächelte zurück und plötzlich durchrieselte mich das süße Gefühl der Erleichterung. Polly war okay.

»Hast du den Schlüssel für die Truhe gefunden?« Sie nahm das Glas mit beiden Händen und trank noch etwas.

Ich schüttelte den Kopf. »Nein. Ich weiß nicht, wo ich noch suchen soll.«

Ich erwähnte mit keinem Wort, was mit dem Geist meines Großvaters im Arbeitszimmer passiert war. Ich würde es ihr erzählen, aber nicht jetzt. Sie war immer noch blass und das Wasser in ihrem Glas schwappte, weil sie die Hände nicht ruhig halten konnte.

»Polly, warum bist du hier? Ich habe dir doch gesagt, du sollst auf deinem Dachboden warten. Ich wäre bald gekommen.«

Sie guckte betreten. »Ich weiß, Rose. Ich glaub, ich hab einfach alles vergessen, als ich den geheimen Gang gesehen habe. Ich konnte nicht widerstehen. Hättest du das gekonnt, wenn du ihn entdeckt hättest?«

»Vielleicht nicht. Aber du darfst nicht wieder herkommen.«

Sie grinste mich schwach an. »Keine Einwände.«

»Jetzt gehst du am besten nach Hause. Wir können uns morgen treffen und überlegen, was wir als Nächstes machen, aber ich glaube, für heute haben wir genug.«

»Okay.«

Sie drehte sich um und wollte in den Gang kriechen, dann zögerte sie und sah mich an.

»Rose?«, sagte sie. »Würde es dir etwas ausmachen, hinter mir herzukriechen? Es ist so dunkel.«

»Nein, natürlich nicht. Warte mal, ich hole eine Taschenlampe.«

Leise ging ich die Treppe runter in die Küche. Kendricks Fernseher dröhnte immer noch aus dem Souterrain herauf.

Die Taschenlampe hatte ihren Platz in der untersten Schublade neben der Spüle. Ich holte sie raus, probierte sie aus und ging wieder nach oben.

Polly saß an die Wand gelehnt da und sah sehr müde aus. Ich wedelte mit der Taschenlampe herum.

»Hab sie«, sagte ich. »Los geht's.«

Ich folgte ihr in den Gang. Es war eng, aber schlimm war es nicht. Für Polly war der Weg hindurch schwieriger zu bewältigen, sie war kräftiger als ich.

Auf halbem Weg etwa hielt sie ein Mal inne.

»Polly?«, fragte ich. »Alles okay?«

Eine Weile war sie still.

»Polly!«, sagte ich in schärferem Ton und rüttelte an ihrem Knöchel. Da kam wieder Bewegung in sie, sie entschuldigte sich und kroch weiter.

Ich quetschte mich durch die kleine Tür auf ihren Dachboden und schaute mich neugierig um. Genau wie bei mir, nur leer und seitenverkehrt. Die Luke befand sich am anderen Ende des Raumes.

Polly gab mir die Taschenlampe zurück und stieg durch die Luke runter auf einen Boden voller Koffer. Ich wäre zu gern mit runtergeklettert und hätte mir ihr Zimmer angesehen und vielleicht das Baby. Aber nicht dieses Mal. Polly musste sich ausruhen. Sie schaute zu mir hoch und verabschiedete sich, ihr Gesicht war blass und ernst.

»Danke, Rose«, sagte sie leise. »Dafür, dass du mich gerettet hast. Eine Zeitlang dachte ich, es würde keiner kommen.«

Armer Geist

Polly

In dem Gang war ich dann wieder einen Moment weg. Ich fühlte mich schwer und schläfrig und alles fing an zu verschwinden, dann spürte ich Rose hinter mir, die an meinem Fuß rüttelte. Da atmete ich tief durch und alles war okay.

Nachdem ich mich von Rose verabschiedet hatte, zog ich meinen Schlafanzug an und fiel ins Bett. Ich war so furchtbar müde. Kein Wunder. Dieses schreckliche Geistermädchen hatte versucht mich zu ersticken. Ich fragte mich sogar, ob ich nicht eine Zeitlang tot gewesen war, als alles so weiß geworden war und ich mich nicht mehr bewegen konnte. Aber Rose hatte mich zurückgeholt.

Rose. Ihr Gesicht kam mir in den Kopf, so wie Traumbilder, wenn man am Einschlafen ist. Die Augen mit den dunklen Ringen, ihr wirres Haar. Sie sah diesem Geistermädchen so ähnlich. Die beiden hätten Zwillinge sein können. Aber sie waren so gegensätzlich.

Warum hasste Winnifred mich so sehr? War sie eifersüchtig? Das war der einzige Grund, der mir einfiel. Ich hatte Rose, aber Winnifred hatte niemanden. Das konnte ich verstehen. Mit Eifersucht kannte ich mich aus.

Die fraß einen auf. Die vergiftete alles. Die hatte mich dazu gebracht, Susie zu hassen mit ihrem Babyduft und ihrem rosa Schlafanzug – und Susie hatte nie jemandem was getan. Eifersucht hatte mich dazu gebracht, meine Brüder zu hassen, weil meine Eltern ihnen mehr Aufmerksamkeit schenkten als mir. Aus Eifersucht hatte ich Lu gehasst, weil sie so viel schlauer und hübscher war, als ich je sein würde – und Muh und Puh, weil sie mir meinen Vater weggenommen hatten. Und schließlich hatte Eifersucht dazu geführt, dass ich mich selber hasste, weil ich so unangenehm und kleinlich war.

Ja, über Eifersucht wusste ich alles. Armer Geist.

Rose

Nachdem ich die Luke hinter Polly geschlossen hatte, zögerte ich eine Weile. Ich wusste, dass ich wieder zurück nach Hause musste, aber ich wollte mich auf ihrem Dachboden umschauen.

Ich ging zu einem Haufen Kissen und Decken an der Wand. Hier hatte sie bestimmt gesessen, als sie mich singen hörte.

Ich lachte. Sie musste einen enormen Schreck bekommen haben. Kein Wunder, dass sie mich für einen Geist gehalten hatte. Dieser Dachboden war unheimlich, viel unheimlicher als meiner. Weil er leer war, glaube ich. Mein Fuß stieß an etwas, das halb verborgen unter den Decken lag, und ich bückte mich, um es aufzuheben.

Es war ein Buch: *Der grausige Geist am Gartentor.* Ich setzte mich zwischen die Decken und richtete die Taschenlampe darauf. Ein gruseliges Bild von einem Haus vor mondhellem Himmel war auf dem Titelbild, im Vordergrund sah man ein hohes eisernes Tor und ein schönes Mädchen in einem langen Cape, um das ein nebelhaftes Phantom herumschwebte. Ich schlug die Stelle auf, an der das Lesezeichen steckte. Ich hatte ein paar Bücher von Philomena Faraday gelesen, sie waren alle gleich gewesen. Ihre Geister entsprachen normalerweise den Vorstellungen, die man sich in Hollywood so von Geistern machte: wehklagende Wesen, die versuchen, die ahnungslose Heldin umzubringen. Diese Geister waren so gar nicht wie die Geister, die mir begegnet waren, obwohl …

Ich setzte mich und überflog die Seiten. Dieser Torgeist hatte eine unheimliche Ähnlichkeit mit dem Türspringer. Auf einer Seite, deren Ecke Polly geknickt hatte, wurde beschrieben, wie der Geist hinter dem Tor hervorsprang und Amanda erwürgen wollte – beinahe auf die gleiche Art wie der Türspringer Polly angegriffen hatte. Dasselbe Verfahren, hätte mein Chemielehrer gesagt. Vielleicht wusste die Autorin ja doch das eine oder andere über Geister. Ich warf einen Blick auf den hinteren Klappentext, weil ich sehen wollte, ob da etwas Interessantes über Philomena Faraday berichtet wurde. Viel war es nicht, nur ein paar Zeilen, die mir verrieten, dass sie mit sieben Katzen in New Hampshire lebte.

Mir fiel die kleine Papptasche für die Ausleihkarte der Bibliothek auf, die hinten im Buch klebte. Ein Blick – und ich sah, dass als Rückgabedatum der 10. April 1963 aufgestempelt war. Offensichtlich hatte Polly dieses Buch mitgehen lassen oder nie zurückgegeben. Polly wurde in dieser Bibliothek offenbar bevorzugt behandelt.

Ich legte das Buch wieder hin. Es wurde Zeit, nach Haus zu gehen. Mir gefiel Pollys Dachboden nicht halb so gut wie meiner. Er fühlte sich verlassen an. Traurig. Fast so, als wäre hier ein Geist. Ich leuchtete mit der Taschenlampe in alle vier Ecken des Raumes, nur um mich zu vergewissern – aber da war nichts. Dann kroch ich in die Wand und schlängelte mich wieder rüber zu meinem eigenen Dachboden. Als ich mich dort streckte und mir meinen gemütlichen Sessel, die Bücher und die aufgestapelten Kartons anschaute, empfand ich etwas Ungewöhnliches: Ich fühlte mich, als sei ich heimgekommen.

Shortbread

Polly

Am nächsten Tag nach der Schule traf ich mich mit Rose auf meinem Dachboden. Sie hatte eine extra Taschenlampe, eine Dose mit schottischem Shortbread und die Truhe mitgebracht.

Beide richteten wir unsere Lampen auf die Truhe. Die war geheimnisvoll, zweifellos. Das Holz war glatt und abgenutzt. Sie musste sehr alt sein. Ihr Geruch war vertraut. Ich bückte mich und atmete ihn ein.

»Rosen, sie riecht nach Rosen. Glaubst du nicht, dass das etwas bedeutet?«

»Daran ist nichts Unheimliches«, sagte Rose. »Sie war im selben Karton wie Großmutters Stola. Alle ihre Sachen riechen nach Rosen. Das war ihr Lieblingsparfum.«

Das war Roses Geschichte. Sie wusste auf alles eine Antwort. Aber mich hatte sie nicht überzeugt.

Ich mampfte Shortbread (einfach köstlich!), während sie mir erzählte, dass sie tags zuvor den Geist ihres Großvaters gesehen hatte. Ich hätte mich fast verschluckt, als sie sagte: »Und dann habe ich mich umgedreht – und da saß jemand im Sessel.« Als Rose beschrieb, wie der Geist nach seiner Tochter gerufen, sie Winnie genannt hatte und sie bat, ihm zu vergeben, tat er mir furchtbar leid. Armer alter Mann.

»Wir müssen ihm helfen«, sagte ich. »Wir müssen ihm helfen – und Winnie auch.«

Rose starrte mich an, ihr Mund zuckte missbilligend.

»Sie hat versucht dich umzubringen, Polly«, sagte sie. »Warum willst du ihr helfen?«

Ich zuckte mit den Schultern. »Sie kann nicht weg. Sie wird wiederkommen und dich verfolgen und versuchen mich von deinem Haus fernzuhalten. Wenn wir rauskriegen könnten, was mit ihr passiert ist, könnten wir ihre Wut vielleicht lindern.«

Rose beobachtete mich schweigend. Sie sah wieder aus wie ein Geist, die Taschenlampe strahlte ihr Gesicht von unten her an und die Haare standen ihr wirr vom Kopf ab.

»Willst du ihr denn nicht helfen?«, fragte ich schließlich.

Rose schüttelte den Kopf. »Sie will das. Sie alle wollen, dass ich helfe. Alle Geister. Sie lassen mir keine Ruhe, Polly.«

»Aber dein Großvater«, sagte ich sanft. »Ihm willst du doch helfen, oder?«

»Kann schon sein.«

Wieder langes Schweigen. Trotz des helleren Lichts bedrängten die Schatten des Dachbodens uns. Ich stellte mir vor, dass die Dunkelheit voll mit Roses Geistern war, die an ihren Haaren zogen und um Hilfe flehten. Ich zupfte an meinen Haaren, zuckte zusammen und schüttelte mich kurz wie ein Hund, der sich Schneeflocken abschüttelt.

»Das muss schrecklich sein«, sagte ich. »All diese Geister, die alle etwas wollen. Hast du nie einem von ihnen geholfen?«

Rose lehnte sich zu mir rüber und mit einer zornigen Stimme, die ich noch nie gehört hatte, zischte sie:

»Was soll ich denn machen? Ich kann sie nicht wieder zurück ins Leben holen. Ich kann nichts für sie in Ordnung bringen. Ich kann gar nichts tun! Aber sie bitten mich trotzdem. Ich wünschte, sie würden für immer verschwinden. Ich wünschte, ich wäre normal wie du. Mit einer normalen Familie wie deiner. Keine Türspringer und keine toten Großväter, ohne geisterhafte Düfte und Geseufze in Spukzimmern!«

Ihr Gesicht war vor Wut verzerrt und sie war Winnifred ähnlicher denn je. Ein kalter Schauer lief mir über den Rücken. Aber ich nahm eine ihrer zitternden Hände und hielt sie.

»Ich werde dir helfen, Rose. Zu zweit wird es leichter gehen. Wir finden den Schlüssel und sorgen dafür, dass Winnifred bekommt, was sie braucht – und dann können wir die anderen Geister vielleicht auch irgendwie dazu bringen, dich in Ruhe zu lassen.«

Sie guckte mich an und fing an zu lachen.

Rose

Polly sah so süß aus, wie sie die Hände nach mir ausstreckte und mir blind versprach, das Unmögliche zu tun. Nicht mal jetzt, nachdem sie vom Türspringer angegriffen worden war und fast gestorben wäre, hatte sie auch nur den Schimmer einer Ahnung. Man kann so was nicht einfach »in Ordnung bringen«. Man kann die Welt nicht einfach ändern, weil man das gern will. Verglichen mit mir war sie so ein Kind.

Aber deshalb mochte ich sie. Sie hatte keine Ahnung, was im Dunkeln lauern könnte, sie sprang trotzdem mitten hinein – und sie glaubte tatsächlich, damit etwas besser machen zu können. Also lachte ich.

»Na gut«, sagte sie, dann ließ sie meine Hand los und wirkte erleichtert, weil ich nicht mehr wütend war. »Also: Wie finden wir diesen Schlüssel? Gibt es einen Ort, an dem du noch nicht gesucht hast?«

»Alle möglichen Orte«, antwortete ich. »Im Schlafzimmer meiner Eltern, in den Bücherregalen im Wohnzimmer, in den Esszimmerschränken. In der Küche. In Kendricks Wohnung. Aber es würde Stunden dauern, das ganze Haus zu durchsuchen.«

»Wir müssen logisch denken«, sagte Polly und zog die Stirn kraus. »Mit Logik und dem Ausschlussverfahren kommen wir weiter. So lösen Detektive im Krimi ihre Fälle.«

Ich verdrehte die Augen. Polly sah das, ignorierte es aber. Sie nahm die Truhe, drehte sie langsam und betrachtete sie von jeder Seite.

»Okay«, sagte sie und schaute sich den Streifen mit den Schnitzereien genau an. »Okay. Wenn das deine Truhe wäre, was hättest du dann mit dem Schlüssel gemacht?«

»Ich hätte ihn in eine Schublade gelegt, in ein Schmuckkästchen, einen Briefumschlag …?

»Genau. Und du hast in der Kommode deiner Großmutter nachgesehen und in ihren Schmuckkästen?«, fragte Polly und leuchtete mit der Taschenlampe aufs Schlüsselloch.

»Ja«, sagte ich ungeduldig. »Ja, ich habe das ganze Zimmer abgesucht.«

»Der Schlüssel muss sehr klein sein«, sagte Polly nachdenklich. »Was meinst du, könnte sie ihn an eine Kette gehängt haben?«

»Im Schmuckkasten waren keine Schlüssel an Ketten«, sagte ich ungeduldig. »Das wäre mir aufgefallen.«

»Ich frag mich nur …«, sagte Polly. »Hättest du es bemerkt, wenn er an einem Armband gehangen hätte? Einem Bettelarmband? Meine Mutter hat eins, mit einem kleinen goldenen Schlüssel dran. Für diese Truhe ist er ein bisschen zu klein, aber …«

Ich hörte auf, die Stirn zu runzeln. »Sie hatte ein Bettelarmband! Damit hat sie mich spielen lassen, als ich noch klein war. Ein silbernes Buch war dran und eine Note und ein kleiner Mann … An einen Schlüssel erinnere ich mich nicht.«

Polly sah mir in die Augen. »War das Armband im Schmuckkasten?«

»Ich … das weiß ich nicht mehr. Da waren ein Haufen Ketten und Zeugs, aber keine Schlüssel, deshalb hab ich nicht alles durchsucht.«

»Dann los jetzt!«, sagte Polly.

Das Weihnachtsfoto

Polly

Es kam gar nicht in Frage, dass ich mit Rose den Schlüssel suchen ging. Ich wollte nicht noch eine Begegnung mit Winnifred riskieren. Ich hörte, wie Rose im Gang rumorte, dann herrschte Stille. Ich versuchte mir vorzustellen, wie sie die Leiter hinunter ins Zimmer ihrer Großmutter rutschte, zur Kommode lief und den Schmuckkasten aufmachte. Entweder war er da oder nicht. Sie würde gleich wiederkommen.

Komisch, dass man auf dem Boden wirklich nichts hörte. Nur dieses ferne Rauschen des Verkehrs oder der Stadt. Es war so beruhigend, in der Stille zu liegen und den Gedanken ihren Lauf zu lassen. Rose hielt mir ein klimperndes Silberarmband vor die Nase. Und ja, da war ein kleiner silberner Schlüssel. Zitternd steckte sie ihn in das Schloss der Truhe. Ein paar Drehungen – und die Truhe war offen.

Rose

Wie Polly darauf kam, wo der Schlüssel sein konnte, war schon seltsam. Manchmal fragte ich mich, ob sie nicht vielleicht hellsichtig war, auch wenn sie Geister nicht so wahrnehmen konnte wie ich. Vielleicht hatte sie ja recht und es war tatsächlich möglich, das Leben so zu leben, als wäre alles ein Spiel oder eine Geschichte in einem Buch. Aus welchem Grund auch immer … sie wusste genau, wo dieser Schlüssel zu finden war.

Als ich den Deckel der Truhe hob, entwich ein Hauch von Großmutters Rosenparfum – und verflog. Polly und ich beugten uns über die Truhe und leuchteten mit unseren Taschenlampen hinein.

Das Erste, das wir sahen, war ein Bild von mir.

Ich nahm es heraus. Es war letztes Jahr zu Weihnachten aufgenommen worden, dachte ich. Ich trug ein schwarzes Kleid mit einer Knopfleiste vorne und starrte in die Kamera ohne zu lächeln, meine Haare waren wie eine schwarze Wolke. Ich stand vorm Kaminsims in Großmutters Wohnzimmer, das mit Tannenzapfen und Kerzen geschmückt war. *Dezember 1962* war als Datum unten auf dem Foto aufgedruckt.

Das nächste Bild in der Truhe war eins von Winnifred, ebenfalls zu Weihnachten aufgenommen. Sie trug ein schwarzes Samtkleid, das meinem ganz ähnlich war, und stand vor demselben geschmückten Kaminsims. Dieses Foto war nicht datiert, aber sie musste in meinem Alter gewesen sein.

»Wow«, sagte Polly. »Ihr seht aus wie Zwillinge!«

Sie hatte recht. Ich starrte auf das Bild. Ich wusste genau, dass ich das nicht war. Das Kleid war altmodischer und das Foto war mit den Jahren vergilbt und verblasst, doch davon abgesehen sahen wir gleich aus. Unsere Gesichter hatten dieselbe Form und unsere Nasen, Münder und Augen waren identisch. Wir hatten sogar die gleichen wild gelockten Haare. Aber Winnie hatte einen seltsam gequälten Ausdruck in ihren Augen.

»Polly, sehen meine Augen so aus?«, flüsterte ich.

»Äh … manchmal«, sagte sie.

»Kannst du uns auseinanderhalten?«

»Hm.« Sie sah sich die Fotos noch mal an. »Eigentlich nicht. Sie wirkt aber irgendwie wütend oder so.«

Es gab noch mehr Bilder von Winnie und mir in verschiedenen Altersstufen, alle zu Weihnachten vor dem Kaminsims aufgenommen, das immer gleich zu bleiben schien.

»Die sind ja so seltsam«, sagte Polly. »Weißt du noch, wie deine Großmutter sie aufgenommen hat?«

Das Weihnachtsfoto. Großmutter hatte immer eine große Sache daraus gemacht, nachdem wir unsere Geschenke ausgepackt hatten. Ich musste das neue Weihnachtskleid anziehen, das sie mir jedes Jahr schenkte, und mich vor den Kamin stellen. In den letzten Jahren war sie etwas wacklig auf den Beinen gewesen und sie hatte ohne Hilfe kaum stehen können, das Foto hatte sie dennoch selber aufgenommen.

Danach lächelte sie mich immer milde an und sagte: »Danke, Rose. Du siehst einfach hinreißend aus.«

Sie lagen alle hier in dieser Truhe – und zu jedem Foto von mir gab es ein entsprechendes Bild mit Winnifred darauf. Mir wurde schlecht.

Sperr sie ein

Polly

»Was meinst du, warum hat sie die Fotos gemacht?«, fragte ich Rose.

Rose saß ganz still und starrte auf die Bilder. »Vielleicht um zu zeigen, wie ähnlich wir uns sind? Aber sie hat nie was gesagt, kein Wort. Ich wusste nicht mal, dass ich eine Tante hatte.«

»Könnte sie gedacht haben, dass du Winnifred bist – dass du dich reinkarniert hast?«

Rose knallte die Fotos auf den Boden und widmete sich wieder der Truhe.

»Fang nicht wieder mit diesem seltsamen Zeug an, Polly. Ich bin nicht Winnifred, klar? Ich bin ich.« Sie fischte Papiere aus der Truhe und blätterte sie durch.

»Winnifreds Geburtsurkunde, die Geburtsanzeige aus der Zeitung …«, sagte sie.

»Aber was, wenn deine Großmutter dich dafür gehalten hat?«, sagte ich. »Wenn sie dich für Winnifred gehalten hat, meine ich. Wo ihr euch doch so ähnlich seht.«

»Meine Großmutter war Presbyterianerin«, erwiderte Rose. »Die glauben nicht an Reinkarnation. He, guck dir das an.«

Sie gab mir einen Fetzen Papier, der aus einer Zeitung ausgeschnitten worden war. Eine Todesanzeige. Wir lasen sie zusammen.

Plötzlich und unerwartet verstarb

Winnifred Rose McPherson

im Alter von 13 Jahren.

In tiefer Trauer:
William McPherson, Bruder
Dr. und Mrs Alastair McPherson, Eltern

Toronto,
den 8. Januar 1923

Der Bestattungstermin ist noch nicht festgelegt.

»Das verrät uns auch nicht mehr«, fing ich an, aber Rose war schon wieder an der Truhe. Sie holte einen Brief heraus, der auf so dünnes Papier getippt war, dass es fast durchsichtig wirkte. Wir beugten uns darüber.

Whitman – Privates Pflegeheim
750 Lampert Street
Montreal, Quebec

20. Dezember 1922

Sehr geehrter Herr Dr. McPherson,
mit diesem Brief bestätigen wir den Empfang Ihres Schecks über 500 Dollar. Wir erwarten die Ankunft Ihrer Tochter Winnifred

Rose McPherson am 9. Januar. Wie vereinbart wird sie auf unbegrenzte Zeit bei uns bleiben, die Kosten für ihre Pflege stellen wir Ihnen monatlich in Rechnung.
Wie Ihnen bekannt ist, sind wir auf die Pflege von Patienten mit mentalen Störungen spezialisiert und bestens in der Lage, für ihr Wohlergehen zu sorgen. Absolute Diskretion bei der Behandlung Ihrer Tochter garantieren wir Ihnen selbstverständlich. Die Wahrung Ihrer Privatsphäre ist uns ein wichtiges Anliegen, daher werden alle Unterlagen vertraulich behandelt.

Hochachtungsvoll
Dr. George Ferry

»Sie wollten sie wegschicken«, hauchte ich. »In eine psychiatrische Anstalt in Montreal.«

Rose neben mir war sehr, sehr still.

Ich suchte den Totenschein heraus.

»Sie ist am 8. Januar gestorben, einen Tag bevor sie dort ankommen sollte. Rose, was ist da passiert? Was glaubst du? Warum ist sie gestorben?«

Rose

Das war es also. Sie dachten, Winnifred wäre verrückt. Sie hatte Geister gesehen, genau wie ich. Und sie waren dahintergekommen. Und sie wollten sie wegsperren lassen. Aber sie war vorher gestorben.

»Etwas Schreckliches«, flüsterte ich. »Etwas Furchtbares muss passiert sein. Deshalb redet keiner von ihr. Es ist so grauenhaft, dass man nicht mal davon sprechen kann.«

»Was könnte denn so grauenhaft gewesen sein, dass man nicht davon sprechen konnte?«, fragte Polly.

»Das weiß ich nicht. Ich … ich will es nicht wissen.« Ich stopfte alles wieder in die Truhe und klappte den Deckel zu. »Ich muss jetzt gehen, Polly. Ich muss hier raus. Ich kriege keine Luft, es ist zu dunkel, es …«

Polly packte mich am Arm.

»Rose, schon gut, wir können es herausfinden. Rose, geh nicht. Bitte. Beruhige dich.«

»Beruhigen?«, brüllte ich. »Ich kann mich nicht beruhigen, Polly. Kapierst du es denn nicht? Es wiederholt sich. Kendrick hat gesagt, sie war genau wie ich. Meine Großmutter hat es erkannt. Winnie und ich, wir sind gleich. Es ist so, als wären wir ein und dieselbe Person. Wir sind beide verflucht. Sie haben versucht sie auszulöschen, sie haben versucht so zu tun, als hätte es sie nie gegeben – und dann, als ich geboren wurde und genauso verrückt war wie sie, da haben sie mich allein gelassen und keiner schenkt mir je Beachtung – und irgendwann, wenn sie hinter die Sache mit den Geistern kommen, lassen sie mich wegsperren. Aber vielleicht stößt mir vorher etwas Furchtbares zu und ich sterbe und dann …«

Ich stürzte mich in den Geheimgang und Polly schrie hinter mir her:

»Rose! Rose! Komm zurück!«

Die Brücke

Polly

Ich konnte verstehen, warum sie so aufgebracht war. Winnifred war niemand, mit dem man Ähnlichkeit haben wollte. Hilfe! Und es war alles so gruselig. Dass sie genauso aussah wie Winnie und Geister sah wie Winnie und dass ihre Großmutter vielleicht gedacht hatte, sie wäre Winnie … Und wie war Winnie eigentlich gestorben?

Rose hatte die Papiere auf den Boden fallen lassen, die sie sich angesehen hatte. Ich legte sie ordentlich in die Truhe zurück und lehnte mich mit der Truhe auf dem Schoß an die Wand. Vielleicht fand ich ja einen Anhaltspunkt.

Das erste, das ich rausholte, war eine Kinderzeichnung von einem Vogel mit einem Gabelschwanz. Er flog und weit unter ihm waren Bäume und Häuser. »WINNIE« stand in krakeligen Blockbuchstaben auf dem Bild. Was mochte es mit dieser Schwalbe auf sich haben? Ich griff nach dem nächsten Blatt Papier.

Es war ein getippter Brief mit dem Briefkopf einer Schule. *St. Ursulas Akademie.* Roses Schule. Der Brief war von Dienstag, dem 10. Mai 1921.

Sehr geehrter Herr Dr. McPherson,
mit großem Bedauern setze ich Sie über die kürzlich getroffenen Beschlüsse der Schulkonferenz in Kenntnis.
Leider müssen wir Ihr Ersuchen, Ihre Tochter Winnifred wieder als Tagesschülerin unserer Schule aufzunehmen, abschlägig bescheiden.
Wir nehmen Bezug auf unseren Brief vom 1. März, in dem wir Ihnen nahelegten, Ihre Tochter von der Schule zu nehmen. Ihr Verhalten ist für die übrigen Schüler störend und verstörend gewesen, seit sie im Januar in die St. Ursula Akademie eingetreten ist. Sie ist entweder extrem unkommunikativ oder führt wilde Selbstgespräche. Unsere Schule ist nicht für den Umgang mit solchen Schülern eingerichtet. Winnifreds Weigerung, ihre Arbeiten zu erledigen, und ihr häufiges Fehlen im Unterricht machen ihr jedweden Fortschritt unmöglich.
Ich verstehe Ihre Besorgnis in Bezug auf ihre Erziehung, kann jedoch lediglich den Vorschlag machen, dass Sie privat entsprechende Vereinbarungen für ihren weiteren Bildungsweg treffen, da Ihre Tochter so wenig Neigung zeigt, Zeit mit anderen Kindern zu verbringen.

Hochachtungsvoll
Doris Frost
Rektorin

Winnifred hatte dieselbe Schule besucht wie Rose. Nun ja, es sah nicht so aus, als ob sie besonders lange dort geblieben wäre. Sie war rausgeschmissen worden. Weil sie seltsam war.

1921 – da war sie wahrscheinlich elf Jahre alt gewesen. Ob sie danach wohl noch auf einer anderen Schule war? Ich blätterte die Papiere durch.

Ich fand Briefe von fünf anderen Schulen, aus den Jahren zwischen 1917 und 1920. Der erste kam von der *Winchester Schule*, das war die öffentliche Schule, in die ich ging. Die anderen vier waren von Privatschulen in anderen Stadtteilen. In allen war zu lesen, dass sie Winnifred nicht behalten konnten, weil sie zu still, zu laut, zu störend war, weil sie ihre Arbeit nicht tat, die Lehrer nicht respektierte, zu oft fehlte. Der letzte Brief war der von *St. Ursula*. Anderthalb Jahre vor ihrem Tod.

Und jetzt war Rose Schülerin an derselben Schule. Und sie sagte, alle würden sie ignorieren. Immerzu. Als ob sie nicht da wäre.

Rose

Ich hatte das Gefühl, nicht atmen zu können. Die Wände rückten immer näher. In meiner Brust baute sich ein Druck auf, als würde sie gleich explodieren. So schnell ich konnte, kroch ich durch den Gang, stürzte die Leiter runter, durch Großmutters Zimmer, die Treppen runter und zur Tür hinaus. Ich schnappte mir nur mein Cape. Ich wollte weg, ganz weit weg von diesem Haus.

Ich rannte die Straße hoch und um die Ecke. Wohin ich lief, wusste ich nicht, aber die kalte Luft in meinen Lungen nahm den Druck, und ich wollte erst stehen bleiben, wenn ich nicht anders konnte. Ich lief an Leuten vorbei, die warm eingepackt gegen die Kälte nach Hause eilten, aber ich achtete nicht auf sie.

Schließlich, etwa fünf Straßen weiter, blieb ich stehen, beugte mich keuchend vor und versuchte wieder zu Atem zu kommen. Als ich den Kopf hob, sah ich erst, wo ich war. Auf einem verlassenen Stück der Parliament Street, neben dem St. James Friedhof. Das war ein noch größerer Friedhof als der hinter meinem Haus. Nur ein hoher Eisenzaun trennte mich von den in der Dunkelheit aufragenden Grabsteinen.

Ein Gefühl des Grauens erfasste mich. Ich rannte wieder los, obwohl meine Lungen schon brannten und meine Beine wie Wackelpudding waren. Weit vor mir huschte eine dunkle Gestalt den Bürgersteig entlang, doch ich konnte nicht feststellen, ob sie lebendig war oder tot. Ich spürte ein Kribbeln im Nacken, schaute mich um. Eine weitere dunkle Gestalt eilte hinter mir her, verfolgte mich.

Ich rannte weiter. Um die Ecke über die Brücke von Rosedale, die schattenhaften Gestalten hielten mit mir Schritt. Dann stolperte ich.

Doch es gelang mir, mich abzufangen, und ich blieb stehen. Meine Atmung ging keuchend. Ich schaute über die Brücke zurück. Der Schatten, der mich verfolgt hatte, war noch da, keine zweihundert Meter weiter stand er reglos da. Ich schaute nach vorn. Die dunkle Gestalt rührte sich auch nicht.

Ich ging los. Beide Schatten setzten sich genauso langsam in Bewegung.

Ich versuchte wieder zu rennen. Beide Gestalten wurden

schneller. Dann ging ich ein Stück. Sie wurden langsamer. Das war doch seltsam. Wenn das Geister waren, was hatten sie vor?

Mittlerweile gingen wir übers Bloor Viadukt, die große Brücke, die über das Tal führte. Mein Kopf fühlte sich merkwürdig leicht an – und plötzlich war mir so kalt. Es fing an zu schneien. Für Schnee ist es noch viel zu früh, dachte ich, und schaute hoch in die dicken weißen Flocken, die vom dunklen Himmel fielen. Viel Verkehr war nicht auf der Brücke, aber ein paar Autos sausten an mir vorbei, das Scheinwerferlicht verschwamm vor meinen Augen. Mein Schwindelgefühl nahm zu und ich blinzelte. Vielleicht gab es ja irgendwo eine Autoschau, dachte ich, denn die Autos wirkten alle so altmodisch, mit ihren wuchtigen Karosserien und riesigen Stoßstangen.

Die Straßenlaternen standen in kleinen Lichtkreisen, dazwischen waren Fetzen von Dunkelheit. Die dunkle Gestalt vor mir bewegte sich stetig voran, ins Licht hinein und wieder heraus. Der Schatten hinter mir hielt mit mir Schritt. Der Schnee fiel jetzt dichter und trübte meinen Blick.

Plötzlich verschwand die dunkle Gestalt vor mir. Eben war sie noch da, im nächsten Augenblick verschwunden. Ich wirbelte herum, weil ich sehen wollte, ob der Schatten hinter mir noch da war.

Der Bürgersteig war leer. Ich war allein auf dieser riesigen Brücke, die vor mir und hinter mir in die Dunkelheit führte.

Die Schwalbe

Polly

Ich wühlte in der Truhe herum. Da waren noch jede Menge Schwalbenbilder. Winnie hatte sie alle signiert, und man konnte an der Veränderung ihrer Schrift sehen, dass sie im Laufe einiger Jahre entstanden waren. Die frühen Zeichnungen waren einfache Kinderbilder, aber nach und nach wurden sie sehr viel besser. Sie war wirklich ziemlich gut, fand ich, als ich mir die Schwalbe anschaute, die auf dem Rand eines Nests hockte. Das Nest lag unter den Dachbalken eines Hauses, und ich konnte die Köpfe von zwei kleinen Vogelbabys erkennen, die neugierig über den Rand schauten.

In der Truhe mussten so etwa dreißig Schwalbenbilder gewesen sein. Bleistiftzeichnungen, Buntstift, Wasserfarben. Es gab noch mehr Bilder vom Nest und viele mit Schwalben im Flug. Auf den farbigen Bildern waren die Schwalbenfedern sorgfältig in kühlem Blau gemalt, die Kehlen orange und die Brüste weiß. Je älter Winnie wurde, desto genauer wurden ihre Darstellungen, bis hin zum letzten Federchen am gegabelten Schwalbenschwanz. Auf einem Bild vom Nest sah man die Friedhofsmauer und Grabsteine, damit war klar, dass Winnie an ihrem Fenster gesessen und die Schwalbe gemalt haben musste, die Jahr um Jahr zu ihrem Nest zurückkehrte.

Mir fiel auf, dass die Schwalbe auf jedem Bild, auf dem sie im Flug zu sehen war, über eine andere Landschaft flog. Auf den frühen Bildern waren es Bäume aus Kreisen und Strichen, weite Hügel und gedrungene Häuser mit Dreiecksdächern. Doch später wurde nicht nur die Form der Schwalbe eleganter, die Landschaften waren detaillierter. Und sie veränderten sich. Ein dichter Kiefernwald, eine Bergkette, eine einsame Insel, ein tropischer Dschungel, Eisberge, Ozeane – Winnies Schwalbe reiste durch die ganze Welt.

Rose

Auf dieser hohen Brücke, weit weg von den trüben Lichtern der Stadt, hatte ich das Gefühl, zwischen Zeit und Raum zu hängen. Ein Fuß vor den anderen – ich bewegte mich wie im Traum. Der wehende Schnee fühlte sich kalt an auf meinem Gesicht. Noch ein paar altmodische Autos tuckerten vorbei, die Motorengeräusche waren laut. Rechts von mir öffnete sich eine steinerne Ausbuchtung, die in den Raum hinausragte. Dort lehnte ich mich an eine kalte Steinbrüstung. Um mich herum erstreckte sich Dunkelheit – der weite Himmel, die lange Strecke runter ins Tal.

Ein Fluch. Meine Familie war verflucht. Erst Winnie, jetzt ich. Das hatte sie umgebracht. Würde dieser Fluch mich auch töten? Oder war ich schon tot, wie Polly immer sagte? Konnte es angehen, dass ich in Wirklichkeit Winnie war? Dass mein ganzes Leben, alles, an das ich mich erinnerte, nichts als ein blasser Traum war, den ich in der Schattenwelt der Toten träumte? War der Grund dafür, dass ich Geister sehen konnte, einfach der, dass ich selber ein Geist war?

Ich sog die kalte Luft in die Lungen. Wie sollte das zugehen? Wie konnte ich tot sein und trotzdem sehen, wie die Atemluft in kleinen Wolken aus meiner Nase kam? Wie konnte ich tot sein und die kribbelnde Kälte in den Fingern spüren, die eisige Kälte auf den Wangen und die Schneeflocken, die weich auf meinen Wimpern landeten?

»Ganz leicht«, flüsterte mir eine Stimme ins Ohr. »Du könntest tot sein und dir das alles einbilden.«

Ich fuhr herum, doch da war niemand. Ich hörte jemanden lachen, dann einen lauten Knall, als wäre ein Auto mit etwas zusammengestoßen, dann wurde ich auf einmal von einer wirbelnden schwarzen Wolke erfasst. Es war genau wie auf dem Friedhof, ich fiel, die Lichter tänzelten um mich herum, der Schrei – und dann hörte es auf.

Ich kauerte auf dem kalten Beton neben der Brüstung. Vor mir war jemand. Im Licht der vorbeifahrenden Autos konnte ich die schwarzen Schnürschuhe, die dunklen Strümpfe und das lange schwarze Kleid erkennen.

Ich hob den Kopf.

Winnie stand da und starrte auf mich herunter. Sie sah aus wie mein Zwilling.

Der Junge

Polly

Bei meiner ersten Begegnung mit Rose hatte sie ein Lied über eine Schwalbe gesungen. Ihre tote Tante hatte immer wieder Schwalben gemalt.

Rose ging auf die St. Ursula Akademie. Ihre tote Tante war aus St. Ursula rausgeworfen worden.

Rose sah überall Geister. Winnie auch.

Winnie war für verrückt gehalten worden. Rose hatte höllische Angst davor, verrückt zu werden.

Sie sahen absolut gleich aus.

Das konnte nicht alles nur Zufall sein.

Wo Rose jetzt wohl war? Ich hoffte, mit ihr war alles in Ordnung. Wie ich ihr helfen konnte, wusste ich nicht, ich konnte nur weiter Nachforschungen anstellen.

Das Zeitgefühl hatte ich völlig verloren. Wahrscheinlich kam ich zu spät zum Essen. Ich stopfte die Zeichnungen wieder in die Truhe und verließ den Dachboden. Rose würde sie finden, wenn sie zurückkam.

Rose

Die vorbeifahrenden Autos und die Geräusche der Stadt traten in den Hintergrund, auf der Brücke gab es nur noch Winnie und mich, Auge in Auge. Es war, als würde ich in den Spiegel schauen. Mein Mund, meine Augen, meine Haare. Etwas Irres im Blick.

Ich machte den Mund auf, wollte etwas sagen, aber es kamen keine Worte heraus. Ich schluckte und versuchte es noch mal.

»Warum hast du mich hierher gebracht? Was soll das?«

Sie machte einen Schritt auf mich zu. Ich wich einen Schritt zurück.

»Du musst es wissen«, zischte sie mich an. »Du musst verstehen.«

»Warum schneit es im Oktober?«, wollte ich wissen. »Warum sind die Autos und die Straßenlaternen so altmodisch? Was hast du mit mir gemacht?«

»Ich habe nichts gemacht«, sagte sie. »Du trittst in meine Fußstapfen. So war es schon immer, und jetzt ist die Zeit gekommen, wo du verstehen musst, warum das so ist.«

»Das tu ich nicht!«, protestierte ich. »Ich trete nicht in irgendwelche Fußstapfen. Von niemandem. Das mache ich nicht. Ich gehe jetzt nach Hause.« Ich drehte mich um und lief los.

Ich kam gerade mal aus der Ausbuchtung raus auf den Bürgersteig, dann blieb ich stehen. Die Schattengestalt, die mich die ganze Parliament Street verfolgt hatte, stand ein paar Meter weiter und starrte durch Winnie und mich hindurch.

Es war ein kleiner Junge in einem langen Wollmantel. Seine Mütze war tief in die Stirn gezogen und sein Schal fest um den Hals gewickelt. Aber diese Augen hätte ich überall wiedererkannt, ob sie mich nun von einem vierzig Jahre alten Foto ansahen oder mir beim Gutenachtsagen zuzwinkerten, wenn er – was selten genug geschah – zu dieser Zeit mal zu Hause war. Mein Vater.

Der Unfall

Polly

Niemand schien zu bemerken, dass ich zu spät zum Abendessen kam. Irgendeine große Diskussion war wegen der Zwillinge und der Bibliothek entbrannt. Offenbar hatte Mrs Gardner Mama angerufen und sich darüber beschwert, dass die beiden gestern in der Erwachsenenabteilung gewesen waren. Ich grinste sie an, während Papa mit ihnen schimpfte, und sie guckten mich beide maulend an. Mein Essen schlang ich runter, endlich kam es mir mal gelegen, nicht bemerkt zu werden.

Nach dem Essen wollte ich eigentlich auf den Dachboden gehen und mal sehen, ob Rose da war. Aber gerade als ich den Fuß auf die unterste Sprosse der Leiter setzte, hörte ich die Zwillinge vor meiner Tür.

»Polly?«, rief Mark. »Wir wollen mit dir reden!«

Es war sinnlos, nach oben zu klettern, sie würden nur hinterherkommen. Ich steckte den Kopf aus dem Wandschrank.

»Was ist?«

Sie standen eng beieinander in der Tür, traten von einem Fuß auf den anderen und guckten besorgt. Was war bloß los mit den beiden? Matt drückte ein Bilderbuch an sich.

»Können wir reinkommen?«, fragte Mark.

»Was wollt ihr?«

»Lass uns einfach einen Moment zum Reden reinkommen«, sagte Matt. »Wir wollen dir was zeigen.«

»Na gut«, sagte ich und warf mich aufs Bett. »Was habt ihr denn, Jungs? Ihr führt euch wirklich seltsam auf, sogar für eure Verhältnisse.«

Sie guckten sich an, dann setzten sie sich neben mich. Matt legte das Buch auf die Knie.

»Wir wollen dir dieses Buch zeigen, Polly«, sagte er. »Das haben wir gestern aus der Bibliothek geholt. Wir hatten es schon mal ausgeliehen. Es geht um Geister.«

»Oh«, sagte ich und warf zum ersten Mal einen Blick drauf. Es hieß »Das Geistermädchen und andere Geschichten aus China«. Der Umschlag war dunkelrot, mit einem Mädchen darauf, das neben einer chinesischen Pagode stand. Sie hatte lange schwarze Haare und ein blasses Gesicht. Ich nahm Matt das Buch aus der Hand und sah es mir genauer an. Die Zwillinge beobachteten mich.

»Sie sieht aus wie Rose«, sagte ich. Das Mädchen hatte glatte Haare und keine Locken – und sie war Chinesin, aber irgendwas, an der Art wie sie stand, wie sie den Kopf hielt und das spitze Kinn erinnerte mich an Rose. Besonders verblüfft war ich über das Gesicht des Mädchens: Die Augen mit den dunklen Schatten darunter hatten denselben gequälten und verzweifelt traurigen Ausdruck, den ich schon so oft gesehen hatte.

»Das denken wir auch«, sagte Mark. »Wir glauben, Rose ist das Geistermädchen.«

Rose

Ich drehte mich wieder zu Winnie um, die den Jungen anstarrte. Ihr Gesicht war verzerrt, als hätte sie furchtbare Schmerzen.

»Ich wollte ihn nicht verletzen«, sagte Winnie mit gebrochener Stimme. »Ich wollte ihm nie etwas tun. Ich habe es nicht gewollt, egal, was Vater sagt.« Tränen liefen ihr über die Wangen.

Ich schaute über die Schulter. Der Junge rührte sich nicht, mit leerem Blick starrte er sie an. Ein paar Autos brausten vorbei.

Ich wandte mich an Winnie: »Was meinst du damit? Und was hat dein Vater gesagt?«

»Dass ich eine Gefahr für Willie bin, eine Gefahr für sie alle, hat er gesagt. Aber es war nicht meine Schuld.«

»Wer hatte dann Schuld?«, wollte ich wissen.

Sie packte mich an den Armen und schüttelte mich.

»Die Geister! Du weißt es. Du hast sie gesehen!«

Ich versuchte mich loszumachen, aber sie hatte einen festen Griff. Fest – und eiskalt.

»Du weißt, wie es ist! Sie hätten mich niemals in Ruhe gelassen. Tag und Nacht, überall, wo ich hinging. Ich hatte nie eine Minute Ruhe. Sie quälten mich. Ich hab geschrien, ich hab Sachen nach ihnen geworfen. Aber es hat nichts genützt. Es wurde immer schlimmer. Ich bin so wütend geworden, alles wurde schwarz. Ich habe Menschen … wehgetan. Mutter. Willie. Kendrick. Wenn ich mit Sachen geworfen habe.«

Endlich konnte ich sie abschütteln, ich wich ein paar Schritte vor ihr zurück.

»Sie wussten es also?«, fragte ich. »Deine Eltern wussten, dass du Geister gesehen hast?«

»Nein«, kreischte sie. »Sie haben mir nicht geglaubt. Sie dachten, das würde ich mir nur einbilden. Vater hat sich für mich geschamt. Die Ärzte, mit denen er befreundet war, sollten nicht wissen, dass er ein Kind hatte, das Dinge sah, die nicht da waren. Deshalb hat er Vorkehrungen getroffen, mich wegzuschicken. Für immer.«

»Und was ist passiert?«, fragte ich. »In jener Nacht? Was ist mit dir geschehen – und was ist meinem Vater passiert?« Ich schaute rüber zu ihm.

Die Gestalt des kleinen Jungen stand immer noch reglos da und richtete den Blick auf seine Schwester … wie in der Zeit erstarrt.

Sie machte einen Schritt auf mich zu, ihre Augen glänzten im Schein der Straßenlaterne.

»Es war ein Unfall«, sagte sie. »Es war nicht meine Schuld. Ich wusste nicht, dass er mir folgen würde.«

»Was ist passiert?« Ich ließ nicht locker.

Sie sah mich an, ihr Blick durchbohrte mich. »Ich musste da raus. Ich hatte Angst. Ich wollte nicht nach Montreal geschickt werden. Ich kriegte keine Luft. Ich hatte das Gefühl, die Wände würden immer näher rücken. Ich musste raus …«

Genauso hatte ich mich heute Abend gefühlt.

»Ich bin losgerannt. Ich wusste nicht, wohin ich lief. Ich bin einfach gerannt. Es war kalt. Es fing an zu schneien.«

Genau wie heute Abend.

»Ich bin bis zu dieser Brücke gekommen und konnte nichts sehen. Alles war weiß vor Schnee. Und die Straße war abgesperrt, wegen Bauarbeiten auf der Brücke, ich bin um die Absperrung rumgegangen und ein Auto rutschte auf mich zu und ...« Sie brach ab, starrte mich an, in dem weißen Gesicht wirkten ihre dunklen Augen riesig.

»Es hat mich angefahren«, flüsterte sie, »und ich wurde über die Brüstung geschleudert und ... und ich bin gefallen.«

Der Aufprall. Der lange freie Fall durch die Luft, eine Drehung nach der anderen. Der Schrei.

Ich konnte es fühlen. Ich konnte es sehen, so als ob es mir passieren würde. Genauso hatte es sich auf dem Friedhof angefühlt und zu Hause und hier auf der Brücke vor wenigen Augenblicken. Ich schnappte nach Luft, mir wurde plötzlich schwindelig. Ich riss die Arme nach vorn, wollte mich an der Brüstung abstützen. Die Dunkelheit hinter der Brücke dehnte sich ins Nichts.

Ich schaute zum kleinen Jungen. Sein Gesicht war eine Maske des Schreckens. Er hatte einen Schrei auf den Lippen, gab aber keinen Laut von sich. Der Schnee fiel immer weiter und bedeckte ihn mit dicken weißen Flocken.

Winnie packte mich wieder, ihre eisigen Finger bohrten sich tief in meine Arme.

»Du musst mir helfen«, bat sie mit heiserer Stimme. »Du musst Willie helfen.«

Mach, dass es aufhört

Polly

»Nennt ihr sie deshalb Geistermädchen?«, fragte ich. »Wegen dem Buch?«

Matt nickte. »Sie IST das Geistermädchen, Polly. Sie sieht genauso aus und sie schwebt herum und verfolgt Leute und …«

Ich schlug das Buch auf. »Wovon handelt diese Geschichte?«

»Von dem Mädchen«, sagte Mark. » Sie lebt bei ihrer Familie, alle denken, sie lebt. Aber in Wirklichkeit ist sie tot. So geht das jahrelang und nie kommt jemand dahinter. Aber alle Kinder, mit denen sie sich anfreundet, die … die …«

»Sie stiehlt ihnen die Seelen!«, sagte Mark. »Sie ernährt sich von ihren Seelen und macht sie tot – so wie sie. Dann sind diese Kinder auch Geistermädchen und Geisterjungen, die in der Welt herumlaufen, und alle halten sie für lebendig, aber in Wirklichkeit sind sie tot.«

»Es ist furchtbar, Polly. Wir wollen nicht, dass dir so was passiert. Rede nicht mit ihr!«, sagte Matt. »Sie ist zu gefährlich.«

Ich blätterte das Buch durch und guckte mir die Bilder an. Die zeigten das Mädchen, das mit einem Kind nach dem anderen an einsamen Orten spielte. Dann gab es Bilder, auf denen die Kinder wieder bei ihren Familien zu sehen waren, sie saßen beim Essen, wurden zu Bett gebracht, gingen zur Schule, aber jetzt hatten sie alle dieselben traurigen Augen und den gequälten Blick des Geistermädchens. Ein kalter Schauer durchlief mich.

»Das ist bloß eine Geschichte«, sagte ich. »Das ist nicht wahr. Rose ist kein Geistermädchen.«

Mark schüttelte den Kopf.

»Zuerst haben wir das auch gedacht, Polly, als wir uns dieses Buch vor ein paar Wochen aus der Bibliothek ausgeliehen haben. Wir dachten, das wäre nur eine echt tolle Geschichte. Ein Märchen. Aber dann ist uns Rose eines Tages aufgefallen. Und sie hat dieselben Augen, klar? Wir haben uns das Buch also noch mal geholt und es noch mal von Anfang bis Ende gelesen. Sie ist ein Geistermädchen, Polly.«

Ich fing an zu lachen, irgendwie klang das aber nicht echt.

»Rose ist nett, wirklich. Sie sieht nur ein bisschen … seltsam aus. Aber sie mag mich. Sie will mir nichts antun.«

»So lockt das Geistermädchen dich in die Falle«, sagte Matt und zog an meinem Ärmel. »Du sollst denken, dass du ihre Freundin bist. Dann stiehlt sie deine Seele. Du musst dich von ihr fernhalten, Polly!«

»Ich finde, dieses Buch ist zu unheimlich für euch«, sagte ich und stand auf. »Ich werde Mama sagen, sie sollte euch nicht erlauben, es noch mal aus der Bibliothek zu holen.«

»Nein! Nein!«, sagten sie gleichzeitig und rissen mir das Buch aus der Hand.

»Sag Mama nichts«, sagte Matt. »Sie macht alles kaputt.«

»Hört mal, ihr beiden habt wirklich Angst«, sagte ich. »Das sollte Mama wissen.«

Sie schauten sich an und dabei fand so eine schweigende Zwillingskommunikation statt. Mark ergriff das Wort:

»Wenn du Mama was von dem Buch sagst, dann sagen wir, dass du auf dem Dachboden gewesen bist.«

Rose

»Lass mich los!«, brüllte ich und befreite mich mit aller Kraft aus Winnies krallenden Händen. Ich entfernte mich ein paar Schritte von ihr, bis ich mit dem Rücken an die kalte Steinbrüstung stieß. Willie stand zu meiner Linken und starrte seine Schwester immer noch an. Seine Miene war ausdruckslos.

Ich beobachtete Winnie keuchend. Sie schaute Willie an, als ob ihr das Herz brechen würde. Aus irgendeinem Grund fiel mir auf, dass ihr die gleiche Haarsträhne ins Gesicht fiel, die auch bei mir einfach nicht hinterm Ohr bleiben wollte, wenn ich sie zurückstrich.

Winnie wandte sich wieder an mich. »Bitte«, sagte sie mit erstickter Stimme, so als ob es ihr körperliche Schmerzen bereiten würde, das Wort zu sagen. »Du bist die Einzige, die helfen kann.«

Und da war es. Ihre Augen hatten denselben beschwörenden, sorgenvollen Blick, den ich im Laufe der Jahre bei zahllosen Geistern gesehen habe.

»Was kann ich denn tun?«, rief ich. »Warum fragst du mich

überhaupt? Du weißt, dass ich dir nicht helfen kann. Du bist tot. Da kann man nichts mehr machen.«

»Du kannst helfen«, antwortete sie. »Du kannst dafür sorgen, dass es aufhört.«

»Was soll aufhören?«

Sie kam einen Schritt näher und machte eine Armbewegung, die alles umfasste – den in dicken Flocken fallenden Schnee, die Brücke und Willie.

»Das hier! Ich! Alles! Die Geister. Dass ich immer weiter in diesem Haus sein muss, gefangen in endloser Qual! Ich kann nicht raus, Rose. Ich sitze fest an jenem Ort, in jener Zeit, in jener Nacht. Für mich ist es nie zu Ende, Rose.«

Sie fing an zu weinen, mit lauten Schluchzern.

»Ich kann nicht weggehen. Willie kann nicht weg. Meine Eltern können nicht weg. Wir stecken alle fest in jener schrecklichen Nacht, mit jenem Unfall.«

Das Bild von meinem Großvater, dem Tränen über die Wangen rollten, kam mir wieder in den Sinn. Und das Seufzen und der Rosenduft im Schlafzimmer meiner Großmutter. Und die Fotos, die sie jedes Jahr zu Weihnachten von mir gemacht hatte, für die sie mich hergerichtet hatte wie Winnie. Ich holte tief Luft.

»Mein Vater kann weggehen. Er geht andauernd weg. Er ist nie zu Hause.«

»Sieh ihn dir an!«, sagte sie und zeigte auf ihren kleinen Bruder, der wie eine Statue dastand. Nur seine Augen waren lebendig. Er starrte sie an.

»Siehst du es denn nicht? Es spielt keine Rolle, wie weit er weggeht, diese Nacht ist immer in ihm. Er ist hier mit mir in diesem Alptraum auf der Brücke. Unsere ganze Familie ist eingeschlossen in diese Nacht. Das ist nie in Ordnung gebracht worden. Keiner von uns kann gehen, bis … bis …« Sie sprach nicht weiter.

»Bis was?«

»Bis du zu Willie gehst und ihm sagst, dass es mir leid tut, dass es nicht seine Schuld war, dass ich abgestürzt bin, dass er mich nicht hätte retten können. Bring ihn dazu, loszulassen und mich nicht länger festzuhalten.«

Ich glotzte sie an.

»Ich soll zu meinem Vater gehen? Ich soll ihm sagen, dass ich seine tote Schwester auf einer Brücke gesehen habe, die von mir verlangt hat, ihm mitzuteilen, dass es ihr leidtut? Bist du verrückt?«

»Du musst es ihm sagen«, antwortete sie. »Nur so kann es aufhören.«

»Warum muss ich ihm das sagen? Was hat das mit mir zu tun?«

»Du kannst mich sehen. Er nicht.«

Sie verlangte das Unmögliche.

»Was glaubst du denn wird passieren, wenn ich es ihm sage?«

»Er wird mir vergeben. Und mich gehen lassen.«

»NEIN!«, brüllte ich. »Er wird mir nicht glauben. Wenn ich meinem Vater sage, dass seine tote Schwester eine Nachricht für ihn hat, passiert nur eines. Begreifst du das denn nicht, Winnie? Ich bin genau wie du! Und sobald sie herausfinden, dass ich Geister sehe, werden sie mich wegsperren!«

»Mach, dass es aufhört«, sagte sie. »Sag es Willie. Dann kann ich ruhen.«

»Du kapierst es nicht«, sagte ich wütend. »Du bist mir völlig egal. Mich schert es nicht, ob du in diesem Haus gefangen bist oder nicht. Du tust mir nicht leid. Wenn ich dich anschaue, sehe ich …«

Was sah ich denn? Mich selbst. Alles, das ich an mir hasste. Die Haare, das blasse Gesicht, die verzerrten Gesichtszüge, das Seltsame, das Freundlose, die Einsamkeit und die Geister.

»Mach, dass es aufhört«, wiederholte sie und weg war sie. Eben waren sie und Willie noch da, im nächsten Moment waren sie verschwunden. Ich schaute ins Leere.

Verschwinden

Polly

Ich hatte mir schon gedacht, dass sie Bescheid wussten über den Dachboden. Sie waren so fiese, herumschnüffelnde kleine Satansbraten. Wenn sie mich bei Mama verpetzten, dann war es das für mich und Rose. Jedenfalls wäre sie dann nicht mehr meine geheime Freundin. Damit wäre dann Schluss. Wenn unsere Eltern uns zusammen spielen ließen, konnten wir trotzdem Freundinnen bleiben. Wenn – ich guckte noch mal auf das Geistermädchen auf dem Buchumschlag – wenn Rose denn kein Geist war. Wenn sie einer war – na, wie sollte ich mich dann mit ihr treffen oder mit ihr reden, wenn ich nicht auf den Dachboden gehen konnte?

Die Gräuel ließen mich nicht aus den Augen, als mir diese Gedanken durch den Kopf gingen. Matt guckte noch immer besorgt, aber Mark grinste selbstgefällig. Er wusste, dass er mich am Haken hatte.

»Okay, okay«, sagte ich. »Aber ich behalte das Buch.«

Mark wollte Einwände erheben, aber Matt zog ihn am Ärmel.

»Lass sie«, sagte er. »Sie kann das lesen, und dann weiß sie, dass sie sich vom Geistermädchen fernhalten muss.«

Ich verdrehte die Augen. »Hört ihr jetzt endlich damit auf?«

»Sie IST das Geistermädchen«, sagte Matt. »Wir sehen sie immerzu nebenan am Fenster sitzen, in dem Zimmer, das nach hinten raus geht. Und sie starrt immer nur auf den Friedhof. Stundenlang sitzt sie so da, Polly. Sie ist ein Geist, das wissen wir genau.«

»Und wir haben gehört, wie du mit ihr auf dem Dachboden geredet hast«, sagte Mark. »Ganz oft. Wir waren auf der Kofferablage und haben gelauscht. Und daher wissen wir, dass du auf den Dachboden kletterst.«

»Und wir wollen mit da hoch«, warf Matt ein. »Wir wollen ihn sehen.«

Das lief jetzt eindeutig aus dem Ruder. Die Gräuel wollten in meinen letzten Zufluchtsort im Haus eindringen.

Ich stand auf und bedrohte sie mit der Faust: »Ich sag euch was: Wenn ihr auch nur einen Fuß auf diesen Dachboden setzt oder Mama nur ein einziges Wort davon sagt, dann lasse ich das Geistermädchen auf euch los! Und ich helfe ihr dabei, euch zu packen und eure miesen Seelen zu klauen – und dann seid ihr tot. TOT, TOT!!!«

Sie jaulten auf und rannten aus dem Zimmer. Und sie jaulten noch mal auf, als meine Mutter sie im Flur zur Rede stellte.

»Mark?« Sie klang richtig wütend. »Matt? Habe ich euch nicht verboten, in Pollys Zimmer zu spielen?«

»Aber, Mama«, fing Mark an, »sie …«

»Keine Entschuldigungen! Ihr dürft da nicht reingehen. Nie.«

Sie grummelten und protestierten, als Mama sie nach unten scheuchte. Ich grinste und ließ mich auf mein Bett fallen. Wurde auch langsam Zeit, dass mal mit ihnen geschimpft wurde, weil sie sich hier unerlaubt Zutritt zu meinem Zimmer verschafften. Ich schlug *Das Geistermädchen* auf und fing an zu lesen.

Rose

Einen Augenblick stand ich wie erstarrt da und schaute auf die leere Stelle, an der eben noch Winnie und mein Vater gewesen waren. Als ich mich dann umdrehte und über die Brüstung guckte, explodierte die Welt um mich herum. Alle Geräusche, die unterdrückt gewesen waren, solange ich mit Winnie an diesem seltsamen, stillen Ort gewesen war, schepperten auf einmal los. Autos donnerten vorbei, es wurde gehupt, der Wind seufzte und ich dachte, ich würde hören, wie ein Schrei in der Ferne verhallte, aber es hätten auch die quietschenden Bremsen eines Autos sein können oder die Sirene eines Krankenwagens. Es hatte aufgehört zu schneien.

Ich konnte nichts sehen, als ich über die Brüstung guckte. Alles war tiefschwarz. Der schneidende Wind drang durch mein Cape. Ich war hungrig und sehr, sehr müde. Ich wandte mich ab von der Dunkelheit unter der Brücke und machte mich auf den Heimweg. Langsam ging ich die Brücke entlang, mir fiel auf, dass die Autos ganz normale Autos der sechziger Jahre waren und nicht mehr die altmodischen, die ich im Schneesturm gesehen hatte.

Ich tat mein Bestes, alle Gedanken an Winnie und meinen Vater zu verdrängen. Sie war nur ein Geist von vielen, der etwas von mir wollte, das ich nicht geben konnte.

Als ich endlich nach Hause kam, stand Kendrick mit verschränkten Armen im Flur – so als ob sie auf mich gewartet hätte.

»Du kommst zu spät zum Abendessen«, sagte sie. »Ich hab meine Sendungen nicht gucken können, weil ich mir Sorgen um dich gemacht habe.«

»Entschuldige«, murmelte ich und hängte mein Cape auf. Ich konnte mich kaum auf den Beinen halten vor Müdigkeit. Kendrick musterte mich scharf.

»Deine Mutter hat vor einer Stunde angerufen. Ich konnte dich nicht finden, also hat sie mir eine Nachricht für dich hinterlassen.«

»Was?«, sagte ich.

»Sie übernachtet heute bei deiner Großmutter. Sie muss die Bilanzen mit deinem Großvater durchgehen, sagte sie, für irgendeine frühe Besprechung in der Fabrik morgen, es ist einfacher für sie, dortzubleiben.«

Das vertraute Gefühl der Enttäuschung überkam mich. Wie ich es hasste, wenn sie nicht nach Hause kam. Das geschah alle paar Wochen. Da Vater noch verreist war, würde ich allein im Haus sein, abgesehen von Kendrick, die im Souterrain schnarchte. Und das ausgerechnet heute Nacht.

Ich taumelte ins Esszimmer und setzte mich auf meinen Platz. Kendrick kam mit einem Teller rein, der im Backofen gestanden hatte. Schweinekoteletts und Kartoffelbrei, alles ein wenig trocken an den Rändern. Ich schob den Teller zur Seite und legte den Kopf auf die Arme.

Wann hatte meine Mutter mich das letzte Mal in den Arm genommen? Oder mein Vater? Im Sommer? Als ich im Krankenhaus gewesen war? Als ich nach Hause gekommen war? Ich konnte mich wirklich nicht erinnern. Sie verblassten immer mehr.

Lasst die Toten tot bleiben

Polly

Die Geschichte vom Geistermädchen war im Wesentlichen so, wie die Zwillinge sie erzählt hatten. Sie sah aus wie ein lebendiges Mädchen und keiner wusste, dass sie in Wirklichkeit ein Geist war. Sie lockte Kinder von ihren Eltern weg und stahl ihre Seelen. Sie wurden wie sie, führten nach außen hin ein normales Leben, waren im Inneren aber tot. Und sie hatten auch die Macht, die Seelen anderer Kinder zu stehlen – und so lief das immer weiter und irgendwann gab es Hunderte dieser grauenhaften kleinen Zombievampire.

Die Illustrationen waren wirklich gruselig, und je länger ich das Geistermädchen anschaute, desto ähnlicher sah sie Rose. Seltsam, ich hatte so viele Geisterbücher gelesen, aber dieses hatte ich noch nie gesehen.

Ich klappte es zu. Vom Titelbild starrte mich Roses Gesicht an.

Rose

Ich hörte, wie hinter mir jemand den Raum betrat, und setzte mich schnell gerade hin und wischte mir die Tränen ab.

Kendrick kam an den Tisch und guckte auf meinen unberührten Teller.

»Du musst was essen«, sagte sie schroff und stellte eine Schale mit Pudding und Apfelmus hin.

Normalerweise war es Kendrick völlig egal, ob ich mein Abendessen nun aß oder nicht.

Ich nahm einen Mundvoll Pudding. Er war wirklich gut, ganz sahnig und das Apfelmus war etwas säuerlich. Sie stand da und beobachtete mich beim Essen, was mich nervös machte. Aber es schmeckte mir trotzdem und am Ende fuhr ich mit dem Finger im Teller herum und leckte ihn ab, um auch die letzten Reste mitzukriegen. Ich wusste, dass sie das ärgern würde, und schaute auf.

Sie runzelte die Stirn, wie ich erwartet hatte.

»Wo bist du gewesen?«, fragte sie.

»Bloß draußen«, antwortete ich. Das wurde langsam komisch. Normalerweise fragte sie mich nie was, aber ich war schließlich auch noch nie so lange draußen geblieben.

»Du solltest im Dunkeln nicht draußen sein. Deiner Mutter würde das nicht gefallen.«

»Meine Mutter ist nicht hier.«

Sie nahm meinen Teller und die leere Schale und wollte in die Küche gehen.

»Kendrick?« Sie drehte sich zu mir um.

»Warst du hier? In der Nacht, in der Winnie gestorben ist?«

Das Geschirr schepperte auf den Boden, Koteletts und Kartoffelbrei klatschten vom Teller. Kendrick achtete nicht darauf und starrte nur mich an.

»Was ist geschehen?«, sagte ich. »Erzähl's mir.«

Sie schwankte, langte nach einem Stuhl und ließ sich schwer darauffallen.

»Du weißt es?«, sagte sie.

»Ja. Ich weiß es. Bitte, sag mir, was passiert ist.«

Kendrick schüttelte den Kopf.

»Das steht mir nicht zu. Dein Vater sollte es dir erzählen.«

»Mein Vater ist nicht hier. Er ist nie hier. Ich muss es wissen. Erzähl's mir!«

Kendrick sah mich lange an, sie rang die Hände in ihrem Schoß.

»Na gut. Aber du darfst deinem Vater nie sagen, dass ich es dir erzählt habe.«

»Warum? Warum ist das so ein Geheimnis?«, wollte ich wissen.

»Über manche Dinge sollte man lieber nicht reden. Es ist zu schlimm. Niemand in diesem Haus hat je davon gesprochen, was … Winnie in jener Nacht zugestoßen ist.«

Das war das erste Mal, dass sie Winnies Namen aussprach. Und es war, als würde sie ihn ausspucken … beinahe gegen ihren Willen.

»Dieses Mädchen hat diesem Haus nichts als Unruhe gebracht. Sie war verflucht von ihrem ersten Atemzug an.«

»Verflucht?« Der Pudding in meinem Bauch wurde zu Stein.

»Nenn es, wie du willst. Sie hatte immer was Unheimliches an sich. Hat ihrer Mutter unendlich viel Kummer bereitet, ihr ganzes Leben lang. Nachdem sie … tot war … dachte ich, ihre Mutter würde vor Kummer sterben.«

»Was war geschehen?«

Kendrick stieß einen langen Seufzer aus und dachte zurück. »Wir wussten nicht, dass sie weggegangen waren. Wir dachten, sie würden beide in ihren Betten liegen und schlafen. Es war weit nach Mitternacht, als die Polizei mit Willie an die Tür kam. Noch nie hab ich ein Kind so gesehen, vorher nicht und seitdem auch nicht wieder – weiß wie ein Geist, zitternd, eiskalt –, und das Einzige, was er immer wieder gesagt hat, war: Winnie ist weg. Sie ist weg.«

Ihr Blick hatte etwas Entrücktes, so als ob sie eine Zeitreise zurück in diese grauenhafte Nacht machte. Sie sah mich nicht an, während sie redete, und wand die Schürze zwischen den Händen. Die Wörter sprudelten heraus, als hätte sie sie zu lange zurückgehalten und könnte ihnen nun endlich freien Lauf lassen.

»Die Polizei teilte uns mit, es habe einen Autounfall gegeben, bei dem Winnie von der Brücke geschleudert worden war. Der Junge hatte alles mitangesehen. Er war in einer Art Schock. Wir packten ihn mit Wärmflaschen ins Bett, aber er wurde trotzdem krank und wir hätten ihn beinahe auch noch verloren.« Sie schüttelte den Kopf. »Seine Mutter war genauso bleich wie er und sprach tagelang kein Wort, sie saß einfach nur da, neben seinem Bett, und hielt seine Hand. Seinem Vater ging's nicht viel besser. Dieses Haus war still wie ein Grab. Es war, als wären sie alle Geister. Ich bereitete weiterhin Mahlzeiten für Leute zu, die nicht essen wollten. Und so ging es monatelang weiter, selbst als Willie sich wieder erholt hatte.«

Nun schien sie wieder in die Gegenwart zurückzukommen

und sie sah mich mit einem unheilvollen Blick an. »Es war alles ihre Schuld. Sie hat das Haus mit einem Fluch belegt. Nur ein Tag noch, dann wäre sie in die Heilanstalt geschickt worden und wir hätten ein normales Leben führen können. Aber da spielte sie nicht mit. Sie musste ja in die Nacht rausrennen und Willie mitnehmen und sich in den Tod stürzen und ...« Kendrick hielt inne und holte tief Luft.

»Danach war dein Vater nicht mehr derselbe. Und deine Großmutter war auch nie wieder so ganz in Ordnung. Dein Großvater, der hat nie wieder gelächelt. Vorher war es schon schlimm, mit Winnies Anfällen ... und wenn sie mit Sachen um sich geworfen hat ...«

Kendrick strich sich die Haare aus der Stirn und lehnte sich zu mir rüber. »Siehst du das?«, sagte sie und zeigte auf eine dünne Narbe am Haaransatz. »Das hat sie gemacht. Mit einem Milchkännchen. Sie war wild. Aber danach war es noch schlimmer. Alles war kaputt.«

»Mein Vater? War der auch kaputt?«

Kendrick nickte. »Er wurde still. Alles war still. Jahrelang.«

Sie schüttelte sich und schien jetzt erst den zerbrochenen Teller und das Essen auf dem Boden zu bemerken.

»Und jetzt kommst du und wühlst alles wieder auf.«

Sie stand auf und beäugte mich mit der üblichen Missbilligung.

»Lass die Toten tot bleiben«, sagte sie. »Lass sie ruhen.«

Vierter Teil

Das Geheimnis

Mein Traum geht so: Wer ich wohl sei?
Ein Kindlein, das im Dunkel greint;
Ein Kind, das nach dem Lichte weint;
In keiner Sprache, nur im Schrei.

Alfred Tennyson, »In Memoriam«

Träumen

Polly

Nachdem ich das Buch vom Geistermädchen gelesen hatte, lag ich abends im Bett, das Licht war aus und ich konnte das leise Murmeln von Mama und Papa hören, die sich im Wohnzimmer vor dem Feuer unterhielten. Die Geräusche gingen auf und ab, auf und ab. Ich träumte, ich würde auf dem Meer treiben und die Stimmen meiner Eltern verschmolzen mit den mich sanft wiegenden Wellen, die mich weit draußen auf einem endlosen Meer schaukelten. Ich hatte das Gefühl, alle meine Sorgen um Rose, das Geistermädchen und Winnie würden ins dunkle Meer unter mir gleiten und in den blauen Himmel darüber.

Dann zog mich eine größere Welle in die Tiefe und die Stimmen meiner Eltern wurden schwächer. Ich dachte, den Grund würde ich nie erreichen, so enorm war die Welle – irgendwie musste ich es aber doch getan haben, denn ich bewegte mich wieder nach oben. Diese Welle war so hoch, ich dachte, den Kamm würde ich nie erreichen –, aber plötzlich war ich da, und einen Moment lang konnte ich sehen, wie das Meer sich endlos um mich herum erstreckte, und dann ging es auf der anderen Seite der steilen, steilen Welle hinunter.

Angst hatte ich nicht. Das Meer wiegte mich wie meine Mutter, es wiegte mich in den Schlaf.

Rose

Nach allem, was passiert war, dachte ich, ich würde nicht schlafen können, doch ich war so müde, dass ich schlief wie ein Stein, sobald ich ins Bett gekrochen war. Lange Zeit war ich einfach weg.

Dann hatte ich einen Traum. Jedenfalls glaube ich, dass es ein Traum gewesen ist. Ich war allein an einem Ort, an dem weder Mond noch Sterne schienen. Es war kalt. Von weit her wehte mit tiefem Grollen ein Wind herauf, der immer lauter und stärker wurde und mir die Haare ins Gesicht peitschte und den Pyjama an die Beine klebte. Große Sachen rauschten im Dunkeln an mir vorbei. Autos vielleicht? Lichter waren allerdings nicht zu sehen.

»Ich hab mich verirrt«, sagte plötzlich eine Stimme in meinem Ohr. Eine traurige Stimme, eine ängstliche Stimme, eine bekannte Stimme.

Sofort war ich wach.

»Polly?«, flüsterte ich. Ich dachte tatsächlich, sie wäre hier im selben Zimmer mit mir, ihre Stimme war so deutlich gewesen. Aber – war das überhaupt Pollys Stimme? Irgendwas war seltsam daran. Es hätte auch die Stimme eines kleinen Jungen sein können. »Willie?«

Keine Antwort. Es muss schon sehr spät gewesen sein. Im

Haus herrschte diese Stille, die sich mitten in der Nacht einstellt. Ich lag eine Zeitlang da und versuchte regelmäßig zu atmen. Mein Herz hämmerte.

Ich hatte Angst, wusste aber nicht warum. Ich schlang die Arme um meine Schultern und fing an, mich hin und her zu wiegen, so wie ich es als kleines Kind gemacht hatte, wenn ich nicht einschlafen konnte.

»Mutter«, sagte ich leise und wünschte mir, sie wäre hier.

Es spukt auf dem Schulhof

Polly

An dem Morgen nach meinem Traum vom Meer konnte ich mich in der Schule nicht konzentrieren. Ich musste immer an Winnies Zeichnungen von der Schwalbe denken … die über Berge flog, hoch über dem Meer dahinglitt, sich aufschwang nach oben und in die Tiefe fallen ließ … so frei. Und doch war Winnie in der Zeit, in der sie diese Bilder gemalt hatte, in ihrem Haus eingesperrt gewesen, jahraus, jahrein, sie hatte nicht zur Schule gehen und Freunde finden können, sondern nur am Fenster gesessen, gezeichnet und nach der echten Schwalbe Ausschau gehalten, die jeden Frühling in ihr Nest zurückkehrte.

Mittags trödelte ich hinter den anderen Kindern her nach draußen, ich freute mich nicht auf den langen Heimweg durch die grauen Straßen, denn der Wind war kalt. Der Schulhof war leer, als ich das Tor erreichte.

»Hi, Polly«, sagte jemand direkt hinter mir. Ich zuckte zusammen.

Ich drehte mich um. Rose stand lächelnd da. Keine Ahnung, wo sie hergekommen war. Ich hätte schwören können, sie war nicht da gewesen, als ich durchs Tor gegangen war. Sie trug dieses lange, dunkle Cape, und mit den dunklen Schatten um die Augen und ihrem hageren Gesicht sah sie aus wie ein Märchenwesen.

»Hab ich dich erschreckt?« Sie lachte.

»Ja, hast du!«, antwortete ich. »Wo hast du dich versteckt?«

»Ich hab genau hier gestanden und du bist an mir vorbeigegangen, als ob du tausend Meilen weit weg gewesen wärst«, sagte Rose. »Woran hast du gedacht?«

»An die Schwalbe«, antwortete ich. »Winnies Schwalbe.«

»Was für eine Schwalbe?«

»Ach, stimmt ja, du hast die Bilder nicht gesehen. Du bist gestern Abend so schnell weggerannt. Was war los? Ist alles in Ordnung mit dir?« Dann hielt ich inne und sah sie an. »Aber, Moment mal, was machst du hier? Warum bist du nicht in der Schule? Wie bist du hierhergekommen? Warum habe ich dich nicht gesehen?«

Ich tat es wirklich nicht gern, aber ich musste das noch mal ansprechen, denn irgendwie war es unheimlich, dass sie so plötzlich aus dem Nichts auftauchen konnte. Wie ein G-e-i-s-t.

»Heute habe ich keine Schule«, sagte sie und ging im Gleichschritt neben mir die Stufen zum Bürgersteig runter und dann die Winchester Street entlang. »Die Lehrer haben ein Treffen oder eine Konferenz oder so was. Und ich hab die ganze Zeit hier gestanden, während du über den Schulhof gegangen bist. Ist doch nicht meine Schuld, dass du wie benebelt herumläufst und mich nicht siehst. Deswegen bin ich noch lange kein Geist.«

»Schon gut, schon gut«, sagte ich. »Tut mir leid. Ich bin wirklich froh, dich zu sehen. Ich hab dir viel zu erzählen.«

»Ich auch«, sagte sie. »Das musst du dir anhören. Ich weiß, wie Winnie gestorben ist. Ich weiß alles.«

Rose

Polly wirkte völlig verschreckt, als ich sie am Schultor ansprach. Eigentlich war es ziemlich komisch, wie sie zusammenzuckte und nach Luft schnappte. So als hätte sie einen Geist gesehen. Ich hatte ewig am Tor gewartet, während all diese Kinder an mir vorbeiströmten und mich gar nicht beachteten. Eine Weile dachte ich, Polly wäre vielleicht an diesem Tag gar nicht in der Schule, aber dann tauchte sie schließlich auf, in ihren Mantel gehüllt ging sie langsam und verträumt vor sich hin.

Wir machten uns gemeinsam auf den Heimweg und ich erzählte ihr von Winnie und meinem Vater und von der Brücke. Ich achtete darauf, dass Polly nicht den Weg am Friedhof vorbei wählte, und führte sie durch die Gassen, die ich als Abkürzungen benutzte. Polly machte große Augen und sie hüpfte immer herum, wenn ich zu den interessanten Stellen kam, dann unterbrach sie mich, packte mich am Arm und sagte: »Wirklich?« Immerzu.

»Du wirst ihm doch helfen, oder?«, fragte Polly, als ich fertig war. »Du wirst ihm und Winnie helfen, damit sie mit ihrer Schwalbe davonfliegen kann und …«

Ihre Stimme erstarb, als sie meinen Gesichtsausdruck sah.

»Rose«, sagte sie unsicher. »Rose?«

Ich schüttelte den Kopf. Sprechen konnte ich nicht. Ich sah nur diesen kleinen Jungen auf der Brücke stehen. Mit diesem ratlosen, starren Ausdruck im Gesicht.

Polly klopfte mir leicht auf die Schulter.

»Rose«, sagte sie noch mal. »Das geht schon in Ordnung. Ich weiß das.«

»Ich will ihm helfen, Polly, mehr als sonst was auf der Welt, aber ich habe Angst davor. Wenn ich meinem Vater erzähle, dass ich Geister sehe, dann … dann wird er mir nicht glauben. Er wird denken, dass ich genauso bin wie Winnie.«

»Das weißt du doch nicht, Rose. Vielleicht überrascht er dich. Vielleicht hat er all diese Jahre nur darauf gewartet, dass ihm jemand zu Hilfe kommt – und du bist die Einzige, die dazu fähig ist.«

»Das kann auch eine Falle sein!«, rief ich. »Ich traue Winnie nicht. Sie hat versucht dich zu töten und jetzt will sie mich wegsperren lassen, genauso wie sie weggesperrt worden wäre. Sie hat was dagegen, dass jemand glücklich ist. Sie ist verbittert und verdreht und …«

»Rose, du musst dir die Bilder ansehen, die sie von der Schwalbe gemalt hat. Dann wirst du sie besser verstehen. Sie muss sehr einsam und unglücklich gewesen sein – in all den Jahren in diesem Haus, so ganz ohne Freunde, und immer hat sie Geister gesehen. Kein Wunder, dass sie so böse geworden ist.«

»Was für Bilder? Und was hat es mit dieser Schwalbe auf

sich, von der du immer redest?« Und dann erzählte Polly mir alles.

Als wir schließlich vor Pollys Haus angekommen waren und zitternd in der Kälte standen, wollte ich mich nicht von ihr trennen und in mein einsames, leeres Haus gehen. Polly sah mich mitfühlend an, ihre Wangen waren rot vor Kälte. Kleine Haarsträhnen hatten sich aus ihrer Mütze befreit und wehten im Wind.

Ich schüttelte den Kopf. »Ich weiß nicht. Ein paar Zeichnungen, was soll das ändern? Winnie ist und bleibt ein irrer Geist.«

Sie lächelte mich an.

»Nach dem Mittagessen bringe ich dir die Truhe deiner Großmutter rüber«, sagte sie. »Dann kannst du's dir selbst ansehen.«

Mrs Lacey

Polly

Nach dem Mittagessen passte Rose mich an ihrem Wohnzimmerfenster ab. Sie machte mir ein Zeichen, dass ich warten sollte, und eine Minute später stand sie in ihr Cape gewickelt neben mir draußen auf der Straße.

»Hier«, sagte ich und gab ihr einen der gestreiften Einkaufsbeutel meiner Mutter, in dem ich die hölzerne Truhe sicher verstaut hatte.

»Ich muss mich beeilen, Rose. Ich komme zu spät zur Schule. Bei uns war keiner zu Hause, ich musste mir selbst ein Brot schmieren. Keine Ahnung, wo meine Mutter steckt. Aber sie hat heute Morgen Schokoladenkuchen gebacken.« Sie grinste. »Ich hab dir auch ein großes Stück eingepackt.«

Rose lächelte. »Ja, Polly. Ich sehe, dass du Schokoladenkuchen gegessen hast. Der ist über dein ganzes Gesicht verteilt.«

»Ups!« Mit dem Ärmel wischte ich mir den Mund ab. »Treffen wir uns nach der Schule bei mir auf dem Dachboden?«

Rose machte ein langes Gesicht. »Das geht nicht, Polly. Ich kann da nicht wieder hin. Nicht nach dem, was gestern Abend passiert ist. Es war schrecklich, Winnies Todesanzeige zu finden und diesen Brief von der Heilanstalt – ich hab keine Luft mehr gekriegt – ich könnte nicht …«

»Kein Problem, Rose«, unterbrach ich sie. Dabei hopste ich von einem Fuß auf den anderen, weil es so kalt war. »Wir können uns auch wieder in der Bibliothek treffen. Bring die Truhe mit. Jetzt muss ich aber los!« Und dann rannte ich die Straße hinunter. Ich flitzte um die Ecke und musste das Tempo drosseln. Ich keuchte wie sonst was. Ob ich nun fünf oder zehn Minuten zu spät kam, spielte jetzt auch keine Rolle mehr. Ich würde sowieso einen Zettel für Mama mit nach Hause nehmen müssen.

Als ich durch die verlassenen Straßen hetzte, dachte ich über Winnie nach. Es passte ins Bild, dass Rose ihr helfen sollte. In vielen der Geistergeschichten, die ich gelesen hatte, blieben Geister irgendwo hängen, wenn sie starben – in Gefühlen wie Wut, Kummer, Angst – und darin waren sie gefangen, bis sie einen Ausweg fanden. Sie wollten alle zur nächsten Stufe weitergehen, was immer das auch war. Der Himmel, vermute ich mal.

Als ich die Straße überquerte, schaute ich auf – und da sah ich sie. Meine Mutter und Susie. Sie waren auf der anderen Straßenseite. Mama schob Susie im Kinderwagen. Der Korb darunter war voller Einkaufstaschen.

Ich dachte daran, um die nächste Ecke zu flitzen und mich zu verstecken. Damit wäre wenigstens die Lektion übers Zuspätkommen auf später verschoben.

Doch es war nicht nötig. Sie sahen mich gar nicht. Susie brabbelte vor sich hin und Mama lachte und redete mit ihr.

Ich stand an der Ecke und beobachtete, wie sie die Straße entlanggingen. Mamas Stimme wurde immer leiser, als sie sich weiter und weiter entfernten.

So einsam hatte ich mich in meinem ganzen Leben nicht gefühlt.

Rose

Ich sah Polly nach, die die Straße hinunterlief und hinter der nächsten Ecke verschwand. Obwohl es eisig kalt war, wollte ich nicht wieder zurück ins Haus gehen. Kendrick beäugte mich ständig argwöhnisch, so als könnte ich mich jeden Moment in eine Hexe verwandeln und auf einem Besenstiel wegfliegen.

Ich setzte mich auf die Treppe vor Pollys Haustür und stellte die Tasche neben mich. Ich warf einen Blick hinein und entdeckte etwas, das in Butterbrotpapier eingewickelt war – ein riesiges Stück saftiger Schokoladenkuchen. Zwei Lagen, mit einer dicken Füllung dazwischen und Glasur obendrauf. Ich nahm einen Bissen. Mrs Laceys Schokoladenkuchen war viel besser als der von Kendrick. Ich biss noch mal ab.

Dann saß ich einfach nur da, in mein Cape gehüllt, und aß Kuchen, während ich über mein Dilemma nachdachte. Egal, was Polly sagte, ich wusste nicht, was es bringen sollte, wenn ich mir einen Haufen Vogelzeichnungen anguckte. Ich traute Winnie kein Stück. Das Bild von dem Jungen auf der Brücke verdrängte ich. Warum sollte ich denn alles in Ordnung bringen? Hatte ich nicht selbst genug Probleme – mit all den Geistern, die mich Tag und Nacht plagten? Außer Winnie hatte ich in letzter Zeit allerdings keine mehr gesehen. Trotzdem schaute ich mich nervös um.

Alles in Ordnung, ich war allein. Bis auf eine Frau, die eine Kinderkarre die Straße hochschob. Ich beobachtete sie träge. Wie ein Geist sah sie nicht aus. Sie trug einen roten Mantel und eine Brille. Sie sah aus wie … sie sah Polly ziemlich ähnlich.

Bis mir klar geworden war, wer das war, war es zu spät, aufzustehen und mich davonzumachen. Die Frau mit der Karre blieb vor dem Haus stehen und schaute fragend zu mir hoch.

Ich versuchte die Tasche unter meinem Cape zu verstecken.

»Kann ich dir helfen?«, fragte sie und kam näher. »Bist du …?« Sie sprach nicht weiter und musterte mich genauer. »Oh«, sagte sie. »Du musst das Geistermädchen sein, von dem die Zwillinge erzählt haben.«

Ich sagte nichts, stand einfach nur da, schaute sie an. Es war sehr seltsam. Sie sah Polly so ähnlich. Sie war ein bisschen pummelig, hatte die gleichen braunen Haare und irgendwie Schwung – genau wie Polly –, die Wörter schienen ihr aus dem Mund zu sprudeln, ohne dass sie vorher drüber nachdachte, welche Wirkung sie haben könnten.

Mrs Lacey lachte. Pollys Lachen. »So sollten sie dich nicht nennen – tut mir leid, wenn sie dich geärgert haben. Die beiden sind wirklich schrecklich. Die bringen mich noch ins Grab. Wie heißt du denn?«

»Rose«, krächzte ich. Sie warf einen Blick auf die gestreiften

Einkaufstaschen in dem Korb unter dem Kinderwagen und dann sah sie mich wieder an – mit gerunzelter Stirn.

»Rose, ist das eine von meinen Taschen, die du da unter deinem Cape hast?«

Toll. Langsam zog ich die Tasche hervor.

»Ich hab sie nicht gestohlen«, sagte ich steif.

Sie nahm die Tasche und schaute hinein.

»Was ist das?«, fragte sie und holte die Truhe heraus.

Ich nahm sie ihr weg. »Die gehört mir. Die Tasche können sie behalten.«

»Ja, das kann ich wohl. Das ist meine. Ich hab sie selbst genäht. Wie bist du dazu gekommen? Haben die Zwillinge was damit zu tun?«

Ich wollte Polly nicht in Schwierigkeiten bringen.

»Nein, ich …äh …«

Dem Baby reichte es jetzt, es fing an zu brüllen.

»Ach, du liebe Güte«, sagte Mrs Lacey und hob die Kleine aus dem Wagen.

Ich nutzte die Chance und ging rüber zu meinem Haus.

»Ich werde mit deiner Mutter über diese Sache reden«, rief Mrs Lacey, bevor ich hinter meiner Haustür verschwinden konnte.

Die verlassene Bibliothek

Polly

Die Bibliothek war leer. Ich konnte Rose nicht finden. Sie saß nicht an einem der Tische am Fenster, nicht in den bequemen Sesseln vor dem Feuer und in der Kinderabteilung war sie auch nicht. Es war niemand da. Kein Mensch.

Das fühlte sich verkehrt an. Warum saß Mrs Gardner nicht vorn am Tresen? Das machte mir Sorgen. Schließlich konnte jemand reinkommen und ein Buch klauen.

Ich ließ mich in meinen Lieblingssessel am Kamin fallen und lehnte den Kopf so weit zurück, dass ich an die Decke guckte. Da fiel mir auf, dass alle Lampen ausgeschaltet waren. Was war hier los? War der Strom ausgefallen? Oder hatte es Feueralarm gegeben, bevor ich hier reingekommen war?

Ich stand schnell auf und wollte auf die Tür zugehen, als mir etwas ins Auge fiel. Ein Blatt Papier mit einer Zeichnung darauf lag auf dem Fußboden, vom Sessel gegenüber halb verdeckt. Und die Zeichnung kam mir bekannt vor.

Ich hob sie auf. Es war eines von Winnies Schwalbenbildern, auf dem die Schwalbe mit weit ausgebreiteten blauen Schwingen hoch am Himmel dahinflog.

Rose war also hier gewesen.

Rose

Von der Bibliothekarin oder Polly war weit und breit nichts zu sehen, als ich die Bibliothek betrat. Die Räume wirkten seltsam verlassen. Ich dachte, ich würde leise Stimmen aus der Kinderabteilung hören, stellte aber keine weiteren Nachforschungen an. Ich wollte allein sein.

In die Truhe hatte ich immer noch keinen Blick geworfen. Nach der Begegnung mit Mrs Lacey war ich in mein Zimmer gegangen, hatte mich aufs Bett gelegt, an die Decke gestarrt und mir Sorgen gemacht. Wegen dieser Tasche würde es Ärger geben. Die Erwachsenen würden herauskriegen, dass Polly und ich Freundinnen waren. Was sollte ich machen, wenn meine Mutter sagte, dass ich mich nicht mit Polly treffen durfte? Sie war meine einzige Freundin. Und wenn Winnie mich weiter verfolgte, um mich dazu zu bringen, mit meinem Vater über Geister zu reden … Ich schloss die Augen. Mir war alles zu viel.

Ich hätte es nicht für möglich gehalten, dass ein Mensch, der sich gerade zu Tode sorgte, so einfach einschlafen konnte, doch von den Abenteuern der letzten Nacht war ich vermutlich noch sehr müde gewesen. Ich weiß nur, als ich aufwachte, hatte das Licht sich verändert. Es war Zeit für mein Treffen mit Polly in der Bibliothek. Ich stürzte also los und fürchtete schon, mich zu verspäten, doch als ich in der Bibliothek ankam, konnte ich Polly nirgends finden.

Ich ging zu den Sesseln vor dem Kamin und setzte mich mit der Truhe auf dem Schoß hin. Ich starrte sie an.

Aufmachen wollte ich sie nicht. Ich wollte Winnies Zeichnungen von der Schwalbe nicht sehen. Ich wollte nichts mit ihr zu tun haben.

Ich schloss die Augen für einen Moment und sah sie wieder so vor mir, wie sie mir auf der Brücke erschienen war. Die Haare wehten ihr ums Gesicht und ihre traurigen Geisteraugen flehten mich um Hilfe an. Ihr Gesicht war meinem so ähnlich.

Alles in mir wollte diese Truhe nehmen und sie unter eine Straßenbahn werfen. Wenn ich Winnie half, würde ich mich nicht länger verstecken können. Meine Eltern würden erfahren, warum ich so still war, warum ich nicht schlief, keinen Appetit hatte – und warum ich es hasste, neben einem Friedhof zu wohnen. Sie würden erfahren, dass ich Geister sah. Ehe ich auch nur blinzeln konnte, würde ich zum Psychiater geschickt werden – und sie würden mich wegsperren – genau wie Winnie.

Doch vielleicht hatte Polly ja recht. Vielleicht gab es einen anderen Weg da durch. Vielleicht würden sie mich gar nicht für verrückt halten. Vielleicht würden sie mir helfen, von den Geistern wegzukommen. Vielleicht würden sie es verstehen.

Ich machte die Augen auf und schaute wieder auf die Truhe. Obwohl ich es nicht wollte, klappte ich sie auf.

Drinnen lagen die Zeichnungen, von denen Polly mir erzählt hatte. Auf der obersten war eine wunderschöne blaue Schwalbe mit weit gestrecktem Gabelschwanz zu sehen, die hoch am Himmel flog.

Der grausige Geist am Gartentor

Polly

Als ich da so stand und auf die Zeichnung schaute, meinte ich, etwas gehört zu haben. Stimmen, die von weit her kamen, so als ob ein paar Stockwerke tiefer ein Radio laufen würde. Vielleicht war Mrs Gardner in der Kinderabteilung und hatte die Tür hinter sich zugemacht, weil sie Geschichten vorlas. Ich stopfte die Zeichnung in meine Büchertasche und ging zu der Tür, die in den anderen Teil der Bibliothek führte.

Dort konnte ich auch niemanden sehen. Und nun schienen die Stimmen von noch weiter her zu kommen, aus dem Keller vielleicht. Hatte die Bibliothek überhaupt einen Keller?

Ich stieß die Tür auf und ging rein. Hier drinnen waren die Tische kleiner, niedriger, und kindergartengroße Stühle standen davor. Auf einigen lagen aufgeschlagene Bilderbücher, so als wäre derjenige, der sie angeguckt hatte, plötzlich aufgestanden und schnell davongelaufen. Licht brannte auch hier nicht.

Seltsam. Sehr seltsam. Ich ging an den Bücherständern vorbei und wunderte mich, wie viel kleiner jetzt alles wirkte als zu der Zeit, als ich noch klein gewesen war und das oberste Regalbrett nur mit Mühe erreicht hatte.

Jetzt hörte ich Stimmen in der Erwachsenenabteilung. Vielleicht war Mrs Gardner zurück. Ich wollte rübergehen, blieb aber ruckartig stehen. Die Gräuel standen in der Tür und starrten mich an.

Rose

Die Schwalbe war wunderschön – ihr Rücken glänzte blauschwarz, Flügel und Schwanzfedern grau, ein feiner Streifen Gelb zog sich um ihren Hals. Das Bild war mit Wasserfarben gemalt und der Himmel in verschiedenen blassen Blautönen lasiert. Den Erdboden sah man nicht, nur endloses Blau.

Polly hatte recht. Winnie machte das wirklich gut. Jede Feder war detailgetreu dargestellt, perfekt. Es sah aus, als ob die Schwalbe ewig so weiterfliegen könnte.

Ich langte in die Truhe und holte noch ein Bild heraus, diesmal eine Bleistiftzeichnung von Schwalbenbabys im Nest, die alle hungrig die Schnäbel aufsperrten. Auf dem nächsten Bild flog die Schwalbe hoch über einer Hügellandschaft mit kleinen Häusern und Bäumen.

In der stillen Bibliothek sah ich mir ein Bild nach dem anderen an. Die Bilder zeigten mir einen Teil von Winnie, von dem ich nichts geahnt hatte. Ich wühlte mich bis zum Grund der Truhe durch, um nachzusehen, ob nicht noch mehr Bilder da waren. Dabei stieß ich auf Zeitungsausschnitte und Briefe – und ganz unten lag noch etwas anderes, etwas Schweres. Ein Buch.

Ich holte es heraus.

»Magst du Geistergeschichten?«, sagte jemand hinter mir. Ich sprang auf, das Buch, die Bilder, die Zeitungsausschnitte und die Truhe fielen auf den Boden.

Mrs Gardner, die Bibliothekarin, stand da. Keine Ahnung, wo sie hergekommen war. Ich hatte nichts gehört.

»Oh, entschuldige, ich hab dich erschreckt«, sagte sie. »Ich helfe dir.« Wir knieten uns beide hin und fingen an, die Sachen aufzuheben.

»So schöne Zeichnungen«, sagte sie, als sie die Bilder sah. »Hast du die gemacht?«

»Nein, ich kann überhaupt nicht zeichnen. Das war meine … meine Tante.«

»Also, sie ist wirklich begabt. Hast du Vögel gern? Ich kann dir bestimmt ein paar wirklich interessante Vogelbücher heraussuchen. Das ist doch eine Schwalbe, oder?«

»Ja.« Ich raffte die Zeitungsausschnitte zusammen, bevor Mrs Gardner sie lesen konnte.

Sie sah sich noch ein Bild an. »Wusstest du, dass Schwalben auf der ganzen Welt ein Symbol der Hoffnung sind?«, sagte sie. »Das ist so, weil sie immer wiederkommen, oft in dasselbe Nest, Jahr für Jahr. Wenn sie da sind, fängt der Frühling an.«

»Hm«, machte ich. Mrs Gardner war sehr freundlich, aber ich wollte weg von ihr. Nun würde es nämlich nicht mehr lange dauern, bis sie merkte, wie seltsam ich war. Und dann würde sie mich auf diese Art angucken, die ich so gut kannte, und anfangen, mich irgendwie seltsam zu behandeln.

»Ich … muss jetzt mal los«, sagte ich.

»Vergiss dein Geisterbuch nicht«, sagte Mrs Gardner mit einem Lächeln und hob das Buch vom Fußboden auf, das ich aus der Truhe geholt hatte. Es war Pollys Buch *Der grausige Geist am Gartentor*. Polly musste es aus Versehen in die Truhe gelegt haben.

»Ich glaube, du musst es abstempeln lassen.« Automatisch schlug sie das Buch hinten auf, wo die Tasche für die Bibliothekskarte klebte.

»Oje«, sagte sie. »Lange überzogen.«

Argwöhnisch sah sie mich an.

»10. April?«, sagte sie. »Zehn Monate zu spät.«

»Oh, äh, das ist nicht meins«, sagte ich und mir war klar, wie lahm das klang. »Das ist ein Buch von meiner Freundin.«

Mrs Gardners Freundlichkeit schlug ins Frostige um.

»Dann werfen wir mal einen Blick in die Unterlagen, was?«, sagte sie. Ihr Mund hatte einen strengen Zug bekommen.

Ich folgte ihr zum Ausgabetresen. Sogar ihr Rücken wirkte verärgert. Bibliothekare hassen es, wenn man die Bücher nicht rechtzeitig wieder zurückbringt. Polly würde eine saftige Strafe zahlen müssen.

Es war immer noch keiner da. Noch nie hatte ich die Bibliothek so verlassen gesehen.

Mrs Gardner zog eine Schublade hinter dem Tresen auf und begann in den Karten zu blättern, die darin in Reihen angeordnet waren.

»Faraday, Faraday«, murmelte sie vor sich hin. »Warum kommt mir der Name so bekannt vor? Aha, da haben wir es.«

Sie hielt die Karte hoch.

»Zeig mir deinen Leserausweis, bitte«, sagte sie.

»Den habe ich nicht dabei, er ist zu Hause.«

Sie guckte mich wieder streng an. »Du bist ohne Leserausweis in die Bibliothek gekommen?«

Jetzt musterte sie mich von Kopf bis Fuß – und mein Cape und die wirren Haare fielen ihr auf.

»Ich wusste nicht, dass ich hierherkommen würde …« Ich gab auf.

Sie zog die Augenbrauen zusammen.

»Müsstest du nicht in der Schule sein?«

»Ich … äh … ich hatte heute frei.«

Das schien sie nicht zu überzeugen. Sie sah mich genau an.

»Moment mal. Ich kenne dich. Warst du nicht letzten Sommer mit deiner Mutter hier, als ihr in dieses Viertel gezogen seid?«

»Ja«, murmelte ich.

»Und seitdem bist du ein paar Mal hier gewesen …«

»Ja«, nuschelte ich wieder. Ich wollte nur noch weg.

»Aber wenn du im Sommer hierher gezogen bist, warum hast du dann ein Buch, das im April abgegeben werden sollte?«

»Das habe ich Ihnen doch gesagt. Das ist das Buch meiner Freundin. Es ist aus Versehen in meine Truhe geraten.«

»Wie heißt deine Freundin denn?«, fragte Mrs. Gardner.

»Ich muss jetzt wirklich gehen«, sagte ich und schoss aus der Tür.

Jagd auf Polly

Polly

»Polly«, sagte Mark. »Du musst nach Hause kommen.«

»Nein, muss ich nicht. Ich treffe mich hier mit Rose.«

Matt schüttelte den Kopf.

»Nein, sie ist weggegangen.«

»Komm mit uns, Polly«, sagte Mark. »Mama braucht dich zu Hause.«

Matt warf ihm einen Blick zu. Diesen Blick kannte ich.

»Das hast du dir gerade ausgedacht, Mark«, sagte ich.

Mark ging auf Matt los.

»Was sollte das, Matt? Ich hatte sie fast so weit.«

»Sorry«, sagte Matt. »Das wollte ich nicht.«

»Was meinst du denn damit? Du hattest mich fast so weit? Lauft ihr mir etwa hinterher? Ist das eine Art Spiel? Jagd auf Polly oder so was? Wollt ihr mich einfangen? Das ist doch wohl ein Witz, oder?«

Ich machte ein paar Schritte auf sie zu. Sie gingen rückwärts aus der Tür.

»Komm einfach mit«, sagte Mark. »Du brauchst das Geistermädchen nicht. Du kannst mit uns spielen.«

»Ihr beiden seid doch nur kleine Jungs. Ich will nicht mit

euch spielen. Und damit ihr's wisst, Rose ist nicht das Geistermädchen. Sie hat nur ein bisschen Ähnlichkeit mit ihr, mehr nicht.«

Ich folgte ihnen in die Erwachsenenabteilung. Die war immer noch verlassen. Aber ich konnte Stimmen hören, die durch geschlossene Türen zu dringen schienen.

»Wisst ihr beiden, was hier los ist? Warum sind die Lampen ausgeschaltet und warum ist hier keiner?«

Sie wechselten wieder einen dieser Zwillingsblicke.

»Du kannst niemanden sehen?«, fragte Matt.

»Es ist niemand da, den man sehen könnte. Warum ist Mrs Gardner nicht hier?«

Marks Blick schwenkte rüber zum Tisch der Bibliothekarin und dann wieder zu mir zurück. Matt gab ihm einen Rippenstoß.

»Kümmere dich nicht um sie«, sagte Mark. »Komm mit nach Hause, Polly. Das Geistermädchen ist nicht hier.«

»Na gut«, sagte ich und ging hinter ihnen zur Tür hinaus.

Rose

Ich rannte bis zur nächsten Querstraße, dann setzte ich meinen Weg im Schritttempo fort. Ich hätte nicht so aus der Bibliothek abhauen sollen. Es würde sowieso nichts nützen. Mrs Gardner würde herausfinden, dass es Pollys Buch war, sie musste nur die Nummern in ihrer Kartei vergleichen. Dann würde sie Pollys Mutter anrufen und meine Mutter wahrscheinlich auch, und wir würden Ärger kriegen wie nie zuvor.

Die Truhe unter meinem Cape an mich gedrückt, hastete ich die Parliament Street entlang. Es wurde schon dunkel. Ich hatte wirklich keine Ahnung, wo Polly stecken konnte – wenn sie denn nicht aus irgendeinem Grund in der Schule nachsitzen musste.

Auf meinem Weg durch die grauen Straßen dachte ich an Winnie und ihre Schwalbe und daran, wie sie am Abend zuvor auf der Brücke ausgesehen hatte, und ich dachte an den Geist meines Großvaters, der im Arbeitszimmer gesessen und mich gebeten hatte, ihr zu helfen. Und an meinen Vater, in dem dieser einsame kleine Junge steckte, der zusah, wie seine Schwester von der Brücke fiel – wieder und wieder.

Vielleicht … vielleicht könnte ich ihm Winnies Nachricht überbringen. Was, wenn sie recht hatte? Was, wenn ich tatsächlich dem Spuk in meinem Haus ein Ende setzen konnte – und dem Elend meines Vaters? Doch … würde er mir glauben?

In der Dämmerung streiften mich Leute im Vorbeilaufen. Alle waren in Eile, niemand beachtete mich, wie üblich.

Ich war unsichtbar.

Schritte

Polly

Mit den Zwillingen gehe ich nie. Auf dem Weg zur Schule laufen sie mir entweder voraus oder hinterher. Sie ignorieren mich und ich ignoriere sie. Es sei denn, sie wollen mich nerven.

Aber dieses Mal klebten sie an mir wie Kleister, auf dem ganzen Heimweg hatte ich auf jeder Seite einen. Ich glaube, das gehörte zu ihrem »Jagd auf Polly«-Spiel. Als wir den Friedhof erreichten, ging ich langsamer, weil ich hoffte, ein paar Geister zu sehen, aber jeder packte einen meiner Arme und sie zogen mich weiter, ja, sie rannten beinahe.

»Lasst das!« Ich wollte mich freimachen, aber sie ließen nicht los. Immer wieder guckten sie über die Schultern zurück zum Friedhof, irgendwie waren sie nervös.

»Was habt ihr denn«, sagte ich und versuchte immer noch, mich loszumachen. »Wovor habt ihr denn Angst? Vor Geistern?«

Das sollte ein Witz sein, aber sie wirkten nur noch nervöser, und Matt sagte: »Ja.« Ganz kleinlaut.

Mark warf ihm einen abfälligen Blick zu.

»Moment mal, ihr beiden könnt Geister sehen?« Endlich gelang es mir, meine Arme zu befreien.

»Ja«, sagte Matt. »So können wir das Geistermädchen sehen. Das kann sonst keiner. Nur du.«

»Komm jetzt«, sagte Mark, der wieder meinen Arm packte. »Weg hier. Sie kommen, Polly.«

Ich blieb stehen und guckte durch den eisernen Zaun. »Ich kann nichts sehen.«

»Nein, Polly«, sagte Mark. »Sie sind gefährlich. Bitte, komm doch mit.«

Sie wirkten beide so verängstigt, dass ich aufhörte mich zu wehren und mich von ihnen hetzen ließ. Hinter unserer Straßenecke wurden wir langsamer.

»Was meint ihr damit, dass kein anderer Rose sieht?«, wollte ich wissen.

Sie wechselten einen Zwillingsblick.

»Hast du sie je mit jemandem reden sehen?«, sagte Mark.

»Nun … nein … nur mit Kendrick. Ich hab gehört, wie sie mit Kendrick geredet hat. Ihrer Haushälterin.«

»Was für eine Haushälterin?«, sagte Matt.

»Ihr wisst schon, diese alte Frau, die schon ewig da wohnt«, sagte ich.

»Die ist gestorben«, sagte Mark.

»Letzten Frühling«, sagte Matt.

Rose

Bevor ich in unsere Straße einbog, hörte ich Schritte hinter mir.

Ich warf einen Blick über die Schulter. Das Licht war so schwach, dass ich die große dunkle Gestalt kaum ausmachen konnte, die näher kam. Sie bewegte sich viel schneller voran als ich und hatte bald zu mir aufgeschlossen.

Ich versteckte mich hinter einem Baum und hielt die Luft an.

Die Gestalt blieb ein paar Schritte vor dem Baum stehen, verharrte so eine Weile und dann redete sie:

»Rosie«, sagte sie mit heiserer Stimme. Der Stimme meines Vaters.

Was machte er hier? Ich dachte, er wäre in Montreal. Ich lugte hinter dem Baum hervor. Sein Gesicht wurde von der Straßenlaterne angeleuchtet. Müde sah er aus und seine Schultern hingen herunter, als ob er eine große Last tragen würde.

»Winnie«, sagte er und bedeckte das Gesicht mit den Händen.

Vorsichtig zog ich mich wieder in die Schatten zurück.

Die Hexe

Polly

»Moment mal«, sagte ich. »Von welcher alten Frau redet ihr da? Ihr meint wohl Roses Großmutter. Die ist im letzten Frühling gestorben. Kendrick ist die Haushälterin. Die schleppt immer die Lebensmittel an.«

Wieder der Zwillingsblick.

»Ach die«, sagte Matt. »Die ist unheimlich. Sie kommt immer raus und keift uns an, wenn wir bei denen auch nur einen Fuß in den Garten setzen.«

»Nun ja«, sagte ich. »Sie mag ja unheimlich sein, aber ein Geist ist sie nicht. Und ich habe gehört, wie Rose mit ihr geredet hat, das beweist doch wohl …«

»Das beweist gar nichts, Polly«, sagte Mark. »Diese alte Frau ist vielleicht eine Hexe und Hexen können Geister sehen!«

»Das ist eine Hexe, ganz sicher«, sagte Matt. »Guck dir bloß mal ihre Augen an. Die sind ganz klein und rund, ich wette, die verzaubert Leute, die in ihren Garten gehen und …«

»Schluss jetzt!«, rief ich. »Das reicht. Kein Wort mehr von Hexen. Rose ist meine Freundin und sie tut mir nichts Böses, ob sie nun ein Geist ist oder nicht.«

»Sie ist auf alle Fälle ein Geist«, sagte Mark stur. »Wir sehen sie stundenlang hinten am Fenster sitzen, wo sie einfach nur nach draußen starrt. Und keiner sieht sie oder redet je mit ihr, nur du und wir. Sie ist unsichtbar.«

»Und wenn du siehst, wie sie mit jemandem redet, dann muss es jemand sein, der Geister sehen kann«, behauptete Matt.

»Wie wir«, sagte Mark.

Ich starrte die Zwillinge an. »Wie lange könnt ihr schon Geister sehen? Warum habt ihr mir nie was davon erzählt?«

Wieder ein Zwillingsblick.

»Eine Weile«, sagte Matt. »Noch nicht so lange. Wir mögen Geister nicht so wie du. Wir wollen sie eigentlich nicht sehen. Stimmt doch, Mark?«

»Nein, wollen wir nicht«, sagte Mark vorsichtig.

Wir waren zu Hause angekommen.

»Ich glaube, ich geh mal rüber zu Rose«, sagte ich. »Geistermädchen hin oder her, wir waren verabredet und ich will mich erkundigen, ob mit ihr auch alles in Ordnung ist.«

»Nein!«, sagten die beiden. »Du musst dich von ihr fernhalten, Polly!«

Genau in diesem Moment steckte meine Mutter den Kopf zur Tür heraus.

»Da seid ihr ja! Wo habt ihr gesteckt, Jungs? Ich hab euch gesagt, dass ihr nach Schulschluss sofort nach Hause kommen sollt. In fünfzehn Minuten fängt euer Pfadfindertreffen an. Wenn wir jetzt gleich losgehen, schaffen wir es noch.«

»Aber, Mama …«, quengelte Matt.

»Wir können nicht …«, sagte Mark.

»Reinkommen, sofort, keine Einwände«, sagte sie energisch. »Und dann hätte ich gern von euch gewusst, was mit dem Schokoladenkuchen passiert ist, den ich auf den Küchentisch gestellt hatte.«

»Kuchen?« Matt sah seinen Bruder an. »Was für ein Kuchen?«

Ich lachte. Mark warf mir einen Blick zu, als die Jungs die Treppe hochstapften.

»Halte dich fern von ihr, Polly«, flüsterte Mark über seine Schulter. »Du verstehst das nicht.«

Rose

Ich wartete, bis die Schritte meines Vaters verhallt waren, dann folgte ich ihm langsam. Ich hatte ein komisches Gefühl im Bauch. Warum hatte er »Rosie« gesagt, ganz so als ob es ihm wehtun würde, meinen Namen auszusprechen. Und dann »Winnie« gleich danach?

Durch die kahlen Bäume hindurch konnte ich die Scheinwerfer der Autos sehen, die über das Bloor Viaduct fuhren. Ich senkte den Kopf, damit ich sie nicht anschauen musste. Die Truhe in meinen Armen kam mir seltsam warm und schwer vor.

In Pollys Haus war es dunkel. Das war seltsam. Dort schien sich sonst immer alles Mögliche abzuspielen, bei Tag wie bei Nacht.

Ich stieg unsere Treppe hoch und machte die Haustür auf.

Das Haus war sehr still. Ganz ruhig. Als ob keiner zu Hause wäre. Das Licht im Flur war schwach und tiefe Schatten hockten in den Ecken. Mein Kopf fühlte sich so leicht an, genau wie gestern auf der Brücke. Geräuschlos schien ich durch den Flur zu schweben. Es kam mir vor, als hätte ich keine Kontrolle über meinen Körper, sondern bewegte mich nur einen Weg entlang, der mir vorgegeben war. Ich stellte die Truhe auf den Tisch im Flur und blieb in der Tür von Vaters Arbeitszimmer stehen.

Mein Vater saß in sich zusammengesunken an seinem Schreibtisch und starrte ins Leere. Mir stockte der Atem, als ich sah, dass sein Gesicht von tiefen Sorgenfalten gezeichnet war. Die hatte ich früher nie bemerkt.

Eine Bewegung hinter ihm ließ mich stutzen. Es war Winnie, die aus den Schatten trat. Sie trug ihr langes schwarzes Kleid mit dem weißen Kragen und schaute meinen Vater mit demselben hungrigen, sehnsuchtsvollen Blick an, den ich bei allen Geistern gesehen hatte, die mir je begegnet waren. Diesem Blick, der in mir nur den Wunsch erweckte, wegzurennen.

Leer

Polly

Ich schaute rüber zu Roses Haus. Kein Lebenszeichen. Wo war sie bloß?

Ich entschloss mich zu einem kühnen Schritt und stieg ihre Vortreppe hoch, um zu klingeln. Wenn Kendrick an die Tür kam, konnte ich sagen, dass ich Keksbestellungen für die Pfadfinder aufnehmen wollte. Und ich konnte sie genauer unter die Lupe nehmen und versuchen rauszukriegen, ob sie eine Hexe war oder nicht.

Keiner kam. Ich klopfte, heftig.

Immer noch keine Reaktion.

Ich versuchte die Tür zu öffnen. Sie war abgeschlossen.

Ich ging wieder zurück zu meinem Haus. Es war keiner da. Wahrscheinlich hatte Mama die Zwillinge zu den Pfadfindern gebracht, aber wo die anderen waren, wusste ich nicht.

Ein leeres Haus – zwei Mal an einem einzigen Tag. Unglaublich. Ich setzte mich im Wohnzimmer ans Fenster, dort konnte ich Ausschau halten, ob Rose nach Hause kam. Draußen war es ziemlich dunkel, aber eine Straßenlaterne warf einen kleinen Lichtkegel auf den Bürgersteig.

Es war schön, einfach nur im stillen Haus zu sitzen, ohne

von jemandem gestört zu werden. Ich musste mich nicht verstecken, um allein sein zu können. Ich hatte das ganze Haus für mich zum Alleinsein.

Rose

Winnie hob den Kopf und wir sahen uns in die Augen.

Es war wie auf der Brücke, ich hätte auch in einen Spiegel schauen können. Winnie spiegelte alles, was ich war: einsam, seltsam, wütend – aber vor allem hungrig. Ein hungriger Geist. Nicht hungrig nach Essen wie der Frühstücksgeist. Hungrig nach etwas anderem.

Ich hatte keine Wahl mehr. Ich atmete tief durch. »Ich mache es«, sagte ich.

Eier

Polly

Der Kopf tat mir weh. Es war wie das Gespenst von Kopfschmerzen: ein schwaches Pulsieren hinter den Augen. An irgendwas erinnerte mich das. Ich schloss die Augen für einen Moment.

Eier. Es erinnerte mich an Eier.

Rose

Beim Klang meiner Stimme schaute mein Vater auf.

»Rosie?«, sagte er skeptisch. »Bist du das?« Er sah mich blinzelnd an. Im Licht der Schreibtischlampe saß er wie auf einer kleinen Insel, davon abgesehen war der Raum dunkel.

»Winnie?«, flüsterte er. »Rose?« Er strich sich mit der Hand über die Stirn. »Für einen Augenblick habe ich gedacht …«

Nicht mal er konnte uns unterscheiden.

Die Truhe an die Brust gedrückt stand ich vor ihm. Ich kam mir vor wie früher, als ich klein war und noch nicht sprechen gelernt hatte. Ich machte den Mund auf, doch es kam kein Ton heraus.

Mein Vater wartete, er schaute mich an. Ein Gefühl, als würde ich am Rand einer Klippe stehen. Mein Vater war weit weg auf der anderen Seite der Bucht.

Wie sollte ich zu ihm kommen, wenn ich nicht sprang?

Die Nachricht

Polly

Dieser blöde Streit mit meinem Vater – wegen der Eier. Oder genauer gesagt: der fehlenden Eier. Das war der Tag gewesen, an dem ich Kopfschmerzen gehabt hatte, der Tag, an dem ich Rose begegnet war. Das schien jetzt schon so lange her zu sein.

Ich seufzte. Der Lichtkreis auf dem Bürgersteig war leer. Keine Rose. Das Kopfschmerzgespenst wurde stärker. Und jetzt hatte ich auch noch Bauchweh und mir war schlecht. Noch ein Echo: An dem Tag mit den schrecklichen Kopfschmerzen war mein Magen auch nicht in Ordnung gewesen.

Irgendwas regte sich bei mir im Hinterkopf. Irgendeine Erinnerung, die mit den Kopfschmerzen und der Übelkeit zusammenhing. Was war an jenem Tag geschehen? Ich versuchte mich zu erinnern, aber die Kopfschmerzen vernebelten mir das Hirn.

Ich war auf den Gepäckboden gegangen, nachdem Papa ausgerastet war und mir befohlen hatte, den Frühstückstisch zu verlassen. Zuerst war ich hungrig gewesen, weil ich nichts gegessen hatte, doch dann war mir schlecht. Ich war auf dem Gepäckboden eingeschlafen. Als ich aufwachte, suchten die

Zwillinge nach mir. Und da war ich dann zum ersten Mal auf den Dachboden geklettert und hatte Rose singen hören.

Rose

»Es geht um Winnie«, sagte ich. Meine Stimme war brüchig und heiser, so als hätte ich sie noch nie benutzt.

»Was hast du gesagt?«, fragte mein Vater.

»Winnie«, sagte ich dieses Mal lauter. »Ich habe eine Nachricht für dich. Von ihr.«

Da war es, direkt vor mir, genau wie ich erwartet hatte, stand es ihm ins Gesicht geschrieben. Er dachte, ich hätte den Verstand verloren. Sein Mund klappte auf, seine Augen traten hervor und sein Blick flitzte wild im Raum umher, als ob da jemand wäre, der ihm helfen würde zu verstehen. Währenddessen stand Winnie hinter ihm, unbemerkt und still.

»Ich habe sie gesehen«, fuhr ich noch ein wenig lauter fort. »Deine tote Schwester. Ich habe … ihren Geist gesehen.«

Er starrte mich mit offenem Mund an.

»Ich sehe Geister, Papa«, sagte ich noch lauter. »Ich sehe sie immerzu. Genau wie Winnie.«

Er schüttelte den Kopf.

»Nein«, flüsterte er. »Nein!«

»Ja!« Jetzt schrie ich fast schon. Es musste raus. Ganz gleich, was er danach tun würde, ich musste es loswerden. »Ich sehe Geister. Und Winnie braucht mich, um dir diese Nachricht zu überbringen, weil du sie nicht sehen kannst – und ich kann es.«

Er schüttelte immer noch den Kopf.

»Nein … Rose … bitte nicht.« Die Worte kamen ruckartig.

»Ich muss es tun. Sie kommt nicht zur Ruhe. Und du auch nicht. Und ich finde auch keine Ruhe. Keiner in diesem Haus wird Ruhe finden, solange du sie nicht loslässt. Es tut ihr leid. Alles tut ihr leid. Es tut ihr leid, dass es zu dem Unfall gekommen ist – und dass sie dir wehgetan hat. Aber nichts davon war deine Schuld, du musst sie jetzt gehen lassen.«

Mein Vater starrte mich weiterhin entsetzt an, ganz als ob … als ob ich ein Geist wäre.

Vergessen

Polly

Nein. So war das nicht. Die Zwillinge waren nicht da, als ich aufwachte.

Der weiße Lichtkreis auf dem Bürgersteig pulsierte wie meine Kopfschmerzen. Er wurde größer, dann kleiner. Ich machte die Augen zu.

An jenem Morgen war niemand zu Hause gewesen. Das Haus war leer, so wie jetzt. Sie waren alle weggegangen. Mama hatte die Kleinen auf den Markt von St. Lawrence mitgenommen, so wie sie das jeden Samstag machte, alle trapsten mit selbst genähten gestreiften Baumwolltaschen hinter ihr her, um dann Mengen von Lebensmitteln nach Hause zu schaffen. Ich wäre auch mitgegangen, wenn ich nicht in Ungnade gefallen wäre.

Papa saß wahrscheinlich in der Kirche bei irgendeiner Besprechung.

Ich war ganz allein. Und ich war so richtig krank. Halb fiel, halb kletterte ich die Leiter vom Gepäckboden runter und brach auf meinem Bett zusammen. Ich rief laut, aber es war niemand da. Das Zimmer drehte sich, mein Kopf hämmerte und ich hatte das Gefühl, mich übergeben zu müssen.

Warum hatte ich mich vorher nicht daran erinnert? Warum fiel mir das jetzt wieder ein?

Rose

»Papa!«, sagte ich in scharfem Ton. »Verstehst du, was ich sage?«

»Nein«, wiederholte er und schloss die Augen. Er packte seinen Kopf mit beiden Händen und beugte sich vor, als ob er mich so ausblenden könnte.

»PAPA!«

Er hob den Kopf. Tränen standen in seinen Augen.

»Kendrick hat es mir erzählt …«, sagte er mit brechender Stimme. »Ich habe ihr nicht glauben wollen. Sie sagte, du würdest dich seltsam benehmen. Dinge sehen. Ich ertrage das nicht, Rosie, nicht noch mal. Sag mir, dass es nicht wahr ist.«

Wenn ich das doch nur könnte.

»Es ist wahr, Papa. Ich sehe Geister. Immer. Schon mein ganzes Leben lang.«

Er sank in sich zusammen.

»Nein.« Er vergrub den Kopf zwischen den Armen und machte sich ganz klein. »Ich kann dich nicht auch noch verlieren. Nein.«

Mir wurde der Boden unter den Füßen weggezogen. Was war mit meinem großen, starken Vater passiert, der nie seine Stimme erhob und immer einen klaren Kopf behielt? Was hatte ich angerichtet?

Flüstern

Polly

Es war dunkel im Zimmer. Ich stand auf, weil ich die Deckenlampe anschalten wollte, aber sie funktionierte nicht. Die Lampe in der Ecke auch nicht. Stromausfall vielleicht?

Aber der Lichtkegel unter der Straßenlaterne war noch da – vor dem Fenster. Wo war Rose? Und wo war meine Familie? Sie hätten längst zu Hause sein müssen.

Ich war sehr, sehr müde und mein Kopf tat immer noch weh. Ich sank wieder in den Sessel, machte die Augen zu und ging noch mal zurück zu jenem Tag. Dem Eiertag.

Ich erinnerte mich, dass ich lange, lange auf meinem Bett gelegen hatte. Und keiner war gekommen.

Ich konnte an nichts anderes als an das Klopfen in meinem Kopf denken. Das halte ich nicht länger aus, dachte ich, aber es ging weiter. Dann hörte ich ein Flüstern in den Wänden, Stimmen wirbelten herum, so als würde das Radio laufen. Ich machte die Augen auf, aber das Zimmer war leer, es war von einem gleißenden weißen Licht erfüllt. Die Sonne, sie schien ins Fenster, ich machte die Augen wieder zu. Ich dümpelte dahin auf einer rauen, hellen See, hoch und runter, hoch und runter.

Dann kamen die Zwillinge.

Rose

Ich schaute an meinem Vater vorbei zu Winnie, die hinter seinem Stuhl stand und den Blick auf ihn richtete. Sie rührte sich nicht und sah mich auch nicht an.

Plötzlich wurde ich wütend. Warum machte ich das hier? Warum setzte ich alles aufs Spiel? Ich würde mich nur in Schwierigkeiten bringen, sonst nichts. Mein Vater brach zusammen und wurde zu einem kleinen Jungen. Ich konnte ihm nicht helfen. Er hätte doch mir helfen sollen! Das war schließlich die Aufgabe von Vätern. Das hier war völlig verkehrt. Er war ein Häuflein Elend.

»Papa!« Ich brüllte ihn fast an. »Hör auf damit. Setz dich gerade hin und hör mir zu. Warum hast du mir nicht erzählt, dass du eine Schwester hattest? Warum hast du mir nicht erzählt, dass sie gestorben ist? Warum hast du mir gar nichts erzählt?«

Mein Vater schaute auf, er klammerte sich mit beiden Händen an die Schreibtischkante. Sein Gesicht war bleich.

»Das weiß keiner«, flüsterte er. »Nicht mal deine Mutter.«

Er sah gar nicht mehr aus wie mein Vater. Er war der kleine Junge von der Brücke – mit den schreckensgeweiteten Augen.

Ich ließ nicht locker. »Warum? Wie konntest du das nur geheim halten?«

Er schaute auf zu mir.

»Ich war schuld an ihrem Tod. Es war alles meine Schuld.«

Unsinn

Polly

Ich erinnerte mich, dass ich die Zwillinge vor meiner Tür flüstern hörte. Ich versuchte mich aufzurichten, aber mein Kopf war so schwer, dass ich ihn nicht vom Kissen heben konnte.

»Sagt Mama Bescheid«, krächzte ich. »Ich bin krank.«

»Du bist nicht krank.« Mark kam an mein Bett und schaute auf mich runter. »Du tust nur so.«

»Nein, ich bin wirklich krank. Sag's Mama«, und dann sank ich wieder in die weißen, weißen Wellen.

Lange Zeit später hörte ich Mama ins Zimmer kommen. Sie ließ Susie zu ihrem Mittagsschlaf ins Gitterbett plumpsen und redete eine Weile mit ihr, während sie ihr wie immer den Rücken rieb, damit sie besser einschlief.

Ich konnte die Augen nicht aufmachen, weil das Licht so grell war. Ich wollte nach Mama rufen, brachte aber kein Wort heraus.

»Polly«, sagte sie. »Die Jungs sagen, du spielst krank. Das ist sehr kindisch. Wenn du so weit bist, kannst du runterkommen und mit uns Mittag essen.«

Und sie ging weg.

Rose

Winnie kniete sich neben meinen Vater und legte ihm die Hand auf den Arm.

»Willie, es war ein Unfall. Du musst mir glauben. Das war nicht deine Schuld.«

Er starrte nur weiter ins Leere. Er hatte sie nicht gehört.

»Papa«, sagte ich laut. »Es tut ihr leid. Sie sagt, es war ein Unfall.«

Da richtete er den Blick auf mich – und plötzlich war der Bann gebrochen, unter dem wir uns befunden hatten, und er wurde wieder Papa.

»Rosie, über diese Sache sollten wir nicht sprechen. Das ist vor langer Zeit geschehen. Es ist vorbei. Ich weiß nicht, wie du von Winnie erfahren hast, aber du darfst nicht mehr an sie denken. Das ist nicht gesund. Ich werde dich zu einem Psychiater bringen. Ich sorge dafür, dass du Hilfe bekommst.«

»Papa, du musst mir zuhören. Winnie ist da, neben dir. Ich kann sie deutlich sehen. Es ist wichtig für sie, dass du mir zuhörst.«

»Nein!«, brüllte er, schlug mit der Faust auf den Tisch und stand auf. »Ich werde nicht zulassen, dass es mit dir so geht wie mit Winnie. Das lasse ich nicht zu!«

»Es hat keinen Zweck«, sagte ich zu Winnie. »Er will nicht zuhören. Ich hab dir doch gesagt, dass das geschehen würde. Er hält mich für verrückt, ich wusste gleich, dass es so kommen würde.«

Winnie stürzte hinter dem Tisch hervor auf mich los, mit blitzenden Augen. Das Schwarz ihres Kleides und ihrer Haare nahm die Form des Türspringers an. »Du musst dafür sorgen, dass er versteht«, sagte sie, während sie über mir schwebte. »Das musst du tun!«

Ich gab nicht klein bei. »Ich sag's dir doch, er hört nicht auf mich. Er hört jetzt genauso wenig auf mich wie auf dich! Er hört mich nicht und er sieht mich nicht. Das hat er nie getan. Ich bin unsichtbar, genau wie du.«

Winnie fing an sich zu drehen wie ein Kreisel – oder ein Tornado – und der Raum füllte sich mit ihrer schwarzen Wut. Ich wich einen Schritt zurück, doch mein Vater sah und spürte sie noch immer nicht. Er kam auf mich zu, packte mich an den Schultern und schüttelte mich.

»Rosie!«, brüllte er. »Hör auf mit Geistern zu reden. Sprich mit mir! Du bist unsichtbar? Was meinst du damit? Ich sehe dich. Natürlich sehe ich dich.«

Das reichte. Als nun beide mich angriffen, platzte mir der Kragen. Mir war völlig egal, ob er mich nun für verrückt hielt oder ob Winnie das Haus in Schutt und Asche legte. Ich befreite mich aus seinem Griff und stampfte mit dem Fuß auf.

»Nein, das tust du nicht«, schrie ich.

Mein Vater blinzelte erstaunt. Er hatte noch nie erlebt, dass ich so einen Lärm machte. Die rasende Wolke, zu der Winnie geworden war, blieb einen Augenblick lang reglos in der Luft hängen, die Kraft meiner Stimme hatte sie zum Stillstand gebracht.

Wieder stampfte ich mit dem Fuß auf. »Du redest wochenlang nicht mit mir. Und Mutter auch nicht. Ich weiß nie, wann ihr nun zu Hause oder weg seid. Ich dachte, du wärst in Montreal, und dann sehe ich dich die Straße entlanggehen! Ihr sagt mir nie, was los ist. Ihr sagt mir nie irgendwas! Ihr lasst mich immer allein. Keiner redet mit mir. Die Lehrer in der Schule nicht, die Kinder nicht – ich hab immer das Gefühl, unsichtbar zu sein. Ich bin immer allein, außer den Geistern ist keiner bei mir.«

»Rosie, das ist nicht wahr …«, sagte er mit ruhigerer Stimme, weil er mich beruhigen wollte.

»Sag mir eins. Sag mir nur dies eine«, brüllte ich. »Sag mir, ob ich tot bin. Ich fühle mich tot. Es gibt keine Beweise dafür, dass ich nicht tot bin. Bin ich letzten Sommer gestorben? Als ich im Krankenhaus war? Bin ich gestorben? Bin ich das?«

»Natürlich nicht, Rose. Was ist das nur für ein Unsinn!«, sagte jemand hinter mir.

Meine Mutter stand in der Tür, immer noch in Hut, Mantel und Handschuhen. Winnie war verschwunden. Ein Hauch Chanel No. 5 wehte durch den Raum.

»Was in aller Welt geht hier vor?« Sie sah meinen Vater über meinen Kopf hinweg an. »Erst verschwindest du aus dem Büro, ohne irgendjemandem ein Wort zu sagen. Dann bekomme ich einen äußerst seltsamen Anruf von der Bibliothek wegen Rose.«

O je.

Mütter

Polly

Die Sache ist die: Ich hab manches Mal so getan, als wäre ich krank. Als ich kleiner war. Na ja, letztes Jahr auch noch. Also, wenn ich krank war, dann musste ich nicht zur Schule und durfte den ganzen Tag zu Hause im Bett Bücher lesen, Mama brachte mir dann Orangensaft und manchmal sogar Ginger Ale. Ich hatte sie ganz für mich allein. Sie bewahrte eine Schachtel mit »Krankenspielzeug« im Schrank in ihrem Zimmer auf, und mit diesen Sachen durften wir nur spielen, wenn wir krank waren. Als kleines Mädchen fand ich diese bunten Holzklötze ganz toll und die Puzzle und die ganz besonderen Bücher.

Und da hab ich dann manchmal krank gespielt, wenn mir nicht danach war, zur Schule zu gehen. Das klappte ganz gut, solange ich es nicht zu oft machte. Aber Mama kam mir auf die Schliche. Es wurde immer schwerer, sie zu überzeugen, und sie erzählte mir immer wieder die Geschichte von dem Jungen, der »Wolf« geschrien hatte – und wie gefährlich es war, immerzu zu lügen.

Ich hatte schon seit Monaten nicht mehr krank gespielt. Aber sie hatte es nicht vergessen.

Rose

Mein Vater ging auf meine Mutter zu.

»Mary, entschuldige, ich … Es hatte sich etwas ergeben, ich musste gehen. Ich muss mit dir reden.« Er warf einen Blick zu mir rüber. Offensichtlich wollte er vor mir nicht mehr sagen.

Meine Mutter übernahm das Kommando, so wie sie das immer machte, als ob wir schwierige Angestellte wären, denen man zeigen musste, wo's langgeht.

»Gut, in Ordnung, William. Sicher können wir reden. Aber zuerst will ich etwas über diesen Unsinn mit Rose hören. Lasst mich nur erst den Mantel ausziehen.«

Als sie im Flur verschwand, flüsterte Vater mir zu: »Kein Wort von Winnie.«

Er sah aus wie einer von Pollys kleinen Brüdern, als er das sagte. Was war denn nur los mit ihm?

Meine Mutter kam geschäftig wieder ins Zimmer, zog mir das Cape von den Schultern und brachte mich zu dem Hocker vor dem Feuer.

»Nun setzen wir uns alle ganz ruhig hin und reden vernünftig über diese Sache.«

Sie nahm im großen Ohrensessel meines Großvaters Platz und strich ihren Rock glatt. Mein Vater zog den Schreibtischstuhl heran und setzte sich. Sie ragten beide wie Türme neben mir auf.

»So, Rose«, sagte sie und fixierte mich mit einem kühlen Blick. »Was soll dieses Gerede übers Totsein?«

Meningitis

Polly

An dem Tag, an dem ich krank war, lag ich den ganzen Nachmittag auf meinem Bett, driftete, rein und raus, auf und ab, mein Kopf hämmerte. Als meine Mutter Susie aus dem Mittagsschlaf holte, setzte sie sich auf meine Bettkante.

»Polly, bist du wirklich krank?«, fragte sie. »Oder schmollst du immer noch?«

»Mein Kopf tut weh«, sagte ich.

Sie legte mir eine kühle Hand auf die Stirn.

»Du fühlst dich ziemlich fiebrig an«, sagte sie. »Ich hole dir Aspirin.«

Sie half mir dabei, einen Schluck Wasser zu trinken und das Aspirin einzunehmen.

»Könnte die Grippe sein«, sagte sie. »Dann wollen wir dir mal deinen Pyjama anziehen.«

Sie half mir beim Ausziehen und in meinen weichen Flanellschlafanzug, dann zog sie die Bettdecke zurück, damit ich ins Bett schlüpfen konnte. Danach brachte sie Susie nach unten und ich war wieder allein.

Zuerst waren die Laken kühl. Aber der Raum drehte sich im Kreis, es war wie auf einem Karussell. Ich machte die Augen zu, spürte aber immer noch, wie sich alles drehte. Rundherum, rundherum, hoch und runter.

Ich musste eingeschlafen sein. Als ich aufwachte, war es sehr dunkel. Mein Nacken war steif, es juckte überall und die Wände flüsterten mir immer noch zu.

»Mama?«, wollte ich rufen, doch ich war nicht in der Lage, einen Ton von mir zu geben, den irgendjemand hören konnte. Ein anderes Geräusch übertönte alles. Das Hämmern in meinem Kopf. Eine Trommel. Und warum hörten die anderen im Haus das nicht? Dieses Hämmern ließ nicht nach.

Irgendwie schaffte ich es, aufzustehen und über den Flur zur Treppe zu kriechen. Auf dem Po rutschte ich die Stufen runter, eine nach der anderen. Ein paar Mal hielt ich inne und rief meine Mutter, aber meine Stimme war so schwach, dass niemand mich hören konnte. Die Treppe drehte sich immerzu im Kreis. Ich kroch zum Schlafzimmer meiner Eltern, wo ich mich an der Türklinke hochzog. Dann stand ich in der offenen Tür und rief noch ein Mal.

»Mama!«

Ein Gemurmel kam vom Bett her, die Decken raschelten und plötzlich blitzte grellweißes Licht, das den ganzen Raum füllte.

»Mama!«, rief ich wieder. Die Trommel donnerte in meinen Ohren. »Mama, ich glaube, ich sterbe.«

Rose

Auf dem Schemel kam ich mir vor, als wäre ich wieder zwei Jahre alt. Ein sehr kleines Mädchen. Mein Herz klopfte heftig. Ich wusste, wie lächerlich ich mich anhören musste. Um es noch schlimmer zu machen, erschien Winnie (in menschlicher Gestalt, nicht mehr als Wirbelsturm) und stellte sich hinter meine Mutter. Von dort starrte sie meinen Vater mit diesem hungrigen Blick an.

»Im Sommer«, begann ich, »als ich so krank war …«

»Als du Hirnhautentzündung hattest«, sagte meine Mutter.

»Ist es das gewesen?«, fragte ich.

»Ja, das weißt du doch«, antwortete sie. »Wir haben es dir gesagt, Dr. Wolf hat es dir im Krankenhaus gesagt, mehr als ein Mal. Meningitis.«

»Dr. Wolf?«, sagte ich. »Heißt der wirklich so?«

»Ja, natürlich. Sei nicht albern, Rose.«

»Ich erinnere mich nicht«, sagte ich. »Ich weiß nicht mehr, dass mir jemand was gesagt hat. Ich erinnere mich nur noch an die Kopfschmerzen und dass mein Nacken wehtat und ich mich übergeben habe. Und der Wolfdoktor …«

Meine Mutter unterbrach mich: »Dr. Wolf, nicht Wolfdoktor.«

Mein Vater sah mich sorgenvoll an und Winnie lachte.

»Dr. Wolf«, sagte ich. »Dr. Wolf hat gesagt, dass ich ins Krankenhaus müsste, und du hast geweint, und dann war alles so weiß und kalt.«

»Du warst sehr, sehr krank.« Meine Mutter presste die Lippen aufeinander. »Es war eine Epidemie. In der ganzen Stadt waren Kinder daran erkrankt und viele sind gestorben. Aber du nicht. Du hast dich erholt. Was in aller Welt veranlasst dich nur zu sagen, du wärest tot, Rose?«

»Ich fühle mich tot. Ich hab das Gefühl, ich wehe so dahin, in Nebel gehüllt und unsichtbar. In der Schule redet nie jemand mit mir. Es ist so, als würden sie mich nicht sehen. Du und Vater seid nie zu Hause. Ihr redet nicht mit mir! Tagelang redet niemand ein Wort mit mir. Nicht mal Kendrick.«

Es war ein gutes Gefühl, das endlich auszusprechen. In meinem Hals löste sich etwas.

Meine Eltern wechselten gequälte Blicke.

»Rosie«, sagte mein Vater. »Das kann nicht wahr sein. Du übertreibst doch. Wir reden mit dir. Wir frühstücken fast jeden Morgen mit dir.«

»Aber keiner sagt was!« Ich sprang auf. »Du liest die Zeitung und bittest mich, dir die Marmelade zu reichen, und das war's. Sogar der Frühstücksgeist beachtet mich mehr als ihr. Der sieht mich jedenfalls.«

»Der Frühstücksgeist?« Meine Mutter legte die Stirn in Falten. »Rose, deine Fantasie geht mit dir durch. Selbstverständlich reden wir mit dir. Ich rede jeden Tag mit dir.«

»Aber wir reden nicht miteinander! Du erzählst mir nichts! Und neulich Nacht habe ich dich weinen hören, Mutter. Du hast geweint, weil du mich verloren hast. Du hast gesagt, dein Baby sei tot. Was sollte ich da denn denken?«

Die Hand meiner Mutter zuckte zum Mund. »Was weißt

du über das Baby?«, flüsterte sie, dann drehte sie sich zu meinem Vater.

»William, hast du …?«

Er schüttelte den Kopf.

»Was für ein Baby?«, fragte ich.

Alles tut weh

Polly

Danach weiß ich nicht mehr viel. Stimmen, Arme, die mich hochheben. Die Sirene eines Krankenwagens und dann das Krankenhaus. Im Krankenhaus tat alles weh. Das Licht war unerträglich grell, die Laken weiß und hart, andauernd wurde ich mit Nadeln gepiekt und dann … dann … verblasste alles. Ich spürte nur noch dieses Wiegen und überall war nichts als Weiß, ich konnte meine Hände nicht mehr sehen und nichts hören und ich konnte meine Mutter nicht sehen und …

Mit einem Ruck setzte ich mich auf. Ich war immer noch im dunklen Wohnzimmer. Der weiße Lichtkegel der Straßenlaterne draußen war nach wie vor leer. Keine Rose.

Mein Kopf tat noch weh, doch es war ein schwacher, flüsternder Schmerz, nicht schlimm. Komisch, dass ich diese Krankheit und das Krankenhaus ganz vergessen hatte. Dass ich auf dem Gepäckboden eingeschlafen war und die Zwillinge mich gesucht hatten und dass ich Rose auf dem Dachboden getroffen hatte … all das musste passiert sein, nachdem ich wieder gesund geworden und aus dem Krankenhaus entlassen worden war. Seltsam. Das musste ich ihr erzählen. Was sie wohl dazu sagte? Vielleicht hatten diese schlimmen

Kopfschmerzen und diese Krankheit zu einem Gedächtnisverlust geführt.

Mittlerweile müsste Rose zu Hause sein. Ich ging leise zur Vordertür hinaus und die Stufen hinunter. Als ich in den Lichtkegel der Straßenlampe trat, den, auf den ich so lange geschaut hatte, blieb ich einen Moment lang stehen und schaute auf zu unserem Wohnzimmerfenster. Es war immer noch dunkel, aber einen Augenblick lang meinte ich jemanden zu sehen, der im Sessel saß und zu mir rausschaute. Wahrscheinlich nur ein Schatten, aber eine Sekunde lang glaubte ich, ich würde mich selbst sehen, die zu mir rausguckte. Ein kleiner Schauer lief mir das Rückgrat hinunter.

Bei Rose brannte Licht in der Veranda und ein schwacher Lichtschein vom Flur drang heraus, aber im Wohnzimmer war es dunkel.

Mich verließ der Mut und ich klingelte nicht. Vielleicht waren ihre Eltern inzwischen zu Hause. Ich ging den Gartenweg an ihrem Haus entlang, den am Friedhof, und stieß die Pforte zum Garten auf.

Der Weg hatte ein unebenes Kopfsteinpflaster, ich musste im Dunkeln langsam gehen und mich vorsichtig vorantasten. Zu meiner Linken fiel das Gelände steil ab und dahinter ragten die Hügel des Friedhofs auf, die Silhouetten der Grabsteine hoben sich vom dunklen Himmel ab. Ich ging um die Ecke und schlüpfte hinter ein Gebüsch, damit ich unbemerkt hinten ins Haus spähen konnte.

Licht fiel aus der Terrassentür, die in … in das Arbeitszimmer von Roses Vater führte. Jedenfalls nahm ich das an, denn ich war nie drinnen gewesen. Ich konnte Bücherregale an den Wänden sehen, einen großen Schreibtisch und … Leute. Sie waren da. Rose, ihr Vater, ihre Mutter und – Winnie.

Ich ging ein paar Schritte näher heran, achtete jedoch darauf, nicht ins Licht zu treten. Es war seltsam, sie durch das Fenster zu beobachten, wie im Kino. Das Glas war vermutlich schmutzig, ich konnte nämlich nicht klar sehen. Es verschwamm alles ein wenig. Die Stimmen waren gedämpft, ich hatte also keine Ahnung, was geredet wurde.

Roses Mutter war hübsch, sie hatte aber überhaupt keine Ähnlichkeit mit Rose. Sie war normal groß, nicht winzig, und hatte blonde Haare, die weich gelockt ihr Gesicht rahmten. Und sie sah sehr müde aus.

Den Vater konnte ich nicht so deutlich erkennen, hauptsächlich sah ich seinen Rücken. Er war auch groß und hatte breite Schultern, aber seine Haare waren wie die von Rose, dunkel und gelockt.

Winnie stand hinter Roses Mutter und starrte Roses Vater an. Sie sah ganz anders aus als das wilde, wütende Mädchen, das ich kurz auf Roses Dachboden gesehen hatte. Traurig wirkte sie und sehnsuchtsvoll. So als würde sie sich etwas sehr wünschen, jedoch nicht wissen, wie sie es bekommen sollte.

Ich rückte ein Stück nach links, damit ich Rose besser sehen konnte, die zum Teil von ihrem Vater verdeckt wurde. Als ich ihren Gesichtsausdruck sah, stockte mir der Atem. So wütend hatte ich sie noch nie erlebt. Ich glaube, sie schimpfte laut. Sie sah aus wie … Winnie. Und Winnie sah aus wie Rose.

Ich schaute von der einen zur anderen. Beide waren schwarz

gekleidet. Beide Gesichter waren weiß. So langsam fragte ich mich, ob ich mich vielleicht geirrt hatte und ob es nicht Rose war, die ihren Vater sehnsüchtig ansah, und Winnie, die vor dem Kamin stand und die Eltern anschrie. Wer war wer? Und wer war der Geist? Oder waren sie beide Geister?

Rose

Meine Mutter strich ihren Rock glatt und wechselte einen Blick mit meinem Vater.

»Das ist im letzten Winter geschehen.« Sie versuchte ihre zitternde Stimme unter Kontrolle zu bekommen. So etwas erlebte ich selten bei meiner Mutter. Sie räusperte sich. »Ich war schwanger. Nur ein paar Monate. Wir haben es dir nicht erzählt, denn es gab Komplikationen und wir waren nicht sicher, ob das Baby es schaffen würde. Und sie hat es nicht geschafft. Sie ist gestorben.«

Wieder fing ihre Stimme an zu zittern.

»Sie?«, sagte ich. Daraus wurde ein raues Krächzen.

»Ja«, sagte meine Mutter. Tränen stiegen ihr in die Augen. »Eine Schwester. Du hättest eine Schwester bekommen. Ich habe sie im fünften Monat verloren.«

»Fünf Monate? Und du hast mir nichts erzählt?«

»Es war von Anfang an eine Risikoschwangerschaft. Wir haben es niemandem erzählt, nur meinen Eltern.«

Sie suchte in ihrer Handtasche nach einem Taschentuch und wischte sich die Augen.

»Warst du deshalb im Krankenhaus? Warst du deshalb immer so traurig?«

Sie nickte, sprechen konnte sie nicht. Mein Vater ging zu ihr und legte ihr den Arm um die Schultern.

»Mary«, sagte er. »Nicht doch.«

»Warum hast du es mir nicht gesagt?«, schrie ich. »Du behandelst mich immer, als wäre ich nicht da! Als wäre ich gar nicht wichtig. Ich hab doch ein Recht zu erfahren, was los ist.«

»Wir haben darüber gesprochen, ob wir es dir erzählen sollten«, sagte mein Vater. »Nun ja ... kurze Zeit später starb deine Großmutter und wir fanden, es wäre ein bisschen viel für dich, das alles zu ertragen.«

Ich merkte, wie die Wut wieder in mir aufwallte, eine glutrote Woge.

»Du weißt ja gar nicht, was ich ertragen kann«, sagte ich zähneknirschend. Ich versuchte, die Woge zurückzuhalten. »Du hast ja keine Ahnung, womit ich jeden Tag leben muss.«

Mein Vater wurde nervös. Er fürchtete wohl, ich würde wieder anfangen, von Winnie und Geistern zu reden.

»Wir hatten uns dazu entschlossen, dir nichts zu sagen«, sagte meine Mutter, die sich wieder gefasst hatte. »Vielleicht war das falsch. Es war ein schwieriges Jahr, Rose, für alle. Dein Vater und ich hatten mit einer Reihe von Dingen zu tun, erwachsene Angelegenheiten ... und Geschäftliches, das du unmöglich verstehen kannst. Wir haben versucht, dich davor zu schützen.«

Ich machte den Mund auf und die Woge schwappte raus.

»Ich verstehe das so«, sagte ich. »Ihr liebt mich nicht. Ihr seht mich nicht. Ihr wollt nicht sehen, was in mir vorgeht. Ihr habt Angst vor mir. Und ihr denkt, mit mir stimmt was nicht und wenn ihr das nur weiterhin ignoriert, wird es schon weggehen.«

»Nein, Rosie, das ist nicht wahr«, protestierte mein Vater.

»Nenn mich nicht Rosie!«, fuhr ich ihn an. »Das ist ein Babyname. Ich bin kein Baby.«

»Aber du benimmst dich wie ein Baby«, sagte meine Mutter in scharfem Ton. »Wie ein Baby, das einen Wutanfall hat.«

Wir haben sie verloren

Polly

»Polly«, wisperte eine Stimme aus der Dunkelheit.

Ich zuckte zusammen und japste.

Mark und Matt nahmen neben mir Gestalt an.

»Was macht ihr hier?«, wisperte ich zurück. »Ihr hättet mich fast zu Tode erschreckt.«

»Wir wollen nicht, dass du dich mit dem Geistermädchen einlässt.« Matt zog an meinem Ärmel.

»Komm nach Hause«, sagte Mark, der am anderen Ärmel zog. »Komm mit auf den Dachboden, wo du in Sicherheit bist.«

»Nicht das schon wieder!« Ich schüttelte die beiden ab. »Was ist bloß los mit euch? Rose ist meine Freundin. Wenn ihr ein echtes Geistermädchen sehen wollt, dann schaut da rein.« Ich schubste Mark vor mich. »Siehst du sie?«

»Wen?«

»Winnie.« Ich zeigte auf das Mädchen mit dem altmodischen weißen Kragen. Das musste Winnie sein, egal, wie sie guckte. »Sie steht hinter Roses Mutter. Sie sieht genauso aus wie Rose, aber sie ist ein Geist. Ein echter Geist.«

Die Jungs standen vor mir und starrten ins Zimmer.

»Das ist das Geistermädchen«, hauchte Mark. Ich merkte, dass er angefangen hatte zu zittern. »Das ist die, die wir am Fenster gesehen haben. Das ist die, die hinter dir her ist, Polly.«

»Die, die dir deine Seele stehlen will«, sagte Matt.

»Nun, das ist Winnie, nicht Rose. Rose ist meine Freundin, und sie ist diejenige, die ihr gesehen habt und Geistermädchen nennt. Sie sitzt da drüben vor dem Feuer.« Ich zeigte mit dem Finger auf sie.

»Zwei Geistermädchen?«, sagte Matt. »Es gibt zwei? Zwillinge?«

Plötzlich ging hinter Winnie die Tür auf – und sie war nicht mehr zu sehen. Eine dunkle Gestalt stand an der Tür, hielt sie auf und sagte etwas, dann betrat noch jemand den Raum.

»Was macht Mama denn da?«, sagte Matt.

Rose

Winnie grinste höhnisch über Mutters Schulter hinweg. Sie genoss das.

Ehe ich auf meine Mutter reagieren konnte, ging die Tür auf und Kendrick stand da.

»Mrs Lacey von nebenan bittet um ein Gespräch«, sagte sie und schaute dabei gezielt mich an. So als wisse sie, dass ich jetzt großen Ärger kriegen würde.

Pollys Mutter trat ein. Sie sah eigentlich noch so aus wie heute Nachmittag, sie trug immer noch den roten Mantel und die Brille rutschte ihr von der Nase. Aber sie wirkte verstört, fast so als hätte sie geweint.

»Bitte entschuldigen Sie die Störung«, sagte sie und sah meine Mutter an, »aber ich habe etwas sehr Beunruhigendes erfahren und finde, wir sollten die Sache klären, bevor sie noch weitergeht.«

Meine Eltern waren beide aufgestanden, als sie eingetreten war.

»Ist es wegen der Bibliothek?«, sagte meine Mutter schnell. »Mrs Gardner hat mich heute angerufen. Wegen eines überfälligen Buches und irgendwelchen albernen Kindereien.«

Mrs Lacey schluckte. »Ja, aber ich fürchte, es geht über Albernheiten hinaus. Dürfte ich bitte allein mit Ihnen sprechen?«, fuhr sie fort und sah mich dabei absichtlich nicht an.

Meine Mutter hüllte sich in ihr Geschäftsfrauenauftreten wie in einen Umhang.

»Wenn es um meine Tochter geht, Mrs … Mrs Lacey, nicht wahr?«

Pollys Mutter nickte.

»Dann finde ich, wir sollten offen reden, und ich bin sicher, Rose wird uns helfen, die Sache zu klären.«

»Nun ja …« Mrs Lacey schaute von meiner Mutter zu mir. »Wenn Sie das für das Beste halten.«

Meine Mutter nickte. Mrs Lacey stellte sich etwas aufrechter hin und fuhr fort:

»Zuerst dachte ich, es wäre ein Spiel, das die Zwillinge mit Ihrer Tochter spielten. Sie ärgern sie, das weiß ich. Aber ich habe mit ihnen geredet und sie schwören, von dem Buch wissen sie nichts. Die beiden sind ziemlich große Schlingel, aber sie lügen normalerweise nicht. Irgendwie hat Ihre Tochter sich dieses Buch aus unserem Haus beschafft. Und das ist noch nicht alles.«

Mrs Lacey hielt die gestreifte Einkaufstasche hoch.

»Heute Nachmittag habe ich Ihre Tochter ertappt, als sie diese Tasche verstecken wollte. Es ist eine meiner Einkaufstaschen. Ich habe sie selbst genäht, ein Irrtum ist also ausgeschlossen. Ich würde gern wissen, wie sie darangekommen ist. Und es sind noch andere Dinge vorgefallen. Es fehlte Essen, Kuchen, Kekse. Sachen standen nicht an ihrem Platz. Ich habe die Zwillinge in Verdacht gehabt, aber jetzt, nach diesem Vorfall mit dem Buch, da glaube ich, dass Ihre Tochter in unser Haus gekommen ist und Sachen genommen hat.«

Etwas atemlos sah sie mich an. Meine Eltern standen mit offenen Mündern da.

»Beschuldigen Sie meine Tochter, gestohlen zu haben?«, sagte meine Mutter in ihrem sehr ruhigen »Passen Sie also auf, was Sie sagen, sonst werden Sie gefeuert«-Ton.

»Ich tu das nicht gern«, sagte Mrs Lacey. »Sie scheint mir ein sehr … äh … nettes Mädchen zu sein.« So ganz sicher war sie sich da wohl nicht, das verriet der Blick, der mein wirres Haar streifte. »Doch ich weiß nicht, welche Erklärung es sonst geben sollte. Und ganz bestimmt werden Sie verstehen, dass diese Sache mit dem Buch mich besonders aufwühlt, weil meine Tochter es aus der Bibliothek ausgeliehen hatte, bevor sie …«

An dieser Stelle sprach Mrs Lacey nicht weiter und holte tief Luft. Sie schien mit den Tränen zu kämpfen.

»Bevor sie … bevor sie starb«, sagte sie mit großer Anstrengung. »Und wir haben ein paar Mahnungen von der Bibliothek bekommen, konnten das Buch aber nie finden.«

Ich hatte darauf gewartet, etwas sagen zu können. Fragt Polly, wollte ich einwerfen, sie wird alles erklären, aber ich kriegte plötzlich so ein Klingeln in den Ohren und konnte kein Wort über die Lippen bringen. Alles um mich herum wurde ganz langsam und ich hatte ein Gefühl wie unter Wasser. Die Stimmen der Erwachsenen kamen von weit, weit her.

»Ihre Tochter?«, sagte meine Mutter. Das Forsche fiel von ihr ab. »Das tut mir furchtbar leid. Das wusste ich nicht. Und Sie sagen, das Buch hat Ihrer Tochter gehört? Sie hatten eine Tochter … die gestorben ist?«

Mrs Lacey nickte benommen und ihre Augen wurden wieder feucht.

»Entschuldigen Sie«, keuchte sie und streckte den Arm nach meiner Mutter aus, als ob sie gleich umfallen würde. »Diese Geschichte mit dem Buch hat alles wieder aufgewühlt. Man denkt, man hat das Schlimmste überstanden und dann …«

Meine Mutter war sofort an ihrer Seite und führte sie zum Sessel.

»Kann ich Ihnen etwas holen?«, bot mein Vater an. »Wasser?«

Mrs Lacey schüttelte den Kopf und versuchte unter Tränen zu lächeln. Wenn sie lächelte, sah sie Polly noch ähnlicher.

»Nein. Es geht gleich wieder. Es kam alles so plötzlich, müssen Sie wissen. Im letzten Frühling. Die Meningitisepidemie. Wir haben sie verloren. Polly. Ich dachte, Sie wüssten das.«

Kalt

Jetzt standen sie und ich konnte ihre Gesichter nicht sehen. Rose war hinter ihrem Vater, von Winnie war nichts zu sehen. Wie angewurzelt schauten die Zwillinge und ich zu, es war wie im Kino. Unruhe entstand, Leute bewegten sich und Mr und Mrs McPherson beugten sich über jemanden im Sessel. Rose stand wie eine Statue vor dem Kamin, ihr Gesicht war weiß. Sie ging langsam wie eine Schlafwandlerin an allen vorbei zur Tür hinaus. Dann erhob sich die Person aus dem Sessel. Es war Mama, sie drückte sich ein Taschentuch ans Gesicht und Mrs McPherson hatte ihr den Arm um die Schultern gelegt und brachte sie aus dem Raum.

»Mama«, sagte Mark mit gebrochener Stimme.

»Siehst du, jetzt ist sie wieder traurig«, sagte Matt. »Das ist alles deine Schuld, Polly.«

»Meine Schuld? Was hab ich denn gemacht?«

»Nichts«, sagte Mark. »Halt die Klappe, Matt.«

»Na, es ist doch ihre Schuld. Wenn sie nicht … he!« Mark hatte ihn umgeschubst.

»Wenn ich nicht was?«

»Egal«, sagte Matt. »Komm, wir gehen nach Hause.«

Jetzt erst wurde mir klar, dass ich ohne meinen Mantel rausgegangen war. Es war sehr, sehr kalt.

Rose

Die Welt drehte sich ganz schnell. Alles verwischte. Mir wurde schlecht, so als müsste ich mich gleich übergeben. Verschwommen nahm ich wahr, wie meine Eltern sich über Pollys Mutter beugten. Winnie stand auf der anderen Seite des Raumes und beobachtete mich mit seltsamer Miene.

Und ich hatte das Gefühl, überhaupt nichts mit ihnen allen zu tun zu haben. Es war, als wären sie im Fernsehen, ich könnte sie abschalten, indem ich wegging. Mehr als je zuvor hatte ich das Gefühl, ein Geist zu sein.

Ich ging an ihnen vorbei zur Tür hinaus. Niemand sah mich gehen.

Der Flur war dunkel und voller Schatten. Ein Spukhaus, hatte Polly gesagt.

Ich nahm die Truhe vom Flurtisch und stieg langsam die Treppe hoch. Jede Stufe hätte ein Berg sein können, es war schwer, die Füße zu heben, es schienen Mauersteine daran zu hängen. Mir war schwindelig, das Treppenhaus, die Wände, sämtliche Möbel im Haus, meine Eltern und Mrs Lacey waren anscheinend in die Luft geschleudert worden und wirbelten wie verrückt herum. Nichts hatte Substanz, nur meine schweren Füße und die Schmerzen in meinem Hals. Es war, als hätte ich etwas zu Großes schlucken müssen, das dort stecken geblieben war und mir das Atmen schwermachte.

Ich ging durch das Zimmer meiner Großmutter, wo mir der schwache Rosenduft zuraunte. Der Teppich mit dem Blumenmuster dehnte sich endlos vor mir. Schließlich erreichte ich den Wandschrank und kletterte die endlose Leiter zum Dachboden hoch. Das Haus drehte sich immer noch um mich herum wie ein Kreisel, alle Farben flossen ineinander, es ging immer im Kreis herum.

Ich stellte die Truhe auf den Fußboden und schleppte mich im Dunkeln zu dem alten Sessel, dort holte ich vorsichtig Luft. Ein Flattern im Hals.

Polly. Polly war der Geist. Nicht ich.

Fünfter Teil

Die Schwalbe

Oh Schwalbe, Schwalbe, flieg nach Süden,
lass dich auf goldnen Giebeln nieder
sag ihr, sag ihr, was ich dir gesagt.

Alfred Tennyson, »Oh Schwalbe, Schwalbe«

Unter Wasser

Polly

Ich schaute noch mal ins Arbeitszimmer. Das Fensterglas war jetzt noch verschwommener und es war viel schwerer hineinzusehen. Mr McPherson war gerade noch zu erkennen, der im Sessel saß und den Kopf in die Hände gestützt ins Feuer guckte.

»Komm mit, Polly.« Mark zog wieder an meinem Ärmel.

Ich schüttelte den Kopf. Ein Gefühl wie tief unter Wasser, alles war zäh und langsam. Ich wollte mich nicht bewegen oder denken, ich wollte nur beobachten, was in diesem Arbeitszimmer passierte – so als würde ich eine Fernsehsendung verfolgen. Ich musste wissen, wie es ausging.

Winnie tauchte wieder auf, hinter Mr McPherson. Sie streckte die Hand aus und streichelte ihm das Haar. Er schien etwas zu sagen, doch das konnte ich nicht hören. Einen Moment lang bewegte er sich nicht. Dann hob er den Kopf.

Er weinte. Noch nie hatte ich einen Mann weinen sehen. Sein Gesicht war eingefallen. Er rieb sich die Augen wie ein kleiner Junge.

Winnie kniete an seiner Seite und streichelte seinen Arm, sie schaute zu ihm auf und redete mit ihm.

Es war offensichtlich, dass er sie nicht sah. Aber irgendwie hatte ich den Eindruck, dass er wusste, dass sie da war. Das gab mir ein gutes Gefühl. Rose musste ihm die Nachricht überbracht haben und nun konnten sie sich verabschieden.

Rose

Wie war das möglich? Ich hatte sie umarmt, ihre warme Hand auf meiner gefühlt, ich hatte sie Kekse verschlingen sehen, ich hatte ihr Lachen gehört. Wie konnte Polly tot sein?

Aber dann erinnerte ich mich an den Anblick ihrer weißen Hand auf dem Boden, nachdem Winnie sie angegriffen hatte, und an ihr blasses Gesicht und daran, wie Winnie mir zugeschrien hatte: »Sie ist tot.«

Bei unserer allerersten Begegnung, als ich ihre Stimme auf dem Dachboden gehört hatte, da hatte ich sie für einen Geist gehalten. Einen unsichtbaren Geist, der mir etwas vormachen wollte. Doch sie hatte sich auch selber etwas vorgemacht, denn es war ausgeschlossen, dass Polly wusste, dass sie tot war. Sie ging zur Schule, aß ihr Mittagessen und redete mit ihren Geschwistern. Aber erwiderten die etwas?

Ich versuchte nachzudenken, während ich im Dunkeln saß und meine Welt außer Kontrolle taumelte, ich versuchte mich zu erinnern, ob ich je gesehen hatte, dass jemand mit Polly redete. Mrs Gardner in der Bibliothek? Nein, als wir dort gewesen waren, hatte sie nur die Zwillinge angebrüllt und Polly und mich ignoriert. Die Kinder in ihrer Schule? Nein, Polly war ganz allein hinter ihnen hergegangen. Die Zwillinge? Ich hatte Polly und die Zwillinge noch nie zusammen gesehen, aber sie sprachen mit mir immer über sie, als ob sie lebendig wäre.

Oder nicht? Was, wenn sie Geister sehen konnten, so wie ich? Das würde erklären, warum sie so besorgt darüber waren, dass ich Zeit mit Polly verbrachte. Sie hielten mich für einen Geist und sie befürchteten, ich würde ihr erzählen, dass sie tot war. Dann würde sie verschwinden.

Es war die Wahrheit. Polly war tot.

Das konnte ich nicht ertragen. Ich spürte, wie ein »Nein« in mir aufstieg, aber nichts kam an dem riesigen Kloß in meinem Hals vorbei.

Ich rutschte vom Sessel auf den Fußboden und rollte mich zu einer Kugel zusammen. Alles tat weh, am meisten jedoch mein Hals, in dem ein Vogel gefangen zu sein schien, der verzweifelt versuchte, sich zu befreien. Und jedes Flügelschlagen verletzte das Innere meines Halses.

Eine Schwalbe.

Die rauen, staubigen Fußbodenbretter kratzten an meiner Wange. Der Schmerz pulsierte in mir wie ein Herzschlag. Nicht Polly. Nicht sie. Ich sollte doch eigentlich der Geist sein.

Endlich, endlich zwängte sich die Schwalbe heraus aus meinem Hals, riss sich los und ich fing an zu weinen – tiefe Schluchzer, die klangen, als ob sie von jemand anders kamen.

Keine Antwort

Polly

»Komm schon«, sagte Matt. »Zurück auf den Dachboden. Da bist du in Sicherheit, Polly.«

Ich ließ mich von den Zwillingen den Gartenweg entlang und auf die Straße ziehen, dann die Stufen hinauf in unser Haus. Aus der Küche konnte ich leise Geräusche hören – Stimmen – , aber sie schienen weit weg zu sein. Ich stieg die Treppe hoch, vor mir Mark, hinter mir Matt, als ob ich ihre Gefangene wäre. Ich war sehr müde und mit jedem Schritt wurden meine Füße schwerer, dennoch ließ ich mich von ihnen zu meinem Wandschrank bringen.

»Mach schon«, sagte Mark. »Geh hoch.«

Durch die Tür konnte ich eine Ecke von Susies Kinderbett sehen. Ich konnte mein Bett sehen und das Bücherregal darüber, auf dem meine alten Puppen aufgereiht saßen. Die Jungs schauten besorgt zu mir hoch.

»Das wird schon«, sagte Matt. »Schlaf ein bisschen, und wenn du wieder aufwachst, ist alles wieder ganz normal, genau wie vorher.«

»Okay«, sagte ich. »Dann mache ich das so.«

Unsicher schauten sie mich an, aber ich drehte mich um

und kletterte hoch, dann stieß ich die Luke auf und hievte mich auf den Dachboden.

Es war dunkel. Ich robbte rüber zur Wand und verkroch mich unter die Decken.

Rose

Ich lag im Dunkeln auf dem Fußboden. Seit fünf Minuten oder ein paar Stunden. Schließlich hörte ich auf zu weinen und die Welt hörte auf sich zu drehen. Das Haus und die Menschen darin kamen langsam wieder auf den Boden zurück. Ich setzte mich auf.

Ich wollte sie rufen. »Polly.« Nur ein schwaches Flüstern brachte ich zustande. Ich versuchte es noch mal. »Polly.« Ein bisschen lauter. »Polly, komm zurück.«

Keine Antwort.

Meine Stimme war zu schwach. Wahrscheinlich konnte Polly mich durch die Wand nicht hören. Ich stand auf, nahm die Taschenlampe, die neben dem Sessel lag, und wühlte mich an den Kartons vorbei zur verborgenen Tür durch.

Der Gang war dunkel und eng, ich erinnerte mich an das letzte Mal, als ich hindurchgekrochen war, wie bedrängt und erstickt ich mich gefühlt hatte und dass ich mir geschworen hatte, nie wieder dahin zurückzugehen.

Ich bückte mich und kroch hinein. Es war schlimmer als beim letzten Mal, wenn so was überhaupt möglich war. Der Gang kam mir enger vor, ich zwängte mich voran, so schnell ich konnte, riss mir Splitter in Ellenbogen und Knie und brach durch die Tür an Pollys Seite, wo ich die abgestandene Dachbodenluft in tiefen Zügen einatmete.

Mit der Taschenlampe leuchtete ich herum. Alles leer, bis auf den Haufen Wolldecken an der Wand.

»Polly?«, wisperte ich. Ich rechnete damit, dass sie sich nun aus dem Wolldeckenhaufen erheben und zeigen würde, mit vom Schlaf wirren Haaren vielleicht, wie sie mich angrinsen würde, die Brille ganz schief auf der Nase.

Nichts regte sich unter den Decken. Aber dieser kleine Haufen in der Mitte hatte genau die Form von jemandem in Pollys Größe, der zusammengerollt dalag.

Ich ging hin und stupste ihn an.

»Polly?«

Ich stupste ein bisschen heftiger. Der Haufen fiel unter meiner Hand zusammen. Ich zog die Decken beiseite, aber da war nichts.

Nur ein wenig Wärme hielt sich dort noch, als ob gerade jemand weggegangen wäre.

Verblüfft setzte ich mich zwischen die Decken. Sie war weg. Sie war wirklich weg.

Zwillinge

Rose

Ich legte den Kopf in die Hände. Die Schwalbe flatterte jetzt in meiner Brust und ihre Flügel schlugen mir spitz an die Rippen, wieder fing die Welt an sich zu drehen.

Lange Zeit später hörte es auf. Vom anderen Ende des Dachbodens war ein Rascheln zu vernehmen. Mäuse? Ich tastete nach der Taschenlampe.

Der Lichtstrahl traf ein kleines, ängstliches Gesicht voller Sommersprossen, das durch die Luke heraufschaute. Einer der Gräuel. Keine Ahnung, welcher.

»Polly?«, sagte der Junge und hielt sich die Hand schützend vor die Augen.

»Nein, Rose«, flüsterte ich heiser. Er tauchte wieder ab, um sich mit seinem Bruder zu beraten.

»Ach, kommt doch hoch«, sagte ich. »Ich beiße euch nicht.«

Langsam tauchte der Kopf wieder auf und der Rest folgte, der andere kam hinterher. Sie drückten sich am anderen Ende des Dachbodens aneinander.

»Wo ist Polly?«, sagte der Erste. »Was hast du mit ihr gemacht?«

»Gar nichts hab ich gemacht. Aber sie ist weg.«

Sie flüsterten wieder.

»Wir wissen, dass ihr Zwillinge seid«, sagte der Erste. »Wir haben euch beide durchs Fenster gesehen.«

»Welches Fenster?«

»Von deinem Haus«, sagte der andere. »Ist eine Weile her. Polly war bei uns. Und wir haben gesehen, wie Mama reingekommen ist und angefangen hat zu weinen. Und dann hat Polly sich total seltsam benommen und wir haben sie hier oben in Sicherheit gebracht. Wo ist sie?«

Ich schüttelte den Kopf. »Keine Ahnung.«

Schweigen. Dann sagte der Erste mit zitternder Stimme: »Wir wissen, dass du das Geistermädchen bist.«

»Du willst ihre Seele stehlen«, sagte der andere.

»Nein«, sagte ich, »ich bin nicht das Geistermädchen. Das ist Winnie. Sie sieht aus wie ich … aber sie ist es nicht. Ich wollte Polly nichts tun.«

Sie rückten ein wenig näher und ich gab dem Ersten die Taschenlampe.

»Guck mich an«, sagte ich. »Ich bin nicht tot.«

Sie leuchteten mich lange an.

»Du siehst aus wie ein Geist«, sagte der Erste schließlich.

»Ich bin aber keiner. Ich war Pollys Freundin. Ihr müsst keine Angst vor mir haben.«

Sie schauten sich an. Was immer zwischen ihnen vorging, sie schienen sich einig zu werden.

»Okay«, sagte der Erste. »Vielleicht bist du kein Geist.«

»Aber wenn du kein Geist bist«, sagte der andere, »wie kommst du denn auf unseren Dachboden?«

Ich grinste sie an. »Geheimgang«, sagte ich.

Ich nahm die Taschenlampe wieder an mich und leuchtete in ihre bleichen Gesichter.

»Wer ist wer?«

»Ich bin Mark«, sagte der Erste.

»Ich bin Matt«, sagte der Zweite.

»Okay. Ihr beiden könnt Geister sehen, oder? Wie lange schon?«

Mark zuckte mit den Schultern. »Noch nicht so lange.«

»Erst seit Polly … Polly …«, sagte Matt.

»Erst seit Polly krank wurde und gestorben ist«, flüsterte Mark. »Wir dachten, das wäre unsere Schuld. Wir hatten Mama gesagt, dass sie nur krank spielte. Aber das hat sie nicht getan, sie war wirklich krank, und dann am Tag darauf ist sie im Krankenhaus gestorben, und wir dachten, wir wären schuld. Und bei der Beerdigung haben wir dann angefangen Geister zu sehen auf dem Friedhof, und als wir nach Hause kamen, war Polly in ihrem Zimmer und hat gelesen, so wie sonst auch.«

»Aber niemand sonst konnte sie sehen«, sagte Matt. »Bloß wir. Also haben wir mitgespielt. Sie wusste nicht, dass sie tot war. Wir dachten, wir könnten sie behalten.«

»Sie war nicht immerzu da«, sagte Mark. »Sie kam und ging. Und sie konnte nicht verstehen, dass Tage und Wochen verstrichen. Sie war total durcheinander. Aber sie dachte, alles wäre normal. Sie ist zur Schule gegangen und hat ihre Hausaufgaben gemacht, sie hat mit uns gegessen. Aber sie hat nie gemerkt, dass außer uns beiden keiner mit ihr redete.«

»Wie hat sie mit euch essen können? Es war doch nicht für sie gedeckt, oder? Hatte sie denn einen Stuhl?«

Die Jungs sahen sich an und zuckten die Achseln.

»Sie tauchte einfach am Tisch auf, ganz normal, und hat mitgegessen«, sagte Mark. »Sie hatte einen Teller voll Essen, ganz so, als wäre sie am Leben, und sie aß und hörte den Gesprächen zu und lachte und redete und irgendwie …«

»Und irgendwie hat sie es nie begriffen«, fuhr Matt fort. »Es war, als würde sie in einer Seifenblase sitzen. Aber dann sahen wir das Geistermädchen drüben bei euch.«

»Und die war echt unheimlich, wie das Mädchen im Buch«, sagte Mark.

»Und wir wussten, dass sie Polly sagen würde, dass sie tot ist – und dann würde sie ihr die Seele stehlen und dann wäre Polly weg.«

»Aber war ich das Geistermädchen oder die andere?«, fragte ich.

Sie wechselten Blicke.

»Das können wir nicht unterscheiden. Wir dachten, es würde nur eine geben.«

Von weit unten tönte eine Stimme herauf.

»Mark! Matt!«

Sie fuhren zusammen.

»Das ist Papa«, sagte Mark.

»Wir müssen gehen«, sagte Mark. Sie schlüpften durch die Luke und klappten sie hinter sich zu.

Ich blieb eine Weile sitzen und dachte über das nach, was sie gesagt hatten. Eine Seifenblase. Sie lebte in einer Blase, in der sie noch am Leben war. Sie war noch nicht bereit zu sterben, deshalb war sie geblieben und hatte mich gefunden.

Ich schüttelte den Kopf. Nicht zu fassen. Wie konnte sie ein Geist sein – und ich hatte es nicht erkannt? Sie wirkte so lebendig. Und wie konnte sie warm sein – und atmen? Nachdem Winnie versucht hatte, sie zu töten, hatte ich ihr Leben eingehaucht. Ich hatte es spüren können. Ich hatte gefühlt, wie das Herz unter ihrer Haut schlug.

Was machte sie zu einem Geist? Was machte sie zu einer Toten? War es nur … der Glaube daran?

Nein. Es musste mehr dahinter sein als das. Ich sah mich noch ein letztes Mal auf ihrem Dachboden um. Sie war nicht mehr da.

»Auf Wiedersehen, Polly«, flüsterte ich und kroch zurück durch den Gang – nach Hause.

Alt genug

Rose

Mutter kam später hoch und fragte, ob ich zu Abend essen wollte. Wollte ich nicht.

Sie setzte sich auf meine Bettkante. Ich hatte wieder geweint und mich mit dem Gesicht zur Wand zusammengerollt. »Rose«, sagte sie.

»Ich habe diese Sachen nicht gestohlen«, nuschelte ich. »Ich bin nicht in ihr Haus gegangen.«

»Ich weiß«, sagte sie. »Mach dir keine Sorgen. Das ist irgendein Missverständnis. Mrs Lacey ist sehr durcheinander. Die Ärmste. Dein Vater und ich …« Sie schluckte und fing noch mal von vorn an. »Sie hat uns erzählt, was geschehen ist. Es war genau wie bei dir. Meningitis. Nur … nur haben sie nicht schnell genug etwas dagegen unternommen – und ihr Mädchen ist gestorben. Sehr traurig. Die kleinen Jungs haben das nicht akzeptieren können, sagt sie. Sie spielen immer noch, dass ihre Schwester am Leben ist. Vermutlich war es ein Streich und sie haben dir das Buch in die Tasche gesteckt oder etwas in der Art. Es ist vorbei, Rose, du musst dir keine Sorgen mehr darum machen.« Sie schwieg eine Weile.

»Und zum Baby …«, sagte sie schließlich leise.

Ich drehte mich um. Sie hatte die Hände in den Schoß gelegt und nestelte an ihrem Ehering. »Du hast recht. Wir hätten es dir erzählen sollen.« Sie schaute mich an.

»Ja«, sagte ich. »Ich habe gemerkt, dass etwas nicht in Ordnung war, und mir Sorgen gemacht. Mutter, ich wusste nicht, warum du so traurig warst.«

Sie holte tief Luft. »Uns wurde klar, dass wir aus dem Haus meiner Eltern ausziehen und für uns sein mussten. Dein Vater ist nicht glücklich mit seiner Arbeit und möchte wieder unterrichten. Dein Großvater hat dafür kein Verständnis, und – nun ja – wir mussten weg. Das Baby zu verlieren und Oma McPherson war so schwer.« Ihre Stimme versagte.

Ich streckte die Hand aus und berührte ihren Arm.

»Mutter.« Mehr konnte ich nicht sagen.

Sie lächelte, schüttelte den Kopf, und die Tränen rollten ihr über die Wangen.

»Wir dachten, wir würden dich auch verlieren«, sagte sie. »Im letzten Sommer, als du so krank warst. Du hättest so leicht von uns gehen können, wie dieses kleine Mädchen von nebenan. Arme Mrs Lacey.«

Sie holte ein sauberes Taschentuch aus ihrer Jackentasche und wischte sich die Augen. Dann schaute sie mich wieder an.

»Rose, wir lieben dich. Sehr sogar. Vermutlich zeigen wir dir das nicht genug. Es tut mir so leid, dass du so einsam gewesen bist – und so traurig.«

Ich rückte ein Stück näher und sie legte die Arme um mich. So saßen wir lange da, während es im ganzen Haus sehr still und ruhig war.

Das lila Umschlagtuch

Rose

Ich dachte, ich wäre krank, als ich am Samstagmorgen aufwachte. Meine Glieder waren schwer und ich konnte mich kaum aufsetzen. Das Haus war still. Ein trübes graues Licht sickerte durch die Vorhänge, und als ich sie zurückzog, sah ich die dicke Wolkendecke, die über den Himmel gebreitet war.

Jeder Schritt war anstrengend, mein Hals war so eng, als würde ich gleich wieder anfangen zu weinen. Ich schleppte mich über den Flur zu Großmutters Zimmer. Dort blieb ich in der Wandschranktür stehen und schaute auf die Leiter, die zum Dachboden führte. Was machte das für einen Sinn? Polly war nicht da oben.

Dennoch kletterte ich hoch, eine Sprosse nach der anderen. Ob ich so was wie Grippe hatte? In meinem Kopf pochte es. Ich kroch über den Boden und lehnte mich an den Sessel, mir fehlte die Kraft, mich hochzuziehen und reinzusetzen.

Polly. Die schwere Last in meiner Brust geriet in Bewegung, ich weinte wieder. Mir war, als hätte ich die ganze Nacht im Schlaf geweint – und jetzt schon wieder.

Erinnerungen an Polly drängten sich in meinen Kopf, eine nach der anderen.

Polly auf dem Friedhof, so wie ich sie zuerst gesehen hatte, in ihrem zu engen Mantel, mit der Katzenaugenbrille. Polly außer Atem, wie sie hinter mir her die Straße entlanglief. Ihr Blick, wenn sie aufgeregt über Geister geredet hatte. Und wie sie sich mit Keksen vollstopfte. Und wie sie nach Winnies Angriff weiß und still auf dem Dachboden gelegen hatte. So weiß und still.

Ich drückte mein Gesicht an die Sessellehne und machte die Augen zu.

»Komm zurück«, flüsterte ich. »Bitte, komm zurück.«

Eine Hand strich mir zärtlich übers Haar. Ich drehte den Kopf.

Es war nicht Polly, sondern die alte Frau. Dieses Mal hatte sie ihr Strickzeug nicht dabei. Sie schaute mich liebevoll an und strich mir noch mal übers Haar.

»Ist ja gut«, sagte sie leise. »So ein liebes Mädchen. Ist ja gut.«

Ich legte den Kopf wieder an den Sessel und schloss die Augen. Sie tätschelte mir den Rücken. Ihre Hand war warm. Es war ein gutes Gefühl, eine Weile nur dazusitzen und nichts zu fühlen. Eine ganze Weile später setzte ich mich gerade hin und sprach sie an.

»Was ist mit deinem Strickzeug passiert?«

Das hatte ich nicht fragen wollen. Eigentlich hatte ich etwas über Polly wissen wollen, denn ich konnte mir nicht erklären, wie sie ein Geist sein und dennoch atmen und essen konnte. Und warum war die Hand der alten Frau warm? Würde ich Polly je wiedersehen? Ich hatte noch ein Dutzend andere Fragen, aber über meine Lippen kam nur die nach dem Strickzeug.

Sie lächelte mich an. Ihre blauen Augen fielen mir auf – wie die meiner Mutter.

»Ich bin fertig geworden«, sagte sie mit einer gewissen Befriedigung. Sie holte etwas neben dem Sessel hervor und hob den Arm. Die ganze weiche helllila Wolle hatte sie zu einer Stola verstrickt. Die legte sie mir um die Schultern.

»Die ist für dich, Rose«, sagte sie. »Sie wird dich warm halten.«

Ich schaute runter auf das feine Muster, viele Reihen kleiner Muscheln, und zog das Umschlagtuch fester um mich. Es war leicht, aber wunderbar warm.

»Danke«, sagte ich und sah sie wieder an.

Der Sessel war leer.

Zwei Mal Frühstück

Rose

Ich trug das Tuch das ganze Wochenende. Am Tag über meinen Kleidern. Nachts über dem Schlafanzug. Und wenn ich nach draußen ging, trug ich es unter meinem Cape wie einen großen Schal.

Meine Mutter bemerkte das sofort.

»Wo hast du das Tuch denn her, Rose?«, fragte sie, als ich Samstagmorgen zum Frühstück in der Küche auftauchte.

»Hab ich … gefunden«, sagte ich. Ich fühlte mich immer noch matt und schwer, hatte aber plötzlich einen Mordshunger.

Meine Mutter musterte mich forschend. »Setz dich, ich bringe dir Haferbrei.«

Igitt. Matschiger Haferbrei. Das war eigentlich nicht das, was ich im Sinn gehabt hatte.

»Könnte ich nicht stattdessen Eier und Speck haben?«, fragte ich. »Und Pfannkuchen?«

Sie zog die Augenbrauen zusammen. »Was ist denn mit dir los, Rose? Du isst sonst doch kein großes Frühstück.«

»Ich bin einfach … hungrig«, antwortete ich. Ich wusste selber nicht, was mit mir los war. Eben hatte ich mich noch gefühlt wie der leibhaftige Tod und plötzlich war mir nach einer doppelten Portion Frühstück.

Kendrick kam aus der Speisekammer herein und sah mich missbilligend wie üblich an.

»Kendrick, sei doch so lieb und mach Eier und Schinken für Rose. Und ein paar von deinen leckeren Buchweizenpfannkuchen. Sie ist mit Appetit aufgewacht.«

Kendrick guckte beleidigt, murmelte aber etwas, und meine Mutter scheuchte mich durch die Schwingtür ins Esszimmer.

Sie setzte sich neben mich und nahm einen Zipfel des Umschlagtuchs in die Hand.

»Das habe ich Jahre nicht gesehen«, sagte sie versonnen. »Nicht seit meine Mutter es weggelegt hat, da war ich noch ein Mädchen. Wo hast du es gefunden?«

»Auf ... auf dem Dachboden«, sagte ich total verblüfft.

»Ach, wie ist es denn da hingekommen?«, sagte meine Mutter und streichelte die weiche Wolle. »Meine Oma hat dieses Tuch vor meiner Geburt für mich gestrickt. Es war meine Babydecke und als ich klein war, lag sie immer auf meinem Bett. Aber dann ist sie irgendwann weggelegt worden und ich habe sie nie wiedergesehen. Ich habe danach gesucht, als du ein Baby warst, aber ich konnte sie nicht finden. So was! Dass sie dir in die Hände gerät, nach all diesen Jahren.«

Sie seufzte.

»Meine Oma konnte sehr gut stricken. Sie starb, als ich acht Jahre alt war. Ich habe bestimmt noch irgendwo ein Foto von ihr. Das muss ich dir zeigen.«

»Oh.« Das war alles, was ich sagen konnte.

»Sie hat mir das Stricken beigebracht, als ich gerade mal sechs war. Ich habe neben ihrem Sessel gesessen und sie hat mir gezeigt, wie man die Nadeln hält und den Faden. Sie war sehr geduldig, soweit ich mich erinnere, denn ich habe immer vergessen, was ich machen sollte, und sie musste es mir immer wieder zeigen.« Ein Lächeln umspielte die Lippen meiner Mutter und ihr Blick war verträumt. »Du hättest sie gemocht, Rose. Sie war eine sehr liebe alte Frau. Ganz gleich, was auch bei uns zu Haus passierte, all der Trubel und die Geschäftigkeit, Oma saß immer in ihrem Sessel am Feuer und strickte. Ich habe viel Zeit damit verbracht, einfach nur bei ihr zu sitzen.«

Mutter schüttelte sich.

»Genug davon. Ich bin froh, dass du es jetzt hast, wie auch immer es aufgetaucht sein mag. Nun zu etwas anderem.«

Die Socken hinter sich lassen

Rose

Meine Mutter faltete die Hände auf dem Esszimmertisch und lehnte sich zu mir rüber wie bei einer Aufsichtsratsbesprechung. Ihre zupackende Haltung verhieß, dass Dinge schnell geregelt werden würden.

»Dein Vater und ich haben miteinander geredet. Er hat beschlossen, die Socken hinter sich zu lassen und wieder zu unterrichten. Ich stehe ganz und gar hinter ihm, aber das wird nicht leicht. In der Firma ist er für viele Bereiche verantwortlich und ich werde Ersatz für ihn finden müssen.«

Kendrick wählte diesen Augenblick, um mit dem ersten Teil meines Frühstücks zur Tür hereinzuscheppern. Ich machte mich über Eier und Toast her, während meine Mutter mich eine Weile schweigend betrachtete.

»Wir machen uns beide Sorgen um dich«, sagte sie schließlich.

Ich schaute sie an und fragte mich, ob mein Vater vielleicht erwähnt haben könnte, dass ich Geister sah. Wahrscheinlich war das nicht, da er mir doch eingeschärft hatte, Winnie nicht zu erwähnen, als meine Mutter gestern Abend ins Zimmer gestürmt war. Aber bei Erwachsenen wusste man ja nie.

Meine Mutter runzelte die Stirn, wenigstens hatte sie nicht diese Meine-Tochter-ist-ja-so-seltsam-Miene aufgesetzt. Die kannte ich nur allzu gut.

»Du verbringst zu viel Zeit allein, Rose«, sagte sie. »Das müssen wir ändern. Sobald dein Vater eine Anstellung in einer Schule bekommt, wird er jeden Abend mit dir zusammen essen können. An meinem Terminplan kann ich nicht viel ändern, aber ich könnte mir die Samstagnachmittage freinehmen und vielleicht könnten wir Familienausflüge machen.«

»Das wäre schön.«

»Und wir sind uns einig, dass du recht hast. Wir haben dir wirklich nicht genug erzählt. Wir müssen mehr mit dir reden. Wir vergessen immer, dass du kein kleines Mädchen mehr bist.« Sie stand auf. »Dein Vater und ich müssen heute Morgen zur Arbeit gehen. Aber wir sind heute rechtzeitig zu einem schönen Abendessen wieder zu Hause.«

Puh. Mein Vater konnte ihr nichts von den Geistern erzählt haben, sonst hätte sie das inzwischen angesprochen.

Sie ging auf dem Weg zur Tür um den Tisch herum, blieb kurz stehen und berührte das Tuch noch mal.

»Wie seltsam, dass es nach so vielen Jahren wieder auftaucht«, murmelte sie und ging.

Sag deiner Mutter nichts

Rose

Nun, so war meine Mutter. Geschäftsmäßig. Gewöhnt daran, Leute zu managen. Jetzt wollte sie mich managen. Das war zwar besser, als übersehen zu werden, aber Unbehagen regte sich in mir. Familienausflüge? So was konnte ich mir nicht vorstellen.

Kendrick stürmte wieder herein und knallte einen Teller Pfannkuchen und einen Krug Ahornsirup auf den Tisch, schnaubte und ging wieder in die Küche.

Keine Ahnung, wo mein Appetit herkam, aber ich futterte mich ohne Schwierigkeiten durch den Berg Pfannkuchen. Ein Schuldgefühl meldete sich. Wie konnte ich mich vollstopfen, wo ich doch so traurig war wegen Polly? Und trotzdem, nach dem Essen fühlte ich mich besser, stabiler, bodenständiger. Und Polly würde das doch ganz bestimmt gut finden? Ich seufzte tief, stand auf und trat an das Fenster zum Garten, von dem die Friedhofsmauer zu sehen war.

Schwere Wolken lagen über dem Tag wie eine Decke aus Schwermut. Ich konnte die Spitzen einiger Grabmäler hinter der Steinmauer aufragen sehen und die Silhouetten der kahlen Bäume vor dem Himmel.

Hinter mir ging die Tür auf. Ich dachte, Kendrick wäre zum Abräumen des Geschirrs gekommen, und schaute weiter hinaus.

»Rose.«

Ich drehte mich um. Mein Vater stand in der Tür und sah mich an.

»Oh«, sagte ich. »Ich dachte, du wärst schon weg.«

»Nein, noch nicht ganz. Wir gehen gleich. Vorher wollte ich noch … mit dir reden.«

Ich setzte mich an den Tisch. Er zögerte, dann nahm er schräg gegenüber von mir Platz. Mit einiger Anstrengung hob ich den Kopf und sah ihm ins Gesicht, ich fürchtete mich vor dem, was ich dort entdecken könnte.

Der kleine Junge war nicht mehr da, zum Glück. Aber es hatte sich etwas verändert. Er hatte dunkle Schatten unter den Augen, so als hätte er nicht viel geschlafen, trotzdem wirkte sein Gesicht irgendwie heller. Es schien etwas von ihm abgefallen zu sein.

»Wegen … Winnie«, begann er, ohne mir in die Augen zu schauen. »Deine Mutter weiß nichts. Ich werde es ihr sagen … eines Tages. Bald wahrscheinlich. Aber bis dahin sollten wir das für uns behalten.«

Ich nickte.

»Hast du sie tatsächlich gesehen?«

Ich nickte noch mal.

»Dann siehst du wirklich Geister?«, fuhr er unter Anstrengungen fort. »Das ist nicht nur Einbildung?«

Ich schluckte. »Ich sehe sie tatsächlich, Papa. Das ist unheimlich.«

Da schaute er mir in die Augen. »Ich weiß, Winnie hat mir davon erzählt. Wir haben viel geredet. Wir standen uns nah. Sie war gut zu mir, Rose. Sie wollte mir nichts antun.« Er schüttelte den Kopf. »Nach ihrem Tod war unsere Familie so still, jeder blieb in seiner eigenen kleinen Welt. Meine Mutter wurde ein bisschen seltsam, glaube ich, und mein Vater, nun ja, er hat sich wohl nie verzeihen können, dass er versucht hatte, Winnie wegzuschicken.«

Er seufzte. »Ich wollte, dass für dich alles anders wird, Rosie. Du solltest in einem fröhlichen Haus aufwachsen. Aber jetzt hat es den Anschein, dass ich eine Familie hervorgebracht habe, die genauso ist wie die, aus der ich komme, eine, in der man über Dinge nicht redet und in der jeder für sich bleibt.«

»Ich fühle mich oft einsam«, platzte ich heraus. »Du fehlst mir, wenn du weg bist.«

»Du fehlst mir auch.« Er lächelte mich an. »Das wird sich ändern, Rose, wenn ich erst wieder unterrichte. Wir werden dich nicht mehr so oft allein lassen.«

Er verstummte und musterte seine Fingernägel aus unerfindlichen Gründen. Dann, als ob er seinen Mut zusammengenommen hatte, schaute er zu mir auf.

»Die Geister … ich halte es für das Beste, wenn wir deiner Mutter nichts davon sagen. Ich glaube, sie könnte überreagieren.«

»Du glaubst mir?«, krächzte ich, mein Hals war rau. »Du findest nicht, dass man mich wegsperren sollte? Wie Winnie?«

Er schüttelte den Kopf. »Nein«, sagte er. »Du bist nicht wie Winnie. Sie hatte etwas Dunkles und Wildes in sich, das allen Angst gemacht hat, ihr auch.« Er seufzte. »Das ist alles so lange her, Rose. Aber es hat einen langen Schatten geworfen. Ich dachte immer, ich wäre schuld an dem gewesen, was in jener Nacht passiert ist.« Er strich sich mit der Hand über die Augen.

»Winnie hat gesagt, das warst du nicht. Es war ein Unfall. Ihr tut das alles leid, Vater, alles, was geschehen ist. Sie will, dass du glücklich bist.«

»Ja«, sagte er leise. »Ja. Ich weiß.« Traurig schaute er mich an.

»William!«, rief meine Mutter aus dem Flur. »Wir müssen los!«

»Ich komme gleich, meine Liebe!« Er stand auf. »Danke, dass du mir von Winnie erzählt hast, Rose, und von den Geistern. Wir reden später weiter. Vielleicht kann ich helfen.«

Er kam um den Tisch herum und gab mir einen Abschiedskuss, dabei streiften seine Finger meine Schulter.

»Ein hübsches Tuch«, sagte er. »Wie weich es ist. Nun muss ich mich aber auf den Weg machen. Im Büro ist viel zu tun. Wir sehen uns beim Abendessen.« Er lächelte und ging.

Der leere Friedhof

Rose

Ich schaute wieder hinaus in den grauen Tag. Eine riesige Last schien von mir abgefallen zu sein. Mein Vater hielt mich nicht für verrückt. Ich konnte es kaum glauben. Ich hatte ihm erzählt, dass ich Geister sehe … und er hatte es einfach akzeptiert. Wie seltsam war das denn? Und irgendwie war all das wegen Winnie geschehen.

Und wo war Winnie eigentlich? Nervös schaute ich über die Schulter. Doch der Raum war leer. Vielleicht hatte sie ja recht, vielleicht war ihr Geist wirklich befreit, sobald mein Vater begonnen hatte über sie zu reden – sobald er wusste, dass ihr leid tat, was geschehen war. Sicher war ich mir nicht. Ich kannte nur Geister, die um Hilfe baten. Was geschah, wenn man ihnen half, wusste ich nicht.

Und Polly? Was wollte sie? Hatte sie mich so wie die anderen Geister um Hilfe gebeten? Ich schaute rüber zum Friedhof. Zum ersten Mal in meinem Leben wollte ich dort hingehen. Ich schlang mir das Tuch fester um die Schultern und holte mein Cape.

Draußen war es kalt und feucht. Es war eine Feuchtigkeit, die durch die Kleider kroch und einen bis aufs Mark frieren ließ, ganz gleich, wie viele Schichten man anhatte. Ich ging schnell, weil ich warm werden wollte.

Das Tuch an meiner Wange fühlte sich weich an – und ganz kurz tauchte die alte Frau vor meinem inneren Auge auf, meine Urgroßmutter, wie sie strickend im Schaukelstuhl gesessen hatte, als ich noch ein Baby gewesen war.

Auf der Straße war anscheinend niemand. Alles verlassen. Aus einigen Fenstern drang ein schwacher Lichtschein. Es war ein Tag zum Zuhausebleiben, wenn möglich am Kamin, mit einem guten Buch. Ich zog die Schultern unter meinem Cape zusammen und beschleunigte meinen Schritt.

Als ich in die Sumach Street eingebogen war, ging ich am Friedhofszaun entlang. Das hatte ich noch nie gemacht. Ich lugte durch die eisernen Gitterstäbe und hielt nach Geistern Ausschau. Aber bis auf die Grabsteine war alles leer und ruhig.

Am Tor blieb ich stehen und holte tief Luft. »Weißes Licht … weißes Licht«, flüsterte ich. Dann hörte ich auf damit. Ich hatte nicht das Gefühl, diesen Schutz heute nötig zu haben. Ich wollte Geister sehen. Ganz besonders einen. Also ging ich durch das schmiedeeiserne Tor unter dem steinernen Torbogen hindurch in die Necropolis hinein, die Stadt der Toten.

Ich war mir nicht sicher, welchen Weg ich einschlagen sollte. Ich wusste noch nicht mal, ob Polly hier beerdigt war. Aber ich dachte, sie könnte vielleicht hierherkommen. Sie hatte gesagt, dies sei ihr Lieblingsplatz.

Ich schlug den Weg zum Mausoleum ein, die kleine Straße

unter dem großen Ahorn entlang und den Hügel hinab. Da waren keine Geister. Irgendwann, ich bog gerade um die letzte Ecke, meinte ich ein Flüstern hinter mir zu hören. Doch als ich mich umdrehte, war da nichts. Der Wind wehte jetzt ein wenig stärker, das musste es gewesen sein, was ich gehört hatte. Ich schaute mich ein paar Mal um, aber nichts regte sich. Ich war allein.

Als ich an den Stufen des Mausoleums angekommen war, dort, wo ich Polly zum ersten Mal gesehen hatte, setzte ich mich und wickelte mich enger in mein Cape. Ich wartete eine Weile, beobachtete die Straße und rechnete damit, sie gleich mit den Händen in den Taschen ihres roten Mantels und wehenden Haaren um die Ecke kommen zu sehen.

Aber sie kam nicht. Die Kälte der steinernen Stufen drang durch mein Cape und verwandelte mich zu Eis. Das Tuch hielt mich nicht warm. Nirgendwo war Trost zu finden, unter mir die harte Erde und um mich herum nur kalter Stein.

Ich stand auf und ging die Straße entlang, die in einem Bogen den Hügel wieder hinaufführte. Ich schaute über meine Schulter zurück. Immer noch keine Geister. Langsam ging ich an den Grabsteinen vorbei, auf einigen standen große Engel, auf anderen Kreuze oder in Leichentücher gehüllte Urnen. Alles war grau, einsam und still.

»Polly«, flüsterte ich. »Polly, wo bist du?«

Dann wich ich nach rechts von der Straße ab und ging auf Winnies Grab zu. Es war nicht schwer zu finden in der Ecke am Zaun. Ich blieb stehen, schaute darauf und merkte, wie sich die Härchen auf meinen Armen ein klein wenig aufrichteten, als ich meinen eigenen Namen vor mir sah. Winnifred Rose McPherson.

Ich drehte mich um und wollte wieder zur Straße zurück, aber mir war jemand im Weg. Winnie stand da und beobachtete mich.

Die Grinsekatze

Rose

Winnie trug ein langes schwarzes Cape, genau wie ich, und ihre Haare fielen ihr offen über die Schultern, genauso trug ich meine auch. Das Schwindelgefühl erfasste mich wieder, es war, als würde ich in den Spiegel gucken.

»Was?«, sagte ich heiser. »Was willst du jetzt? Ich hab gemacht, was du gesagt hast.«

Sie schaute mich nur an.

»Ist das mit meinem Vater nicht in Ordnung?«, fragte ich. »Hat er dir nicht vergeben? Hat er sich selbst nicht vergeben? Und kannst du jetzt nicht gehen?«

»Du musst ihr helfen«, sagte Winnie.

»Wem? Wem muss ich helfen?«

»Polly. So wie du mir geholfen hast. Sie braucht dich. Deshalb ist sie zu dir gekommen. Deshalb kommen wir alle zu dir. Weil wir Hilfe brauchen.«

»Aber verstehst du das denn nicht?«, sagte ich verzweifelt. »Ich will Geistern nicht helfen. Ich will sie nicht sehen, ihr sollt mich in Ruhe lassen. Ich will nur normal sein.«

Winnie lachte, ein hässliches kleines Lachen. »Mach dir nichts vor, Rose. Du wirst niemals normal sein. Du bist wie ich. Du wirst immer mehr sehen als andere Leute. Und du musst Polly finden und ihr helfen.«

»Oh, was kümmert dich das? Du hasst sie doch. Du hast zwei Mal versucht sie zu töten.«

»Nein. Habe ich nicht. Ich wollte ihr zeigen, dass sie bereits tot ist.«

Ich starrte sie an. »Du hast ihr Angst gemacht. Du hast mir Angst gemacht.«

Winnie zuckte die Achseln. »Ihr beide seid mir auf die Nerven gegangen. Ihr habt auf meinem Dachboden gesungen. Gelacht. Die Schuhe meiner Mutter angeschaut. In meinen Sachen gekramt.«

»Du warst eifersüchtig, weil ich eine Freundin hatte und du nicht.«

Winnies Augen blitzten. »Na, vielleicht war ich das. Sie war tot, wie ich. Warum sollte sie dann fröhlich weiterhin so tun, als wäre sie am Leben? Sie musste die Wahrheit erfahren. Und du musstest aus deiner Traumwelt erwachen.«

Ich ballte die Fäuste. »In vielem mag ich dir ja ähnlich sein, Winnie, aber ich hoffe doch, dass ich niemals so gemein werde wie du.«

Sie lächelte. »Ach, weißt du, das bist du aber. Du rennst vor diesen armen Geistern weg, die deine Hilfe brauchen. Es wäre so leicht für dich, ihnen zu helfen, und du kehrst ihnen einfach den Rücken.«

»Dir habe ich nicht den Rücken gekehrt – und behaupte bloß nicht, dass es leicht war.«

»Nun ja, vielleicht fängt jetzt etwas Neues für dich an. Du

hast mir geholfen, du hast deinem Vater geholfen. Hilf jetzt Polly, wenn sie wirklich so eine gute Freundin von dir ist.«

»Aber …«

Winnie hob die Hand, um mich zu stoppen. »Mach, was du willst. Ich belästige dich nicht mehr. Ich werde niemanden mehr belästigen, ich gehe jetzt.«

Und dann ging sie. Verblasste wie die Grinsekatze und ich blieb mit der Erinnerung an ihr verkniffenes, boshaftes Lächeln zurück.

Treiben

Polly

Mir war, als würde ich lange Zeit nur treiben, im Weißen schweben, wo ich weder etwas hören noch sehen konnte. Das hatte etwas von diesem friedlichen Gefühl kurz vor dem Einschlafen. Unheimlich war es nicht mehr. Doch dann fing ich wieder an Stimmen zu hören, ein Gewirr von Stimmen, als wenn das Radio von einem Sender zum anderen springen würde. Ich bemühte mich zu verstehen, was gesagt wurde, und nach einer Weile ergaben die Geräusche mehr Sinn.

Ich konnte meine Mutter hören.

»Ich weiß nicht, was über mich gekommen ist, Ned. Ich bin völlig zusammengebrochen. Wie peinlich. Aber sie waren sehr nett, und es stellte sich heraus, dass ihre Tochter letzten Sommer auch krank war, dasselbe wie bei Polly. Aber … sie … sie haben rechtzeitig Hilfe bekommen, und sie hat überlebt.«

Mein Vater.

»Nicht weinen, Pat. Wein doch nicht. Wir können uns nicht immerzu Vorwürfe machen. Wir werden noch verrückt davon.«

Meine Brüder.

»Ich behaupte immer noch, dass sie das Geistermädchen ist.« (Mark)

»Nein, das ist die andere, die Tote. Ich finde sie nett. Die sind wie der gute und der böse Zwilling. Rose ist wie ich, der gute Zwilling. Und die hexige ist wie du, der böse Zwilling.« (Matt)

Scharren und Schrammen. Sie rangelten miteinander.

Meine Schwestern.

»Mama geht es nicht so gut, also mache ich das Essen.« (Lucy)

»Du kannst nicht kochen.« (Muh)

»Du auch nicht.« (Puh)

»Ist doch nur Suppe. Deckt schon mal den Tisch.« (Lucy)

Und dann klappern Teller und man hört Essensgeräusche.

Die Zeit floss um mich herum und schien eigentlich nicht viel Bedeutung zu haben. Dann hörte ich andere Stimmen, Stimmen, die ich noch nie zuvor gehört hatte.

»Sie braucht die Gesellschaft von anderen Kindern.« (Eine Frau.)

»Vielleicht findet sie ja in der Schule bald eine Freundin.« (Ein Mann.)

»Glaubst du, mit ihr stimmt etwas nicht, Will?«

(Wieder die Frau.)

»Nein. Sie ist sehr sensibel und bestimmt auch außergewöhnlich – aber ich glaube nicht, dass mit ihr wirklich etwas nicht in Ordnung ist. Sie sollte nur nicht so viel allein sein.« (Der Mann.)

»Wir müssen etwas für sie organisieren«, sagte die Frau entschlossen.

»Hmm«, machte der Mann.

Und dann hörte ich jemanden leise singen. Ein Lied über eine Schwalbe.

Rose

Ich sang das Lied zu Ende und wartete ab. Nichts.

Seufzend zog ich die lila Stola fester um die Schultern. Es war Samstagnachmittag und ich saß auf dem Dachboden im Sessel, genau wie an dem Tag, als Polly mir zum ersten Mal begegnet war. Ich dachte, das Lied würde sie vielleicht zurückbringen.

Ich summte den Refrain noch mal. Die Melodie war traurig, aber so schön, obwohl das Mädchen am Ende starb. Wie Polly.

Dann hörte ich nebenan etwas. Eine Stimme.

»Rose? Bist du das?«

Der Geist auf dem Dachboden

Polly

»Ja«, sagte sie. »Polly? Bleib, wo du bist. Ich komme rüber.«

Ich lehnte den Kopf an die Wand. Ich war so müde und hatte immer noch das Gefühl zu treiben. Nichts war so ganz wirklich. Aber ich spürte, wie fest ich in meine Decken gewickelt war, und es war gut, wieder in meinem kleinen Nest auf dem Dachboden zu sein. Ich hörte Rose durch den Gang krabbeln und lächelte.

Sie kam durch die kleine Tür, schwenkte ihre Taschenlampe auf dem Dachboden herum, bis der Lichtstrahl mich schließlich erfasste.

»Polly«, sagte sie mit einer seltsamen, irgendwie eindringlichen Stimme – und dann starrte sie mich einfach nur an.

»Hallo, Rose!, sagte ich. »Warum guckst du so komisch, als hättest du mich noch nie gesehen?«

Sie schien sich zusammenzureißen, kam rüber und setzte sich neben mich.

»Hat keinen Grund«, murmelte sie. »Ich wusste nur nicht, ob du heute hier sein würdest oder nicht.«

Sie klammerte sich an ein helllila Tuch, das sie sich umgewickelt hatte.

»Das ist aber ein hübsches Tuch«, sagte ich. »Wo hast du das her?«

»Oh, äh, das hat meine Urgroßmutter für mich gestrickt.«

»Ich wusste gar nicht, dass du eine Urgroßmutter hast. Wann hat sie es gemacht? Und warum habe ich es noch nie gesehen?«

»Nicht so wichtig, Polly. Wir müssen reden.«

»Okay. Nur bin ich heute irgendwie so müde. Susie muss mich letzte Nacht wach gehalten haben ...«

Rose saß nur da, still und ruhig.

»Ich habe Winnie mit deinem Vater zusammen gesehen«, sagte ich gähnend. »Ich vermute, du hast ihm die Nachricht überbracht? Wann war das? Ich kann mich nicht erinnern. Ich bin ganz durcheinander.«

»Äh ... Freitagabend. Vorgestern.«

»Ich bin froh, dass du es ihm gesagt hast, Rose. Jetzt kann Winnie gehen ... und ihre Schwalbe suchen.« Ich gähnte wieder. »Aber warum war meine Mutter bei dir zu Hause? Warum hat sie geweint?«

Rose

Sie wusste es nicht. Sie hatte wirklich keine Ahnung. Wilde Hoffnung packte mich, ich dachte, ich könnte mitspielen. Wie die Zwillinge. Wenn ich so tat, als wäre sie noch am Leben, könnte ich sie für immer hierbehalten und sie würde nie was merken.

Ich nahm meinen Mut zusammen und sah ihr zum ersten

Mal ins Gesicht. Sie lächelte mich an, dieselbe alte Polly. Aber etwas hatte sich verändert. Über ihren Augen lag so was wie ein Schleier, als wäre sie nicht ganz wach, und ihre Haut war blass und beinahe durchscheinend. Sie verblasste. Egal, was ich auch machte, ich würde sie verlieren.

»Rose«, sagte sie. »Was ist denn? Weinst du auch? Warum weinen alle?«

Ich wischte mir die Tränen ab und holte tief Luft.

»Ich muss dir was sagen, Polly. Und das ist ziemlich schwierig.«

»Geht es um meine Mutter? Ist sie krank oder so?«

»Nein, es geht nicht um sie. Es geht um dich.« Jetzt guckte Polly besorgt. »Weißt du noch, wie oft du gedacht hast, ich wäre ein Geist?«

»Das glaube ich nicht mehr, Rose, ehrlich. Irgendwie war das doch nur ein Spiel. Du bist doch nicht mehr sauer deswegen, oder?«

Ich schüttelte den Kopf. »Nein, sauer bin ich nicht. Aber du warst da einer Sache auf der Spur.«

»Wirklich?«

Ich nahm ihre Hände. Sie waren sehr, sehr kalt.

»Auf deinem Dachboden gibt es einen Geist. Und ich bin es nicht.«

Sie sah mich mit großen Augen an.

»Wer ist es, Rose?«, flüsterte sie.

Nur so tun

Polly

Rose sah so ängstlich aus und so traurig, als sie mir von diesem anderen Geist erzählte. Ihre Hände zitterten in meinen.

»Fürchte dich nicht, Rose«, sagte ich. »Ein anderes Wesen? Du wirst bestimmt damit fertig. Mit Winnie warst du so mutig und …«

»Nein, Polly, es ist kein anderes Wesen.« Sie würgte irgendwie, so als könnte sie den Rest nicht herauskriegen.

»Was dann?« Ich sah mich auf dem Dachboden um. »Hier ist niemand außer uns.«

»Ja«, sagte sie. »Nur wir. Du und ich. Und ich bin es nicht.

»Was meinst du damit?«

Sie schluckte. »Es tut mir leid, Polly. Du bist krank geworden, es war schlimm. Du hattest Gehirnhautentzündung, die hatte ich auch. Es ist furchtbar. Letztes Jahr sind so viele Kinder in der Stadt gestorben. Du bist nicht wieder zurückgekommen aus dem Krankenhaus.«

»Doch. Bin ich. Ich bin hier. Was redest du da? Willst du mir Angst einjagen?« Ein seltsames Flattern machte sich in meinem Bauch bemerkbar.

Sie schüttelte den Kopf. »Nein, Polly. Will ich nicht. Ich

muss es dir sagen. Verstehst du, du drückst dich hier einfach herum, ohne dir klarzumachen … du weißt gar nicht, dass du ein … Geist bist … und du tust so als ob – als ob …«

»Ich tu gar nicht so als ob!«, fuhr ich sie an und ließ ihre Hände fallen. »Jeden Tag rede ich mit meinen Eltern. Ich gehe zur Schule. Ich esse Schokoladenkuchen. Ich bin kein Geist. Warum machst du das?«

»Denk nach, Polly. Wann hast du das letzte Mal mit deiner Mutter geredet?«

»Gestern. Ich bin mit den Zwillingen nach Hause gekommen, von der Bibliothek, und sie hat ihnen gesagt, dass sie sich fertig machen sollten für das Pfadfindertreffen und …«

»Das war nicht gestern. Das war Freitag, also vorgestern. Hat sie mit dir gesprochen? Was hat sie gesagt?«

»Nun … nein, sie hat nicht viel gesagt, aber …«

»Polly, du musst das verstehen. Du bist gestorben. Du warst noch nicht bereit dazu, deshalb bist du geblieben, aber keiner kann dich sehen. Keiner außer mir und den Zwillingen. Denk nach. Hat irgendjemand anders diese Woche etwas zu dir gesagt? Irgendwas?«

Das Flattern in meinem Bauch verwandelte sich in etwas Schweres, mir wurde ganz schlecht und sehr kalt. Ich versuchte nachzudenken. Ich wusste noch, dass ich Leuten zugehört hatte, konnte mich aber nicht erinnern, ob jemand mit mir gesprochen hatte.

»Moment mal. Susie hat mit mir gesprochen. Sie hat Olly zu mir gesagt – und ich wusste nicht mal, dass sie sprechen kann.«

»Das hat sie ja auch gerade erst gelernt. Vor sechs Monaten, als du gestorben bist, war sie noch ein Baby.«

»Aber sie hat mich gesehen!«

»Viele Babys sehen Geister, Polly. Hör mal, deine Mutter hat es uns gestern Abend erzählt. Sie war wegen des Bibliotheksbuchs rübergekommen, denn sie dachte, ich hätte es gestohlen. Und dann ist sie zusammengebrochen und hat uns erzählt, dass du gestorben bist und wie sehr sie dich vermisst – sie war am Boden zerstört. Polly, sie liebt dich, und dein Papa auch und jetzt sind sie so unglücklich, dass sie alles geben würden, um dich wiederzubekommen.«

»Wirklich?«, sagte ich. »Aber ich verstehe das nicht. Ich fühle mich nicht tot.«

»Tust du das nicht?« Rose sah mich eindringlich an. »Tust du das wirklich nicht, Polly?«

Rose

»Ich weiß noch … wie ich krank war«, sagte Polly langsam. »Neulich, als ich auf dich gewartet und am Fenster nach dir Ausschau gehalten habe, da fiel mir alles wieder ein. Ich weiß nicht, warum ich das alles vergessen hatte. Die Kopfschmerzen waren so furchtbar, mir tat alles weh – und dann war alles ganz lange nur weiß und dann …«

Das hatte sie mir mit einer ganz seltsamen, fahrigen Miene erzählt, so als ob sie ganz woanders wäre, aber dann verstummte sie und richtete den Blick auf mich.

»Und dann bin ich nach Hause gekommen und alles war wie immer, Rose, alles war ganz normal, die Zwillinge haben mich genervt und Susie machte sich in meinem Zimmer breit, und ich bin zur Schule gegangen, nach Hause gekommen und habe meine Hausaufgaben gemacht. Und ich habe gehört, wie du auf dem Dachboden gesungen hast. Und dann sind diese Sachen mit Winnie passiert. Wie kann ich da tot sein, Rose? Würde ich nicht wissen, dass ich tot bin?«

»Nein«, sagte ich und nahm wieder ihre Hand. Die war jetzt noch kälter, wenn das überhaupt möglich war. »Du warst noch nicht bereit zu sterben, Polly. Deshalb bist du geblieben und du hast mich gefunden und ich konnte dich sehen, weil ich Geister sehen kann. Du bist zu mir gekommen, weil du Hilfe haben wolltest, so wie die anderen Geister. Ich wusste nur nicht, dass du ein Geist warst. Du hast mich genauso an der Nase herumgeführt wie dich selber, und das habe ich erst begriffen, als deine Mutter es mir erzählt hat. Ich will dich nicht verlieren, Polly, und ich will dir nicht einreden, dass du ein Geist bist. Ich möchte, dass du bleibst und meine Freundin bist. Aber das wird nicht passieren. Du musst dahin gehen, wo du hingehörst. Du musst Abschied nehmen und gehen. Wie Winnie. Du solltest gar nicht mehr hier sein.«

Jetzt weinte ich mir die Augen aus. Polly nahm mich in die Arme und drückte mich. Ich spürte ihren Herzschlag, aber sie war so kalt und ihre Knochen kamen mir so zerbrechlich vor wie ein Vogelskelett.

»Ist ja gut«, sagte sie und tätschelte mir den Rücken. »Ist ja gut, Rose, wein doch nicht.«

Die Gabe

Polly

Rose sah mich mit Tränen in den Augen an.

»Es tut mir so leid, Polly«, keuchte sie. »So leid.«

»Ich verstehe das einfach nicht«, sagte ich langsam. »Das kann doch nicht sein. Ich fühle mich ein bisschen komisch, so als würde ich Grippe kriegen oder so. Und ich kann mich an manches nicht erinnern. Aber tot? Wie kann das hier tot sein?«

Sie schüttelte den Kopf. »Das weiß ich nicht, Polly. Ich verstehe das auch nicht. Du kamst mir immer lebendiger vor als sonst jemand. Aber es ist wahr. Ich habe gehört, wie deine Mutter es gesagt hat, und die Zwillinge haben es mir auch erzählt. Ich glaube … ich glaube, wenn du es erst einmal begreifst, wirst du weggehen können.«

»Weggehen?«, rief ich. »Weggehen? Wohin denn? Ich will nicht weggehen, Rose. Ich will hierbleiben. Hier bei dir und meiner Familie. Ich will nicht tot sein. Das ist schrecklich, das ist unfair, ich kann das nicht, Rose. Mach, dass es aufhört.« Ich klammerte mich an ihr Tuch und sie schüttelte wieder den Kopf.

»Das kann ich nicht, Polly. Es wird geschehen, es geschieht bereits. Guck dir deine Hände an.«

Ich guckte auf meine Hände an ihrem Tuch – und die sahen nicht richtig aus. Sie waren weiß und beinahe durchsichtig.

»Nein«, schrie ich. »Ich kann doch nicht einfach so verblassen und nicht mehr da sein. Da mache ich nicht mit! Ich weigere mich!« Ich sprang auf und stolperte rüber zur Luke.

»Wo willst du hin?«, rief Rose.

»Ich gehe zu meiner Mutter«, sagte ich und stieg nach unten. »Sie sorgt dafür, dass es aufhört.«

Ich stürzte mich die Leiter runter und in mein Zimmer. Meine Mutter war da, sie holte Susie nach ihrem Mittagsschlaf aus dem Bett.

»Mama!«, sagte ich. »Mam.«

Sie drehte sich nicht um, sondern redete einfach weiter mit Susie, die in ihrem Bettchen stand und sich am Gitter festhielt.

»Olly«, sagte Susie und sah mich lächelnd an. »Olly.«

»Ach, Susie«, seufzte meine Mutter. »Warum sagst du das plötzlich? Haben die Zwillinge dir beigebracht, Pollys Namen zu sagen?«

»Mama!«, brüllte ich und zerrte an ihrem Pullover. »Mama, kannst du mich nicht hören?«

Sie machte eine kleine Bewegung mit der Schulter, so als würde es sie am Rücken jucken, dann hob sie Susie aus dem Bett. »Komm, wir wechseln deine Windeln«, sagte sie und legte Susie auf mein Bett.

»Oh, Mama, wie oft hab ich dir gesagt, dass ich es hasse, wenn du ihre Windeln hier drinnen wechselst. In meinem Zimmer riecht es dann so schlecht …«

Aber sie hörte mich nicht. Sie machte einfach weiter.

Ich ging um sie herum, damit ich sie ansehen konnte.

»Mama!«, kreischte ich. »Siehst du mich denn nicht?«

»Olly«, sagte Susie.

Meine Mutter blinzelte nicht mal. So müde und traurig hatte ich sie noch nie gesehen.

»Polly ist nicht mehr da«, sagte sie zu Susie. »Sie ist weg.« Und dann setzte sie sich aufs Bett und fing an zu weinen.

Ich fand es furchtbar, wenn meine Mutter weinte. Vor uns weinte sie nur selten, aber wenn sie es tat, war es immer wie ein Weltuntergang.

Ich setzte mich neben sie.

»Wein doch nicht, Mama«, sagte ich, während mir Tränen über die Wangen rollten. »Ich bin doch hier. Ich bin noch nicht weg. Nicht weinen.«

»Polly«, sagte sie, aber ihr Blick ging durch mich hindurch. »Polly, du fehlst mir so sehr.«

Susie guckte uns neugierig an. »Olly!«, sagte sie noch mal.

»Ich habe Angst, Mama.« Ich lehnte den Kopf an ihre Schulter. »Ich habe solche Angst.«

Ich saß lange, lange bei ihr. Nach und nach versiegten ihre Tränen.

»Meine kleine Polly«, murmelte sie. »Mein süßes Mädchen.«

»Pat?« Die Stimme meines Vaters kam von der Tür her. »Pat, geht es dir nicht gut?«

Sie stand auf und wischte sich die Augen.

»Doch, alles in Ordnung, Ned. Es überkam mich nur ganz plötzlich. Es ist komisch, manchmal kommt es mir so vor, als wäre Polly hier in diesem Zimmer.«

Er kam rein und sah sich um. Sein Blick ging direkt über mich hinweg.

»Ich glaube, du hast recht«, sagte er. »Ich bin froh, dass wir alles so gelassen haben, wie es war.« Er seufzte.

»Ich muss weitermachen.« Meine Mutter nahm Susie auf den Arm. »Lucy hat gesagt, sie geht mit Susie spazieren, und ich habe den Zwillingen versprochen, Haferkekse zu backen.« Geschäftig verließ sie das Zimmer.

Mein Vater ging rüber zum Regal und zog ein Buch heraus. »Die Reise auf der Morgenröte« von C.S. Lewis. Daraus hatte er mir immer vorgelesen, als ich noch klein war, es war eines unserer Lieblingsbücher gewesen. Er setzte sich aufs Bett und blätterte darin. Dann klappte er es zu und schloss die Augen.

»Polly«, sagte er mit einer so zittrigen Stimme, wie ich sie noch nie zuvor gehört hatte. »Polly. Wo bist du?«

»Hier«, sagte ich, legte meine Hand in seine und drückte sie. »Ich bin hier, Papa.«

Er blieb einfach mit geschlossenen Augen sitzen und nichts ließ darauf schließen, dass er mich gehört hatte. Dann bekreuzigte er sich. »Geh in Frieden, Polly. Ruhe in Frieden.«

Rose

Ich rollte mich unter Pollys Decken in der Ecke zusammen. Wahrscheinlich würde sie bald wiederkommen, dachte ich, machte die Augen zu und schlief ein.

Ich träumte vom Meer. Riesig, blau. Es dehnte sich in alle

Richtungen aus. Ich lag auf einem Floß und schaukelte sanft auf den Wellen. Über mir strahlte der Himmel noch blauer und die Sonne auf meiner Haut war warm. Ein Gefühl von Frieden schlich sich bei mir ein, am liebsten wollte ich für immer so dahintreiben, von dem tiefen Wasser unter mir getragen, von den Wellen gewiegt, von der Sonne gewärmt.

Plötzlich war Polly neben mir auf dem Floß. Sie lächelte mich an und seufzte tief.

»Ist das ein Leben!«, sagte sie – und da wachte ich auf.

Polly saß neben mir auf dem Dachboden, sie hatte den Kopf an die Wand gelehnt.

»Polly.« Ich rappelte mich hoch. »Geht es dir gut? Hast du deine Mutter gefunden?«

Sie nickte. »Sie konnte mich nicht sehen«, flüsterte sie. »Mein Papa auch nicht. Du hast recht.«

Sie war bleicher denn je.

»Das tut mir so leid.« Ich wusste wirklich nicht, was ich sagen sollte. Und mein Hals tat mir weh.

»Ich habe Angst, Rose«, sagte sie ganz leise. »Ich weiß nicht, was geschehen wird. Ich will zu meiner Mutter. Aber sie kann mich nicht sehen. Ich will nicht gehen. Ich will alles wieder so haben, wie es war, die Gräuel, meine schrecklichen Schwestern und das Baby in meinem Zimmer … und alles. Ich will alles wiederhaben.«

Sie klammerte sich an mich.

Ich konnte kaum sprechen. »Polly, ich wünschte, ich könnte dir alles zurückgeben, aber das kann ich nicht. Ich weiß nur, wo immer du auch hingehst, es wird nicht mehr wehtun.«

»Aber jetzt tut es weh«, weinte sie. »Es tut zu sehr weh.«

Ich strich ihr übers Haar, so wie die alte Frau mir übers Haar gestrichen hatte, und ich tätschelte ihr den Rücken und sie weinte.

Die Zeit schien stillzustehen, ich nahm ihren zerbrechlichen Körper und ihre Tränen wahr. Ich nahm die Wände um uns herum wahr und den Himmel draußen, der weit, so weit war. Den Friedhof. Wie die Welt sich drehte. Ich wollte nicht, dass dieser Augenblick zu Ende ging. Mit meiner ganzen Willenskraft wehrte ich mich dagegen.

Aber schließlich hörte sie auf zu weinen, sie setzte sich auf und sah mich an. Sie lächelte. Es war der Geist des alten Polly-Lächelns, doch es war noch da.

»Weine nicht, Rose«, sagte sie. »Du hast recht. Wir können das nicht ändern.«

»Wenn du mir nie begegnet wärst«, sagte ich tieftraurig, »hättest du bleiben können. Du würdest nicht wissen, dass du tot bist.«

Sie lehnte sich vor. »Aber das wäre nicht gut gewesen. Ich wäre nur immer einsamer geworden und unglücklicher. Und ich hätte gedacht, niemand liebt mich, weil nie jemand mit mir geredet hätte. Wenn du nicht gewesen wärst, wäre ich für immer dahingetrieben. Begreifst du das nicht, Rose? Ich sollte dich treffen. Du warst die Einzige, die mir helfen konnte, durch das hier durchzukommen. Genauso wie du auch die Einzige warst, die Winnie helfen konnte. Du hast eine wunderbare Gabe, Rose, und das ist dir gar nicht klar.«

Wie eine Gabe fühlte es sich nicht an. In diesem Moment

war es eher wie ein schrecklicher Fluch. Eine Freundin wie Polly zu finden und sie dann wieder zu verlieren … Das sollte eine Gabe sein?

»Geh nicht«, sagte ich und fing wieder an zu weinen. »Bleib. Verlass mich nicht.«

Sie legte die Arme um mich … leicht, beinahe gewichtslos, als würde man von Federn gestreift.

»Du wirst mir so fehlen«, sagte ich. »Du warst mir so eine gute Freundin und ich hatte so viel Spaß mit dir. Du bist … du bist der beste Geist, der mir je begegnet ist.«

Ich konnte spüren, wie sie anfing zu zittern, und rückte von ihr ab – und dann wurde mir klar, dass sie lachte.

»Wie kannst du nur so was Albernes sagen, Rose«, sagte sie und dann fing ich auch an zu lachen.

Am Ende wischten wir uns die Augen und schauten uns an.

»Ich werde dich nie vergessen, Polly«, sagte ich.

»Ich dich auch nicht«, erwiderte sie. Ihr Gesicht war transparent und in ihr schien sich ein weißes Licht auszubreiten, das sie von innen her leuchten ließ.

»Auf Wiedersehen, Rose«, sagte sie leise.

»Auf Wiedersehen, Polly«, sagte ich und sah zu, wie das Licht sie umhüllte und dann langsam verlosch.

Ich war wieder allein.

Toast

Rose

Das Leben ging ohne Polly weiter. Der Oktober bewegte sich langsam auf Halloween zu und jeder Tag wurde kürzer. Ich trug das Umschlagtuch immerzu, nur nicht in der Schule. Wenn ich es um mich wickelte, spürte ich die Güte der alten Frau, meiner Urgroßmutter.

Es überwältigte mich, wie sehr mir Polly fehlte. Sie war die einzige Freundin, die ich je gehabt hatte. Ich wollte sie zurückhaben. Die Dinge, die sie an diesem letzten Tag auf dem Dachboden zu mir gesagt hatte, gingen mir im Kopf herum. Sie fand es immer richtig cool, dass ich Geister sehen konnte, und ich hatte gedacht, das würde daran liegen, dass sie nicht wusste, wie unheimlich es war. Aber was Winnie und meinen Vater anging, hatte sie recht gehabt. Winnie war eigentlich nicht weniger unheimlich gewesen, nachdem ich ihr geholfen hatte, aber sie war weggegangen. Und Polly, nun ja, vermutlich hatte ich ihr auch beim Weggehen geholfen, obwohl ich mir so sehr gewünscht hatte, dass sie blieb.

Ich hatte die ganze Zeit geglaubt, dass die Geister von mir wieder zum Leben erweckt werden wollten. Doch vielleicht wollten sie etwas ganz anderes.

Wenigstens musste ich mir keine Sorgen mehr darum machen, dass meine Eltern mich wegschicken würden – wie Winnie. Ich wollte mit meinem Vater über Polly reden, aber ich konnte es nicht. Noch nicht. Ich war zu sehr daran gewöhnt, nicht zu reden. Und obwohl sie gesagt hatten, die Dinge würden sich ändern, hatte sich bisher noch nicht viel getan. An den meisten Tagen kam ich nach der Schule immer noch in ein leeres Haus zurück, in dem Kendrick in der Küche lauerte und mir giftige Blicke zuwarf. Meine Eltern versuchten ein paar Mal beim Frühstück mit mir zu reden, aber das war ziemlich seltsam.

Eines Morgens, kurz vor Halloween, saß ich in mein lila Umschlagtuch gehüllt da und stocherte in meinem Haferbrei, während meine Eltern die Zeitung lasen und der Frühstücksgeist sehnsüchtig meinen Toast beäugte.

»Rose«, sagte meine Mutter plötzlich.

Ich fuhr zusammen. »Ja?«

»Gestern habe ich Pat Lacey von nebenan einen kleinen Besuch abgestattet. Ich habe nach der Arbeit reingeschaut.«

»Das hast du getan?« Ich war erstaunt.

»Ja, sie hatte mich darum gebeten. Sie hatte so ein schlechtes Gewissen, weil sie dich neulich Abend beschuldigt und dann die Fassung verloren hat. Sie wollte um Verzeihung bitten. Ich muss sagen, sie ist eine wirklich nette Frau, so bodenständig und tatkräftig. Und ihr Mann, Ned, kam dazu, kurz bevor ich gegangen bin, und er war auch ganz reizend und hat sich für diesen Streit mit deinem Vater an unserem Einzugstag tausend Mal entschuldigt. Weißt du noch? Es ging ums Parken.«

Ich nickte.

»Nun ja, wir hatten einen schlechten Start miteinander. Das ist eine absolut anständige Familie und sie haben letztes Jahr so viel durchgemacht. Ich fühle mit ihnen. Pat und ich haben die Köpfe zusammengesteckt und wir haben einen Plan.«

Mir schwante Schlimmes.

»Sie möchte dir einen kleinen Job als Babysitter anbieten. Dienstags und donnerstags braucht sie vor dem Abendessen Hilfe mit Susie. Ihre Mädchen sind an diesen Tagen mit Schulaktivitäten beschäftigt und sie hat Mühe, das Abendessen fertig zu kriegen, wenn die kleinen Jungs herumtoben und Susie nach Aufmerksamkeit verlangt. Sie dachte also, du könntest nach der Schule rüberkommen, ihr mit Susie helfen und zum Essen bleiben.«

Meine Mutter schien zu erwarten, dass ich etwas dazu sagte.

Tat ich nicht. Ich hatte genug damit zu tun, mir darüber klar zu werden, ob ich wütend war oder Interesse an der Sache hatte.

»Was meinst du, Rose?«, sagte sie mit einem kleinen Nicken, das bedeutete, dass ich nun lange genug gebraucht hatte, um mir eine Antwort zu überlegen.

»Schiebst du mich nur zu ihnen ab, weil du und Vater immer noch keine Zeit für mich habt?«

Ich sah, dass sie bis fünf zählte, bevor sie antwortete. Nicht bis zehn. Das hätte zu lange gedauert.

»Das ist ja eine etwas unglückliche Einstellung, Rose«, sagte sie schließlich. »Ich suche nur nach einer praktischen Lösung. Dein Vater und ich tun unser Bestes, uns mehr Zeit zu Hause zu verschaffen. Aber es ist kompliziert und lässt sich nicht von einem Tag auf den nächsten einrichten. Bis es so weit ist, würde dir die Gesellschaft anderer Kinder gut tun – und Pat könnte wirklich Hilfe gebrauchen.«

Sie hatte mich am Haken und sie wusste es.

»Na gut«, sagte ich achselzuckend und aß einen Löffelvoll Haferbrei. Der Frühstücksgeist seufzte.

Ich brach ein Stück Toast ab, schmierte Marmelade drauf und schob es ihm rüber. Meine Mutter las wieder ihre Zeitung. Aber mein Vater beobachtete mich.

»Nimm es«, flüsterte ich dem Geist wütend zu. »Nimm es, wenn du kannst.«

Einen Augenblick lang war der Geist so verschreckt, dass er gar nichts machte. Dann nahm er den Toast vorsichtig, führte ihn zu den Lippen und biss ein großes Stück ab.

Engelslüge

Rose

Unter meinem Cape zog ich das lila Tuch fest um meine Schultern. Es war kalt, Schnee lag in der Luft. Vor zwei Tagen war Halloween gewesen und ich war auf dem Weg zum Friedhof, um Pollys Grab zu suchen.

Mrs Lacey hatte mir gesagt, wo es war. An Halloween war ich drüben bei ihnen gewesen und hatte auf Susie aufgepasst und – das musste ich gestehen – es hatte mir Spaß gemacht. Pollys Familie war genau so, wie sie sie beschrieben hatte: Lucy war ein bisschen verklemmt und versnobt und benutzte eine Menge großer Worte, Muh war schwer verliebt und Puh mit Schminke zugekleistert. Alle redeten auf einmal und die Gräuel waren als Piraten verkleidet, sprangen herum und grölten viel. Im Vergleich zu meinen stillen Mahlzeiten in unserem leeren Esszimmer war es bei ihnen wie im Zirkus. Mr Lacey hielt Vorträge über den Ursprung von Halloween, das heute Allerseelen genannt wurde, der Tag, an dem man für die Seelen der Toten betete.

Am Ende waren fast alle zu ihren jeweiligen Halloween-Beschäftigungen losgezogen und ich hatte Susie zu Bett gebracht und mir die Bücher und alten Puppen in Pollys Zimmer angesehen. Dabei hatte ich immer das Gefühl, sie würde jeden Augenblick auftauchen, doch das tat sie nicht. Ihre Gegenwart war überall im Haus zu spüren – und doch war sie weg.

Ich hatte bis heute mit dem Gang zum Friedhof gewartet. Es schien mir passend, Pollys Grab um Allerseelen herum zu besuchen, und ich wollte es tun, solange es noch hell war. Also machte ich mich auf, sobald ich aus der Schule nach Hause gekommen war, guckte nervös durch den eisernen Zaun und hielt nach Geistern Ausschau. Plötzlich ragten die steinernen Pfeiler des Friedhofstors vor mir auf. Dahinter schlängelte sich die Straße in die Dunkelheit.

Nachdem ich etwa fünf Minuten gegangen war, bog ich nach links auf einen kleinen Weg ab, der an Grabsteinen entlangführte, die neuer und kleiner waren als die viktorianischen Monumente. In diesem Teil des Friedhofs war ich noch nie gewesen.

Ich schaute über meine Schulter. Die Schatten scharten sich hinter mir. Ich meinte zwischen den Bäumen etwas flackern zu sehen, aber als ich genauer hinschaute, war es verschwunden.

Der Weg führte fast bis zu dem Zaun, der an die Sumach Street grenzte. Am Ende angekommen, bog ich nach rechts ab und machte zehn große Schritte. Ich blieb vor einem ziemlich neu aussehenden Grabstein stehen, beugte mich vor und las die Inschrift im schwindenden Licht.

Pauline Margaret Lacey
4. März 1951 – 8. April 1963
Mögen Engelsscharen dich geleiten zur ewigen Ruh.

Und darunter waren die Umrisse eines Vogels mit einem gegabelten Schwanz, der mit gestreckten Flügeln flog. Eine Schwalbe.

Freiheit

Rose

Auf die Schwalbe war ich gefasst gewesen. Mrs Lacey hatte gesagt, dass ich nach ihr Ausschau halten sollte.

»Das war Neds Idee«, sagte sie. »Wenn man eine Schwalbe sieht, heißt das, der Frühling kommt, und mit dem Frühling kommt neues Leben und Hoffnung.« Sie lächelte mich an. »Schade, dass du unsere Polly nicht kennengelernt hast. Ich glaube, ihr wärt Freundinnen geworden.« Dann brüllte sie die Zwillinge an, und ich ging nach Hause.

Ihr Grab zu sehen hatte etwas Endgültiges. Ein kalter Schauer überlief mich.

Etwas zupfte an meinem Cape und ich fuhr herum.

Da war das kleine Mädchen, das mir schon gefolgt war, als ich Polly gerade kennengelernt hatte, die Kleine mit den blonden Locken und dem langen weißen Nachthemd.

»Mama?« Sie streckte die Arme nach mir aus. »Mama?«

Ich spürte die übliche Panik in mir aufsteigen und schaute mich schnell um, ob noch andere Geister kamen. Inzwischen war es auf dem Friedhof schon fast dunkel geworden und die Schatten regten sich zwischen den Grabsteinen. Am liebsten wäre ich zum Tor gerannt.

»Mama?«, wiederholte sie. Tränen standen in ihren Augen.

Ich hielt ihr die Hand hin und sie klammerte sich an mich. Ihre Hand war warm.

»Komm mit, wir suchen deine Mama«, sagte ich und wir gingen langsam zusammen durch die Gräberreihen. Der Friedhof war voller Schatten. Manche bewegten sich. Manche verhielten sich ruhig. Überall um mich herum wurde geflüstert. Ich konnte nicht feststellen, ob es die Bäume waren, die sich im Wind regten, oder ob es von tief unten aus der Erde kam.

Wir gingen zu einem großen schwarzen Grabstein mit einer verschleierten Gestalt obendrauf.

»Mama?«, sagte das Mädchen und eine Frau in einem langen schwarzen Kleid mit Rüschen am Saum trat hinter dem Stein hervor.

»Vicky«, rief sie. Das Kind machte sich von mir los und lief ihr in die Arme. Dann verschwanden sie beide in die Dunkelheit.

Das war ja nicht so schwer, dachte ich, atmete tief durch und ging auf das Friedhofstor zu. Das Flüstern hinter mir erstarb und ich ging auf der Friedhofsseite der Straße nach Hause. Es war ganz in Ordnung.

Die Straßenlaternen brannten jetzt. Als ich etwa auf der Höhe von Pollys Grab war, ging ich langsamer und lugte durch die Gitterstäbe. Ich konnte gerade noch die in den Stein gemeißelte Schwalbe erkennen, die in die Freiheit flog.

Ende

Im goldnen Abendglanz,
der noch am Himmel steht,
im hellen Wolkenkranz,
der deinen Flug umweht,
leibfrei wie Freude, die auf Reisen geht.

Percy Bysshe Shelley, »Für die Lerche«

Zum Gedenken an Julia Poplove
1954–1991

Danksagung

Meine Liebe zum Lesen und Schreiben verdanke ich meinen Eltern, Graham und Evelyn Cotter. Mein Vater hat mich mit den Narnia-Büchern von C.S. Lewis bekannt gemacht, als ich sieben Jahre alt war. Die Beschreibung der Dachböden in »The Magician's Nephew« hat meine Fantasie angeregt und seitdem suche ich überall nach Geheimgängen. Meiner Mutter war mein guter Stil schon während meines Heranwachsens ein Anliegen, und noch mit neunzig Jahren hatte sie sich einen scharfen Blick für Grammatikfehler bewahrt. Meine Eltern haben mein Schreiben immer mit ganzem Herzen unterstützt und ohne ihre Hilfe könnte ich nicht weitermachen. Meine standhafte Tochter Zoe hat dafür gesorgt, dass ich wieder zu diesem Buch zurückkam, wenn mich der Mut mal verlassen hat. Ihre geisterhaften Erfahrungen waren die Quelle meiner Inspiration.

Die großzügige Unterstützung des *Canada Council of the Arts* und des *Ontario Arts Council* haben dieses Buch erst möglich gemacht.

In »Das unsichtbare Mädchen« geht es um Freundschaft, und während des Schreibens haben mich viele gute Freunde in Neufundland und Ontario unterstützt, indem sie mir zugehört und erste Entwürfe gelesen haben, mich beraten und bekocht haben und mir ganz allgemein durch schwere Zeiten hindurch geholfen haben. Frank Lappano und Sean Cotter gaben mir ihr Feedback für erste Versionen, und Wanda Nowakowska war stets hilfsbereit und freundlich, wann immer ich um Hilfe gebeten habe. Robin Clelands verblüffendes Verständnis für meine Charaktere war enorm hilfreich und Anita Levin und Camilla Burgess haben an mich geglaubt und mir geholfen, den Weg durch die dunkleren Teile des Buches zu finden. Mein »Zwilling« Laurie Coulter war mir mit ihrer Begeisterung, ihrer professionellen Perspektive und ihrem Lachen ein hoch geschätzter Antrieb.

Ich möchte Sally Keefe-Cohen für ihren fachkundigen Rat danken und Lisa Moore für ihre Ermutigung, als ich sie besonders nötig hatte. Ein besonderer Dank gilt Alison Morgan, die meinen Geschichten so aufmerksam zuhört, sowohl während des Sommers in Warkworth vor vielen Jahren als auch vor noch gar nicht langer Zeit! Und ich schulde meiner Lektorin Samantha Swenson bei Tundra Dank, deren Geduld, kluge Vorschläge, Begeisterung und Können ich sehr zu schätzen weiß.

Und schließlich schicke ich meinen Dank an meine drei Grazien: Julia Poplove, Marjory Noganosh und Evelyn Cotter. Ihr Geist hallt wider in meinem Buch – und sie fehlen mir.

Kristina Ohlsson

Glaskinder

ca. 224 Seiten, ISBN 978-3-570-31125-7

Billie ist unglücklich, als ihre Mutter mit ihr aufs Land zieht, in ein heruntergekommenes Haus, vollgestopft mit alten Möbeln. Bald merkt Billie, dass in dem Haus seltsame Dinge geschehen: Bücher wechseln den Platz, Deckenlampen schwingen hin und her – Billie erfährt, dass es in dem Haus schon oft zu schrecklichen Unglücksfällen gekommen ist. Gemeinsam mit Aladdin, dem Nachbarsjungen, findet Billie heraus, dass das Haus einmal ein Kinderheim war, in dem sogenannte Glaskinder gelebt haben, Kinder mit besonders dünnen Knochen. Kinder, die noch immer als Geister dort umgehen könnten ... und keinen Eindringling dulden!

cbt

www.cbj-verlag.de

30285